내가 있는 삶을 위한

반려도서 레시피

내가 있는 삶을 위한

반려도서
레시피

문무학

學而思│학이사

머리말

이 책은 서평 쓰는 방법을 논한 글이다. 『내가 있는 삶을 위한 반려도서 레시피』란 제목을 단 것은 서평 쓰는 독서를 하면 반려도서를 찾을 수 있고, 그 반려도서가 내가 있는 삶을 꾸릴 수 있게 해줄 것이기 때문이다. 이 책을 쓰게 된 동기는 출판사 '學而思' 와 '독서아카데미' 를 설립한 이유와 같다. 2016년 설립된 '학이사 독서아카데미' 는 세계 여론의 중심에 있는 미국의 고급 주간 잡지 「The New Yorker」 의 "한국인, 책은 읽지 않으면서 노벨 문학상을 달라고 하는 것은 모순"(2016년 1월)이라는 보도와, 한국인의 독서 통계를 보고, 책 읽는 사회를 만들기 위해 독서 운동을 펼쳐야겠다는 결심에서 출발하게 되었다.

'학이사 독서아카데미' 와 이 책, 『반려도서 레시피』는 책을 제대로 읽는 사람이 많아지는 사회를 꿈꾸고 있다. 사람은 몸과 마음이 함께 건강해야 아름다운 삶을 살 수 있다. 그런데 많은 사람들이 몸의 건강엔 지나치다 싶을 정도의 관심을 쏟지만, 마음 건강엔 몸 건강에 쏟는 관심의 반의반도 쏟지 않는다. 이런 현실을 안타까워하며, 마음 근육을 키우는 방법을 알려주고자 하는 것이다. 마음의 근육은 책을 읽고, 같은 책을 읽은 사람들과 토론하고, 걸으며 사색하고 서평을 써보면 불어날 것이라고 믿는다. 그것은 틀림없는 일이다. 읽고, 토론하고, 사색하는 과정은 모두 마음 근육 키우기의 지름길이다.

책을 읽지 않고 삶을 바르게 꾸미기는 어렵다. 그 사실을 아는 사람들만 책을 열심히 읽는다. 그러나 책을 바르게 읽지 못하는 경우가 적지 않다. 책을 바르게 읽는 방법은, 책 읽고, 토론하고, 생각하고, 그 생각을 서평에 담고, 책에서 읽은 것을 실천하는 것이다. 이것이 독서의 바른 과정이다. 그런데 대다수의 사람들이 무조건 많이 읽는 것을 중요하게 생각하고, 제대로 읽는 것에 대해서는 관심을 덜 가진다. 많이 보다는 한 권의 책이라도 제대로 읽는 것이 중요하다. 세상에 존재하는 많은 책 중에서 내가 읽고 평생을 함께해도 좋다는 생각이 드는 책을 골라서 반려도서로 삼는 것, 그것이 내가 있는 삶의 격이다.

이 책은 '책과 놀면서 나를 찾고〔遊册尋我〕, 내가 있는 삶〔有我之生〕'을 꾸리도록 하겠다는 목표를 가진다. 목표 설정의 기저는 첫째, "놀이로서의 독서, 인간과 나 자신의 탐색, 이것이 책에 바란 알파요 오메가였다.(몽테뉴)" 둘째, "독서讀書는 완성된 사람을 만들고 담론談論은 기지機智 있는 사람을 만들고 작문作文은 정확한 사람을 만든다.(베이컨)" 셋째, "知之者 不如 好之者 好之者 不如 樂之者.(공자)"란 명언들에 있다. 이 책의 목표가 이 명언들의 뜻과 정신을 담아내는 것이다. 이 책이 궁극적으로 가 닿고자 하는 것은 1차적으로 서평을 쓰는 것이고, 2차적으로는 쓴 서평을 모아 책을 내고 저자가 되도록 하는 것이다.

『반려도서 레시피』에는 나를 세우는 기둥 12개가 있다. 册-讀-討-步-章-作-評-書-文-用-夢-綜이 그것이다. 책과 독서의 개념, 독서 토론과 사색을 위한 걷기, 바른 문장과 논리적 글쓰기, 비평과 서평 쓰기(문학, 비문학, 아동, 청소년)를 다룬다. 조선의 선비 연암 박지원은 "선비란? 책을 읽고, 읽은 대로 실천하는 사람"이라고 했는데, 독서의 완성이라고 할 수 있는 '행行'은 이 책의 밖에 둔다. 필자의 능력으로 감당할 수 있는 영역이 아니기 때문이다. 몰라서 행하지 않은 것이 아니라 알아도 행하지 않기 때문인데 많은 독서를 통해 극복해야 할 일이다.

이 분야의 책이 없는 것은 아니지만 흔치는 않다. '책 읽는 사람들'과 독서의 길을 함께 걸으면서 읽고, 토론하고, 생각하고, 쓰는 과정을 밟아 집필되었다. 서평을 잘 쓰게 하자는 목적이 크지만, 그보다 먼저 책을 읽고는 반드시 서평을 써야 한다는 생각을 갖도록 하는데 욕심을 더 많이 내고 싶다. 서평을 쓰지 않는 독서는 휘발성 독서가 되고 만다. 책을 읽고 서평 한두 편만 써보면 그것이 얼마나 유익한 것인가 깨달을 수 있으며 서평을 쓰지 않은 독서에 대한 반성을 하게 될 것이다. 막연히 생각하는 것보다 훨씬 유익하다. 이 책은 그 일에 도움이 될 수 있기를 간절히 바랄 뿐이다.

끝으로 이 책을 쓰기 위하여 많은 참고문헌을 참고하였다. 책, 읽기, 토론, 걷기, 낱말, 문장, 비평, 서평에 관한 책들이다. 오래전에 읽은 책들도 있지만 이 책을 쓰면서 크게 도움 받은 책들이다. 참고 문헌으로 정리하며 저자들에게 경의를 표한다. 이 책들이 없었다면 매우 어려운 과정을 겪었을 것이다. 그리고 출판에 대한 사명감으로 지역 출판계의 매우 어려운 사정 속에서 출판을 맡아준 신중현 학이사 대표께 감사드린다. 또한 함께 책 읽고 토론하며, 서평 쓰는 삶을 위해 꾸준히 활동하는

학이사 독서아카데미의 '책 읽는 사람들'에게도 고맙다는 말씀을 드린다.

2020년 초가을에
문무학

차례

머리말

책冊을 책責하다

眞宗皇帝 勸學文[1]

富家不用買良田

書中自有千鍾粟

安居不用家高堂

---

1) 노태준 역해, 『고문진보』, 홍익신서, 1979, 17~18쪽. (宋)진종황제 권학문: 전반과 후반이 각각 같은 형식의 구를 되풀이한 2연을, 두 번 거듭하고 나서 최후의 두 구로 마무리한 것이다.

부가불용매양전: 집을 부하게 함에 좋은 밭을 살 필요가 없으니
서중자유천종속: 책 가운데 자연히 많은 곡식 있으며
안거불용가고당: 편안하게 살고자 높은 집을 지을 필요가 없으니
서중자유황금옥: 책 가운데 자연히 황금옥이 있도다.
출문막한무인수: 문을 나감에 사람이 없음을 한하지 말라.
서중거마다여족: 책 가운데 거마가 많이 뭉쳐있듯 하도다.
취처막한무양매: 아내를 취함에 좋은 중매쟁이 없음을 한하지 말라.
서중유녀안여옥: 책 가운데 여자 있어 얼굴이 구슬 같도다.
남아욕수평생지: 남아가 평생의 뜻을 이루려 하면

書中自有黃金屋

出門莫恨無人隨

書中車馬多如簇

娶妻莫恨無良媒

書中有女顏如玉

南兒欲遂平生志

六經勤向窗前讀

- 『고문진보』에서

　서평 쓰기, 첫 장을 '책冊을 책責²⁾하다'라는 제목으로 시작한
다. 도발적인 제목을 붙인 것은 책에 관한 인식을 새롭게 하고
서평에 도전성을 부추기고 싶다는 뜻이다. 한자의 '책責'은 여
덟 가지 뜻이 있고, '채'로 읽히는 의미도 있다. 그중, '구하다,

육경근향창전독: 육경(詩, 書, 禮, 樂(周禮), 春秋, 易)을 부지런히 창가에서
읽으라.

권학문은 사람에게 학문을 권하기 위한 시, 혹은 운문인데, 오언, 칠언, 잡언
등 여러 가지 형식이 있다. 송나라 진종황제의 권학문은 현세적, 출세 주의
적, 권학이며, 유가 학문의 목적은 修己治人에 있는 것이지 결코 이 같은 생
활상의 욕망에 있지 않다는 비판을 받기도 한다.

2) 민중서림, 『신자해』, 638쪽. ① 꾸짖을 책 ② 구할 책(요구함) ③ 권할 책(당
연히 하여야 할 일을 하라고 권유함) ④ 재촉할 책(독촉함) ⑤ 헐뜯을 책 ⑥
책임 책(당연히 하여야 할 임무) ⑦ 책망 책 ⑧ 취할 책(가짐) *〈빚 채〉

취하다, 권하다, 꾸짖다'의 의미를 취해서, 책을 구하여, 취하고, (읽고) 권하고, 읽을 만큼 읽은 후에 꾸짖을 거리를 찾아보자는 것이 목표다.

1. 책이란?

책은 사전적 해석으로 ① 종이를 여러 장 묶어 맨 물건 ② 일정한 목적, 내용, 체재에 맞추어 사상, 감정, 지식 따위를 글이나 그림으로 표현하여 적거나 인쇄하여 묶어 놓은 것 ③ 〈수량을 나타내는 말 뒤에 쓰여〉 옛 서적이나 여러 장의 종이를 묶은 것을 세는 단위(목민심서는 48권[3] 16책[4])로 풀었다. 그러나 이런 정의는 시대 흐름을 반영하지 못하고 있다. 종이책에 한정된 정의이며 글과 종이만을 대상으로 한 것이기 때문이다. 그래서 책이 갖추어야 할 요건[5]을 먼저 살펴보고 책의 정의를 재정립하고자 한다.

책은 그 어떤 경우에도 다음 다섯 가지의 요건을 갖추어야 책이라고 부를 수 있다.

---

3) 책을 내용에 따라 구분하는 단위.
4) 옛 서적이나 여러 장의 종이를 하나로 묶은 것을 세는 단위.
5) 위의 책, 27쪽.

첫째, 책은 출판되어 공중이 이용할 수 있어야 한다. 비록 책의 형태를 갖추었다고 하더라도 출판되지 않은 개인의 일기장이나 비밀문서, 또는 출판되었다 하더라도 특정 기관이나 단체의 사람들에게만 배포되어 공중이 보거나 이용할 수 없는 것은 책이라고 할 수 없다.

둘째, 책은 유네스코에서 권고한[6] 바와 같이 일정한 분량, 즉 최소한 49쪽(표지 제외) 이상이어야 한다.

셋째, 책은 인쇄된 것이어야 한다. 따라서 필사한 것이거나 워드프로세서로 작성해 놓은 것은 책에서 제외된다. 하지만 인쇄술이 발명되기 이전에 발간된 필사본은 편의상 책의 범주에 넣기도 한다.

넷째, 책은 비정기 간행물이어야 한다. 따라서 위에 언급한 세 가지 요건을 모두 갖추었더라도 정기적으로 발행되는 잡지나 연감 등의 정기 간행물은 책에서 제외시키는 것이 통례이다.

---

6) 1964년 10월부터 11월까지 프랑스 파리에서 열린 제13차 총회에서 '서적과 정기간행물에 관한 통계의 국제적 표준화에 대한 권고안'을 채택하면서 책이란 '국내외에서 출판되어 공중의 이용에 제공되는 최소한 49쪽(표지 제외) 이상의 인쇄된 비정기 간행물을 말한다.'라고 규정하였다.

이와 같은 책의 요건을 감안하고 시대와 매체 변화를 수용하여 다음과 같이 재개념화[7] 할 수 있다.

첫째, 책은 특정 다수 혹은 불특정 다수인 공중을 대상으로 공표된 것으로서 독자로서의 공중이 구매 혹은 대여의 방식으로 이용할 수 있어야 한다. 책의 형태를 갖추었다고 하더라도 공표 또는 발행을 전제로 하지 않는 것은 책이라고 할 수 없다. 이때 그 이용 형식은 반드시 '읽기'로만 한정되지 않으며, '보기'와 '듣기' 등을 이용하거나 '쓰기'를 동시에 공감각적으로 활용하는 것까지 포함하는 개념으로 해석해야 한다.

둘째, 책은 인간의 사상이나 감정이 표현된 저작물을 담고 있어야 한다. 따라서 무의미한 점 또는 선으로만 표현된 것으로서의 노트나 수첩류 및 비망록 형식의 기록장, 혹은 전화번호부나 음식점 차림표, 대중교통 시간표 등은 책이라고 할 수 없다.

셋째, 책은 인쇄된 것뿐만 아니라 필사한 것을 포함하여 기존의 종이책과 디지털화한 것으로서 전자책[e-Book] 및 오디오북을 망라하여, 국립중앙도서관 문헌번호센터를 통해 국제표준

---

7) 위의 책, 33쪽.

도서번호(ISBN)를 부여할 수 있는 것들을 모두 포함한다.

넷째, 종이 자체를 책이라 하지 않고 편집 과정을 거쳐 인쇄 및 제본이 완성된 것을 책이라고 하듯이 전자책이나 오디오북을 구현하는 단말기 혹은 컴퓨터 화면 그 자체를 책이라고 하지 않으며, 그러한 단말기 혹은 컴퓨터 화면에 구현된 내용물을 '책'이라고 할 수 있다.

다섯째, 책은 비정기 간행물이어야 한다. 따라서 위에서 언급한 네 가지 요건을 모두 갖추었더라도 정기적으로 발행되는 잡지나 연감 등의 정기간행물은 '책'의 범주에서 제외한다.

책의 성격을 기능적인 측면에서 정의하면 책은 세상을 보는 창이라고 할 수 있다. 따라서 좋은 책은 인간과 세상에 대한 통찰을 담고 있다. 인문학이라고 부르는 문학, 역사, 철학이 그런 책이다. 권력과 물질적인 부, 그리고 개인의 명예만을 좇는 세속적인 성공이 아닌, 내가 어떤 사람인지를 돌아보게 하고 근본적인 문제를 짚게 하며, 내 삶에 나를 세우는 삶을 살게 하는 힘을 길러준다.

오늘날 세계가 인문학을 중요하게 생각하는 이유는 물질문명에 매몰된 정신문화의 재건이 시급하다고 보기 때문이다.

"문학은 나와 너 그리고 우리, 즉 사람을 이해할 수 있게 해 주고, 역사는 과거를 통해 현재를 바로 보고 미래를 보여주는 거울이다. 그리고 철학은 자신의 세계관을 새롭게 정립하게 해"[8] 주는 것이다. 이 같은 인문학의 특성은 21세기 지구촌에 가장 시급하고 필요한 정신이기도 하다.

그 외 1968년 국제출판협회의 도서 헌장에는 "책은 단순히 종이와 잉크로 만든 상품이 아니다. 책은 인간 정신의 표현이며 생각의 매개체요 모든 진보와 발전의 바탕"이라고 정리되고 있다.

2. 책의 역사

"'책'이란 낱말은 라틴어 리베르liber에서 유래했으며, '책'을 뜻하는 그리스어 비블리온biblion은 파피루스라는 뜻을 지닌 비블로스biblos에서 파생된 단어이다. 성서라는 바이블bible도 이 말에서 생겨났는데 프랑스어 비블리오필bibliophile(애서가)이나 비블리오테크bibliotheque(도서관) 같은 많은 어휘도 그 어원을 공유한다."[9]

---

8) 신기수, 김민영, 윤석윤, 조현행, 『이젠 함께 읽기다』, 북바이북, 2015(1판 4쇄), 131쪽.
9) 브뢰노 블라셀, 권명희 옮김, 『책의 역사』, 시공사, 1999, 14쪽.

한자의 경우 대나무 조각에 글을 새기어 그것을 나란히 꿰맨 모양을 본뜬 글자로써 책 또는 문서를 뜻하게 되었다. 어원에서 보면 책은 죽간竹簡이었다. 죽간의 상하에 구멍을 뚫어 위편韋編이란 끈으로 연결한 것이 마치 '册책' 자와 같기 때문에 이 모양을 따서 책을 册책으로 표기하게 되었다.

'도서圖書'라는 말을 쓰기도 하는데 이는 '하도낙서河圖洛書'[10]의 준말이며, 서적書籍의 '서'는 도서의 뜻이고, '적'은 문서라는 의미다. 그 외 '본本'은 초목의 근본으로 뿌리를 뜻하며 이것이 확대 사용되어서 사물의 근본이 되어 공부하는 근간, 즉 책이 되었다.

영어의 BOOK은 네델란드어 부크Boek에서 온 것으로 알려진다. 우리의 경우 책을 가리키는 순수 우리말이 없는데 우리말로는 '글'로 이해해도 좋을 것이다. 우리 선조들이 '책 읽는다' 하지 않고 '글 읽는다'고 한 것으로 유추할 수 있다.

책에 관해서 말하려면 필기구와 종이에 대해서 먼저 말해야 할 것이다. 동양에서는 이와 관련해서 '염필륜지恬筆倫紙'라는 고사성어가 있다. BC 3세기경 진秦나라 몽염蒙恬은 토끼털로 처음 붓을 만들었고, 후한 채륜蔡倫은 AD 105년 나무껍질, 마,

---

10) 하도낙서는 고대 중국에서 예언이나 수리(數理)의 기본이 된 책. 하도는 복희(伏羲)가 황하에서 얻은 그림으로, 이것에 의해 복희는 〈易〉의 팔괘를 만들었으며, 낙서는 하우(夏禹)가 낙수에서 얻은 글로 이것에 의해 우(禹)는 천하를 다스리는 대법(大法)으로서의 〈홍범구주(洪範九疇)〉를 만들었다고 한다.

넝마, 헌 어망 등을 원료를 하여 종이를 처음 만들었다는 말이다.

서양의 경우 글을 쓸 수 있는 재료의 대표적인 것은 이집트의 파피루스papyrus, 메소포타미아 문화권에서는 점토판 책, 그리고 4세기 이후 페르가몬Pergamon에서 개발된 양피지 등이 다. 파피루스는 이집트 나일강 가에서 자라던 갈대의 일종인데, 이 식물의 줄기를 잘게 쪼개어 종횡으로 놓고 접착제를 발라서 두드린 다음 햇볕에 말리고 문질러 파피루스를 생산하였다.

점토판은 강가의 진흙을 알맞은 크기와 형태로 빚어서 철필로 문자를 새겨서 불에 굽거나 태양빛에 말린 것이다. 양피지는 4세기 이후 중세에서 사용된 양, 염소, 소 등의 가죽으로 만든 것이다. 양피지는 가죽을 씻고 소독하고 무두질해서 가죽을 늘린 다음 분필가루를 뿌리고 경석으로 광택을 낸다. 양피지는 기록이 쉽고 가벼우며 열람에 편리하고 장기 보존에 적합하다. 그러나 그 원료가 매우 귀하고 비싼 것이어서 제한된 계층에서만 사용되었다.

파피루스를 비롯한 점토판, 갑골, 양피지, 죽간 등 필사 매체의 불편함을 없앤 종이의 제조 기술[11]은, 중국에서 아프리카를 경유하여 1150년경 에스파냐에 전해졌다. 그리하여 구텐베르크 시대에 이르러서는 유럽의 여기저기에 좋은 종이가 대량으

---

11) 이광주, 『아름다운 지상의 책 한권』, 한길아트, 2001, 226쪽.

로 생산되었다.

서사 재료의 이런 발전 과정을 거쳐 "기원 후 초창기부터 책의 형태가 변모되었다. 볼루멘(두루마리)은 오늘날 우리에게 친숙한 외양인 낱장을 묶어 함께 꿰맨 코덱스Codex(古字本)의 형태로 변했다."[12] 인류 최초의 책은 기원전 1300년 이집트의 『죽음의 서』[13]로 알려진다. 당시는 책에 발행인의 성명, 출판사 명이 기록되지 않았다. 인쇄술이 악마에게 혼을 판 마술사의 발명으로 여겨져 그 작업이 비밀리에 진행되었기 때문이다.

활자와 인쇄술이 실현된 최초의 증거[14]는 한국과 중국에서 찾을 수 있다. 한국에서는 751년경의 것으로 추정되는, 조판雕版[15]에 의한 인쇄 현물인 『무구정광대다라니경無垢淨光大陀羅尼經』이 1966년에 발견되었다. 또 1234년경에는 최초로 금속활자를 써서 『고금상정예문古今詳定禮文』 50부를 인쇄했다는 근거가 이규보 『동국이상국집東國李相國集』 권11에 있다. 독일의 구텐베르크(Johannes Gutenberg, 1397~1468)보다 78년이나 앞선 고려 불경, 『백운화상초록불조직지심체요절白雲和尙抄錄佛祖直指心體要節』(하권)(1372저술, 1377년 인쇄)이 있었지만 이보다 먼저 금속활자본이 있었던 것이 후에 발견된 것이다.

---

12) 브뢰노 블라셸, 앞의 책.
13) 이광주, 앞의 책.
14) 김기태, 앞의 책, 23~24쪽.
15) 나무판에 문자를 새김.

구텐베르크가 제일 먼저 출판한 활자본[16]은 '구텐베르크 바이블' 이라고도 불리는 『42행 성서』(1452~55년경)다. 여러 해에 걸쳐 완성된 이 『성서』는 210부로 그중 180부는 재료가 종이였으며, 30부는 송아지 가죽인 독피지犢皮紙 특제본이었다. 이 독피지본을 위해 적어도 3백 마리의 송아지가 희생된 것으로 추정되고 있다. 유럽에서는 제1급 도서관의 조건으로서 셰익스피어 전집과 더불어 『42행 성서』가 구비되어야 했다.

출판과 관련해서는 책은 상품이라는 측면에서 출판 행위의 결과물이다. 책을 이해하려면 '출판' 에 관한 이해가 필수적이지만 본 장에서는 책을 이해하는 개념 정도에서 그치게 될 것이다. 이 책의 목표가 출판에 대한 이해보다, 책을 읽고, 토론하고, 사색하여, 서평을 쓰고, 그 내용을 실천하게 하는 중심으로 전개되기 때문이다.

'출판' 은 전통적인 의미에서 "저작자가 작성한 원고를 편집자가 정리하고 그것을 인쇄술로써 다량 복제複製, 제본製本, 장정裝幀하여 서점 등 유통업체를 통해 독자에게 전달함으로써 그 문화적 · 산업적 효과를 얻는 일련의 행위"[17]를 이르는 것이다. 그러나 전 세계적으로 출판 환경의 변화가 심하여 그 정의

---

16) 이광주, 앞의 책, 221~225쪽.
17) 김기태, 『서평의 이론과 실제』, 이채, 2017, 19쪽.

를 수정해야 할 필요성이 대두되었다. 우리나라의 경우도 1990년을 기점으로 해서 인쇄·출판 분야에 컴퓨터가 접목되기 시작함으로서 새로운 개념 정의가 필요하게 되었다. 종이도서, 전자출판(e-Book), 오디오북, 비디오 북, 디스크 북, 멀티미디어 북의 형태로 발전했고 그 발전 양상이 다양하여 모든 경우마다 이름을 달리하기 어려워서 '디지털 콘텐츠digital contents'란 말로 집약하여 부르고 있다.

디지털 콘텐츠란 "사용자가 필요한 정보를 얻기 위한 목적으로 사용하거나 시각 또는 청각을 이용하여 창작물을 감상하면서 감성적 만족을 얻기 위한 목적으로 사용되는 텍스트, 소리, 정지화상, 동영상 혹은 이러한 표현 수단들의 조합으로 이루어지는 표현물"[18]이라고 요약할 수 있다. 결국 출판이 전통적인 글자와 그림을 인쇄한 종이만을 그 대상으로 하지 않는다는 사실이 변화의 핵심이다.

종이책과 디지털 콘텐츠에 대해서는 분명히 인식할 필요가 있다. 종이책은 종이책대로 디지털 콘텐츠는 또 그것대로 각각의 장단점을 갖고 있다. 그래서 어느 하나가 특별히 좋다고 말할 수는 없다. 영상매체와 책이 주는 효과를 비교한 다음 글은, 종이책과 영상 콘텐츠의 차이를 분명히 알게 해 준다.

"책은 영상 콘텐츠에 밀리고 있다. 그럼에도 왜 책이고 서점

---

18) 위의 책, 37쪽.

인가. 인터넷 검색은 속도의 세계이고 책의 사색은 느림의 세계다. 구글 검색에는 끝이 존재하지 않는다. 콘텐츠가 무한히 팽창하는 우주이다. 내가 저가 항공권을 산다 해도 이보다 저렴한 상품은 언제든 나올 수 있다. 모든 가능성이 열려있다는 불안은 무시할 수 없는 수준이라, 아무리 오래 검색을 해도 검색은 우리에게 끝났다는 느낌을 주지 않는다.

그에 비해 책은 구조적으로 닫힌 완결된 세계다. 한 권의 책을 다 읽고 책장을 덮었을 때의 뿌듯함은 정보의 폭우 속에서 닫힌 문을 바라볼 때의 안도감인지도 모른다. 열린 검색이 아니라 닫힌 독서와 사색이 우리에게 만족감을 주는 건 이 때문이다."[19]

3. 책의 Aphorism[20]

01) 책! 그 속에는 인류가 수천 년 동안을 두고 쌓아 온 사색과 체험과 연구와 관찰의 기록이 백화점 점두와 같이 전시되어 있다. 이 이상의 성관盛觀, 이 이상의 보고寶庫, 이 이상의 위대한 교사가 어디 있는가. 책만 펴 놓으면 우리는 수천 년 전의 대천재와도 흉금을 터놓고 마음대로 토론할 수 있으며, 육해 수

---

19) 백영옥, 「아무튼, 책」, 〈백영옥의 말과 글 140〉, 조선일보, 기사 입력 2020.
   3. 14.

만 리를 격한 곳에 있는 대학자의 학설도 여비도 학비도 들일 것 없이 집에 앉은 채로 자유로 듣고 배울 수 있다.

- 유진오 / 독서법

02) 오늘의 나를 있게 한 것은 우리 마을 도서관이었다.

- 빌 게이츠

03) 책은 꿈꾸는 걸 가르쳐 주는 진짜 선생이다.

- G.바슐라르21) / 몽상과 우주

04) 절대로 배신하지 않는 친구를 사귀고 싶은가? 그렇다면 책과 사귀어라.

- 데발로 소네트

05) 한 권의 책은 다시 말해 독서 체험은 우리 내면의 얼어붙은 바다를 깨부수는 한 자루의 도끼와 같다.

- 프란츠 카프카

---

20) 깊은 체험적 진리를 간결하고 압축된 형식으로 나타낸 짧은 글, 금언, 격언, 경구, 잠언 따위를 가리킨다. 세계에서 가장 오래되고 유명한 아포리즘은 히포크라테스의 『아포리즘』 첫머리에 나오는 "예술은 길고 인생은 짧다." 라는 말이다. 또한 파스칼의 "인간은 자연 가운데에서 가장 약한 한 줄기 갈대에 불과하다. 그러나 그는 생각하는 갈대이다."라는 말도 널리 알려진 아포리즘의 한 예이다.

21) Gaston Bachelard (1884~1962) 프랑스 철학자.

06) 책은 사회개혁에 없어서는 안 될 탄약고들처럼 이제 세상을 이해하는 일뿐 아니라 변형시키려는 의도를 아울러 제시할 것이다.

- 브뤼노 블라셀 / 책의 역사

07) 三日不讀書語言無味삼일부독서어언무미
사흘만 독서를 하지 않으면 사상이 비열鄙劣해져서 말도 자연히 아치雅致가 없어진다는 말이

- 유의경 / 세설신어世說新語

08) 長目飛耳장목비이: 책.
옛일과 먼 곳의 일을 책을 통해 알 수 있음을 이르는 말

09) 아이가 어른이 되고, 처녀가 신부가 되며, 독자가 작가가 된다. 그러므로 대부분의 책들은 독서를 자극하고 지속시키는 능력과 성향이 낳은 결과물이다.

- 클라스 후이징 / 책벌레

10) 결국 세계는 한 권의 아름다운 책에 이르기 위하여 만들어졌다.

- 프랑스 시인, 말라르메(1842~1898)

11) 한 권의 책만 읽은 사람을 경계하라.

- 중세 로마 신학자, Thomas Aquinas (1225~1274)

12) 한 권의 책은 세상에 대한 나름의 해석이다. 그것이 마음에 들지 않으면 무시하고, 대신 자신의 해석을 제시하라.

- 인도 출신 소설가, Salman Rushdie

13) 좋은 책에서 최고의 것은 행간에 있다.

- 스웨덴 속담

14) 책 읽기를 계속하라. 하지만 책은 책일 뿐임을 기억하라. 스스로 생각하는 법을 배워야 한다.

- 러시아 작가, Maxim Gorky(1868~1936)

15) 제일 좋아하는 책과 함께 보낸 시간만큼 유년 시절을 충실하게 보낸 날도 아마 없을 것이다.

- 프랑스 소설가, Marcel Proust(1871~1922)

16) 위대한 책은 당신에게 수많은 경험을 남기게 마련이다. 그래서 다 읽고 나면 얼마간 탈진한 느낌마저 든다. 읽는 동안 여러 인생을 산 것이다.

- William Styron(1925~2006)

17) 책으로 둘러싸여 있지 않으면 잠을 잘 수 없다.

- Jorge Luis Borges

18) 사람은 인생을 어느 정도 살아보기 전까지는 책을 이해하지 못한다. 혹은 어찌 됐든 깊이가 있는 책은 최소한 그 내용의 일부라도 직접 보고 살아보기 전까지는 이해할 수 없다.

- 미국 시인, Ezra Pound(1885~1972)

19) 책은 우리를 타인의 영혼 속으로 들여보낸다. 그럼으로써 우리 자신의 비밀을 열어보인다.

- 영국 작가, William Hazlitt(1878~1830)

20) 당신은 어떠한 사전을 곁에 두고 있는가 하는 물음은, 바로 당신이 누구인가 하는 물음이 또한 될 것이다.

- 이광주 / 아름다운 지상의 책 한권 / 297쪽

21) 좋은 책은 항상 어디서든지 우리에게 무엇인가 제공하면서 그러나 자신은 어떠한 것도 우리로부터 요구하지는 않으며, 우리가 듣고 싶어 할 때 말해 주고, 피로를 느낄 때 침묵을 지키며, 몇 달이나 우리가 오기를 참을성 있게 기다리며, 설사 우리가 하다 못해서 다시 그것을 손에 들지라도 결코 감정을 상하는 일을 하지 않고 최초의 그 말과 같이 친절히 말해

준다.

- 독일 작가, 평론가, Paul Ernst(1866~1933)

22) 나는 고서古書를 소중히 한다. 그것은 무엇인가 가르쳐 주기 때문이다. 신간新刊으로부터 배우는 것은 거의 없다.

- 볼테르

23) 모든 서적 중 나는 다만 사람이 그 피로써 쓴 것만을 좋아한다.

- F.W. 니체

24) 책은 대천재가 인류에게 남기는 유산이다.

- J. 러스킨 / 참깨와 백합

25) 지혜의 샘은 서적 사이로 흐른다.

- 독일 속담

26) 책은 책에서 만들어진다(Books are made from books).

- 영국 속담

27) 책은 세계의 보배이며, 세대世代와 국민들이 상속받기 알맞은 재산이다.

28) 내가 인생을 안 것은 사람과 접촉한 결과는 아니다. 책과 접촉한 결과다.

- A. 프랑스

29) 가난한 자는 책으로 말미암아 부자가 되고 부자는 책으로 존귀해진다.

- 고문진보

30) 유익한 것을 하나도 찾을 수 없을 만큼 나쁜 책은 없다.

- 플리니우스

4. 나의 책 정의와 반려도서

1) 책에 대한 나의 정의

'정의定義'는 '어떤 말이나 사물의 뜻을 명백히 밝혀 규정함, 또는 그 뜻'을 말한다. 앞에서 학습한 책의 개념과 동서양의 명언을 통해 책에 대한 개념이 잡힐 것으로 생각된다. 따라서 '책'에 대한 나의 정의를 내려 보는 것이 평생의 독서 생활에 크게 도움이 될 것이다. 그것은 스스로의 독서관讀書觀을 정립

한다는 매우 중요한 의미가 있는 일이다.

정의를 내리는 방법은 이른바 "나에게 책은 ㅁㅁ이다."로 하는 것이다. 여기서 '책은'은 피정의항이 되고 'ㅁㅁ이다.'는 정의항이 된다. 정의항은 다시 종차(하위개념)와 유개념(상위개념)으로 나뉜다. 예를 들면 "사람은 이성적인 동물이다."라고 했을 때 '사람은'은 정의항, '이성적인'은 종차(하위개념)이고 '동물이다'는 유개념(상위개념)이다.

그러나 모든 술어가 위의 공식에 의해 다 정의되는 것은 아니다. 피정의항 중에는 쉽게 범주화할 수 없는 것이 많기 때문이다. 그래서 설명의 다른 방법을 동원하여 이루어지는 정의를 확대된 정의 또는 설명적 정의라고 한다. 필자는 책을 다음과 같이 정의해 본 적이 있다.

"책은 뚜쟁이다."

이 정의에는 피정의항이 유개념과 종차가 없이 정의되고 있다. 이런 경우를 확대된 정의, 설명적 정의라고 한다. 책을 뚜쟁이라고 정의한 것은

"책은 온통 만남으로 이루어지고, 새로움을 만나게 해주기 때문이다."

닿소리 홀소리가 만나 글자가 되고 글자와 글자가 만나 낱말
이 되고 낱말과 낱말이 만나 문장이 되고 문장과 문장이 만나
문단이 되고 문단과 문단이 만나 한 편의 글이 되고, 그 글들이
책이 되어 새로운 온갖 것들을 만나게 해준다. 새로운 일, 새로
운 물건, 새로운 사람, 새로운 세상, 온통 새로운 것을 만나게
해주는 뚜쟁이, 그것도 참 믿을만한 뚜쟁이다.

누구라도 스스로 생각하는 책의 정의를 갖게 되면 책을 읽을
때마다 그 정의를 떠올리게 되고, 독서의 기둥이 된다는 측면
에서 책에 대한 나의 정의를 반드시 가져야 할 필요가 있다. 남
과 같지 않은 나의 독서관은 내 삶에 나를 세우는 일의 하나다.

2) 반려도서 伴侶圖書

미국 사상가 겸 시인 랄프 왈도 에머슨Ralph Waldo Emerson(1803
~1882)[22]은 "만일 전 세계의 도서관이 불타고 있다면, 나는 그
불길 속으로 뛰어들어 가 『셰익스피어 전집』과 『플라톤 전집』,
그리고 『플루타르코스 영웅전』을 구해낼 것"이라고 했다. 책을
사랑한 그의 정신이 묻어있다. 그중에서도 『플루타르코스 영웅

---

22) 자연과의 접촉에서 고독과 희열을 발견하고 자연의 효용으로서 실리(實
利), 미(美), 언어(言語), 훈련(訓練)의 4종을 제시했다. 정신을 물질보다도
중시하고 직관에 의하여 진리를 알고 자아의 소리와 진리를 깨달으며, 논
리적인 모순을 관대히 보는 신비적 이상주의였다. 주요 저서에는 『자연
론』, 『대표적 위인론』이 있다.(두산백과)

전』은 많은 작가들과 예술가들에게 영감을 주어왔다. 특히 셰익스피어의 작품과 세르반테스의 『돈키호테』[23]등에 영향을 끼쳤던 글로 알려져 있다. 실제 『플루타르코스 영웅전』에는 독서와 관련된 많은 이야기[24]들이 나온다.

만약 에머슨의 이 말을 따른다면 나는 무슨 책을 구하겠는가? 생각해 보자. 그리고 그 책과 늘 함께했으면 좋겠다. 법정 스님은 늘 함께하고 싶은 책을 머리맡에 두고 생활했다. 그 책을 '머리맡 책'이라고 이름 지어 불렀다. 손만 뻗으면 잡히는 머리맡에 책을 두고 자기 전이나, 자고 일어나서나 시간이 날 때마다 읽는 책을 가리킨다. 필자는 그런 책을 '반려도서伴侶圖書'라고 부르고 싶다.

누구나 반려도서와 함께 산다면 삶이 달라질 것이다. 삶을

---

23) 17세기경 스페인의 라만차 마을에 사는 한 신사가 한창 유행하던 기사 이야기를 너무 탐독한 나머지 정신 이상을 일으켜 자기 스스로 돈키호테라고 이름을 붙인다. 그 마을에 사는 뚱보로서 머리는 약간 둔한 편이지만 수지타산에는 바른 소작인 산초 판사를 시종으로 데리고 무사(武士) 수업에 나아가 여러 가지 모험을 겪게 되는 이야기.

24) 플루타르코스, 이성규 옮김, 『플루타르코스 영웅전 전집 Ⅰ, Ⅱ』, 현대지성, 2018(2판 4쇄). 독서에 특별한 관심을 가진 영웅들이 많았다. 리쿠르고스는 호메로스의 시를 세상에 알려 유명하게 했고, 시의 원본을 필사하고 정리하기도 하였다. 누마는 두 개의 석관을 만들어 하나는 시체, 하나는 그가 서술한 책을 넣어 묻었다. 필로포이맨은 "독서를 행동으로 옮기지 않으면 가치가 없는 일"이라고 했으며, 루쿨루스는 도서관을 갖추어 뮤즈의 신전처럼 누구나 드나들게 했고, 알렉산드로스는 왕의 향 그릇 속에 호메로스의 〈일리아드〉를 넣고 다녔다. 브루투스는 평생 낮잠을 자지 않고 항상 책을 읽었는데, 전쟁을 하는 전날까지도 책을 손에서 놓지 않았으며, 키케로는 취미로 많은 시를 짓기도 했다

함께하는 책, 반려 동물이나 반려 식물만 있는 것이 아니라 반려 도서가 있어야 한다. 그런 책을 정하자. 마음이 괴롭거나 절망이 찾아왔을 때 그 괴로움과 절망을 쫓아버릴 수 있는 그런 책은 반드시 있게 마련이다.

필자는 그런 책으로 우리나라, 동양, 세계라는 관점에서 1권씩을 갖고 있다. 우리 책으로는 1728년 김천택이 엮은 고시조 580수를 엮어 편찬한 가집『청구영언』, 동양의 책으로 춘추 시대의 민요를 중심으로 하여 모은 중국에서 가장 오래된 시집『시경』, 세계적 관점에서 영국 극작가 버나드 쇼의 평전『지성의 연대기』다. 나의 반려도서들이다. 그런데 이 반려도서들은 바뀔 수도 있다. 아니 어쩌면 바뀌어야 정상일 수 있다.

독篤하게 독讀하다

誦讀[25]

誦讀古人書

---

25) 송독고인서: 옛사람의 글을 읽을 적에는
막도세원광: 먼 옛날 일이라고 생각지 마라.
강언오취사: 이치를 따지는 말 내 스승 삼고
논세아취상: 세상 보는 법을 옳게 배울 일
상거수천재: 천 년이나 떨어져 있다 하지만
완여대상상: 눈앞에 마주 앉아 얼굴 맞댄 듯
범유힐번처: 캐묻고 따질 일 생각나거든
즉시친수창: 그때마다 문답 벌여 의심 풀게나.
수기일반구: 한 구절 반 구절 기억한다면
방행차의양: 있는 힘껏 실천하며 길 좇아야지
정구위가외: 꼼꼼한 공부가 가장 좋으니
명도불여우: 밝은 길은 너를 속이지 않네.

　김시습이 고전을 읽는 방법. 고전과 나 사이에는 시공간의 장벽이 없다. 천
년 전의 지성과 홀로 마주할 수 있는 방법으로 독서 말고 무엇이 있겠는가.
우리 고전 100선, 정길수 편역, 『길 위의 노래』, 돌베개, 2011. 99쪽.

莫道世遠曠

講言吾取師

論世我取尙

相去雖千載

宛如對相狀

凡有詰辨處

卽是親酬唱

雖記一半句

方行且依樣

精究爲可畏

明道不汝迂

- 金時習

'독篤하게 독讀하다'는 '열심히 책을 읽자.'라는 의미의 발음이 같은 한자를 결합한 것이다. '독篤'자는 ① 도타울 독(인정이 많음, 열심임, 성의가 있음, 정성을 들임) ② 두터이 할 독(견고하게 함) ③ 중할 독(병이 위중함)의 의미가 있다. 그 독을 '독讀'과 연결, 읽는다는 것은 무엇이며, 왜 읽어야 하고, 어떻게, 얼마나 읽어야 하는가? 그리고 세계 다독가들의 책 읽기에 대하여 알아보고, 책을 잘 읽기 위하여 갖추어야 할 것에 대하여 살펴본다.

1. '읽다' (독讀, Read)는 무엇인가?

한글 '읽다' 의 의미를 살펴보면 ① 글을 보고 그 음대로 소리 내어 말로써 나타내다 ② 글을 보고 거기에 담긴 뜻을 헤아려 알다 ③ 경전 따위를 소리 내어 외다 ④ (작가의 이름을 목적어로 하여) 작가의 작품을 보다 ⑤ (비유적으로) 그림이나 소리 따위가 전하는 내용이나 뜻을 헤아려 알다 ⑥ 글자의 음대로 말할 줄 아는 능력을 가지다 ⑦ 어떤 대상이 갖는 성격을 이해하다 ⑧ 어떤 상황이나 사태가 갖는 특징을 이해하다 ⑨ 사람의 표정이나 행위 따위를 보고 뜻이나 마음을 알아차리다 ⑩ 바둑이나 장기에서 수를 생각하거나 상대편의 수를 헤아려 짐작하다 ⑪ 컴퓨터의 프로그램이 디스크 따위에 보관된 정보를 가져와 그 내용을 파악하다 등 매우 다양하다.

한자의 독讀은 ① 읽을 '독' 으로 ㉠ 소리를 내어 책 같은 것을 봄 ㉡ 해독함 ② 읽기 '독' 으로 읽는 일, 읽는 법 ③ 셀 '독' 으로 수량을 계산함으로 해석된다. '두' 로 읽히기도 하는데 ① 구두 '두' 는 읽기 편하게 하기 위하여 구절에 점을 찍는 일 ② 이두 '두' 는 삼국시대부터 한자의 음과 뜻을 따서 우리말을 표기하던 문자를 말한다. 영어의 'Read' 는 읽다, 독서하다, 독해하다, 쓰여 있다, 낭독하다 등으로 해석된다.

자의적 해석을 넘어서, " '읽는다.' 라는 단어를 넓은 의미로 사용하면 깨달음" [26]이라고 말하기도 하고, 독서를 '책의 모습으로 감추어진 신의 아들의 모습을 찾아내는' 것이라고 정의하는 위그[27])에게 또한 독서가 책이라는 포도밭의 순례이기도 하였다. '페이지Page'의 어원인 라틴어의 '파기나'란 포도나무의 늘어선 줄을 의미한다. '읽는다.'함은 원래 '거두어들인다.'를 뜻하는 것이다. 그리하여 우리들은 책을 읽을 때마다 거두어들일 수 있다.[28])

이익의 『성호사설星湖僿說』에서는 독서란 '앎'과 '실천'을 겸해서 한 말이라고 주장한다.[29])

공자가 논어에서 언급한 '학이시습지學而時習之', 곧 배우고 때로 익힌다는 말이 그것이다. 사람 중에 효도하고 형제간에 우애하는 사람이 있다고 하자. 내가 그를 보고, 효도와 우애를 배우는 일은 과연 '앎'인가 '실천'인가? 또한 사람 중에 이치를 궁리하고 사색하며 글을 읽고 있는 사람이 있다고 하자. 내가 그를 보고 궁리하고 사색하며 독서하는 일을 배우는 것은 '앎'인가 아니면 '실천'인가? 독서는 몸으로 배우는 것도 있

---

26) 모티머 J. 애들러, 찰스 반 도렌 공저, 『생각을 넓혀주는 독서법』, 멘토, 2000, 25쪽.
27) 12세기 스콜라 학자 생 빅토르 위그(Hugues de saint Victor, 1096~1141) 『학습론』, 주제는 '독서방법'이었다. 위그에 있어 '독서'란 『성서』를 축납함을 의미하였다. 그러므로 그에게 바람직한 독서법은 하나밖에 없다. 그것은 바로 '성스러운 독서'였다. "탐구되어야 할 모든 것 중에서 그 최초의 것은 지혜이다." 이것이 학습론 책 전체의 주제다. 이광주, 『아름다운 지상의 책 한권』, 한길아트, 2002, 30쪽.
28) 이광주, 앞의 책, 40쪽.
29) 고전연구회 사암 한정주, 엄윤숙, 『조선 지식인들의 독서 노트』, 포럼, 177쪽.

고, 마음으로 배우는 것도 있다. 따라서 독서는 모두 '실천' 이라고 할 수 있다.

2. 왜 읽어야 하는가?

책을 왜 읽어야 하는가 하는 문제는 인류의 역사, 문화가 지금까지 책으로 전승되어 책이 문화의 집적체이기 때문이다. 책은 재미와 정보를 주고, 사색하게 한다. 그것이 책을 읽어야 하는 이유가 된다. 미국 작가, Anne Lamott(1954~)[30]는 "이 자그마한 평면의 직사각형 종이에서 당신에게 노래도 하고 위안도 주고 침묵 혹은 흥분을 유발하는 무수한 세계가 펼쳐진다는 것은 그 얼마나 대단한 기적인가. 책은 우리가 누구인지, 어떻게 행동해야 하는지 이해하도록 돕는다. 공동체와 우정이 무엇을 뜻하는지 보여준다. 우리가 어떻게 살고 죽어야 하는지 보여준다."고 하여 책을 읽어야 하는 이유를 포괄적으로 설명하고 있다.

---

30) 베스트셀러 작가이자 미국인들에게 가장 사랑받는 칼럼니스트, 그녀의 논픽션들은 언제나 삶에 대한 유쾌한 긍정과 위트, 감동의 영역을 자유롭게 넘나든다. 구겐하임문학상을 수상했으며 발표하는 작품마다 각종 글로벌 차트를 석권, 전 세계 젊은 독자들에게 영감과 에너지를 불어넣어 주고 있다. 국내 번역서로 『플랜 B』, 『마음 가는 대로 산다는 것』, 『가벼운 삶의 기쁨』이 있다.

1) 스스로를 위하여

우리가 무엇인가를 학습한다는 것은 바로 책을 읽는다는 것이다. 몸으로 익히는 기술도 있지만 세상의 모든 지혜는 책에 담겨있다. 살아가기 위해서 누구나 책을 읽어야 한다. 영국 수필가이자 시인, Joseph Addison(1672~1719)은 "읽기와 정신의 관계는 운동과 신체의 관계와 같다. 운동을 통해 건강을 유지하고 강화하고 활력을 더하는 것처럼 읽기를 통해(정신의 건강에 해당하는) 덕성을 유지하고 보존하고 다질 수 있다."고 했다.

미국 작가, Henry Miller(1891~1980)는 "우리는 우리 영혼이 호사를 누릴 수 있는 기회를 주기 위해 읽어야 한다."고 했으며, Frederick Douglas(1818~1895)는 "읽는 법을 배워라. 그러면 영원히 자유로워질 것이다."라고 했다. 자유의 영역을 넓혀가는 것이 보람 있는 삶일진대 책이 그걸 가능하게 하는 것이다. 미국의 어느 어린이 책 읽기 모임에서 나온 말로 "오늘의 Reader가 내일의 Leader가 된다."고 한 것은 시사하는 바가 크다. 그리고 한국의 이병철, 재일교포 손정의, 중국의 마오쩌둥〔毛澤東〕, 장쩌민〔姜澤民〕, 미국의 전 오바마 대통령 같은 사람들을 보면 Leader는 Reader여야 한다는 사실을 알 수 있다.

2) 세상을 위하여

"나는 우리 50대 이상의 어른들이 독서를 즐기는 모습을 후대에게 보여주는 일이 무엇보다도 중요하며 시급하다고 믿고 있다. 그것이 우리들 자신의 행복인 동시에 우리나라를 선진국으로 진입, 유지하는 애국의 길이라고 확신한다. 나이 들어 느끼는 하나의 소원이기도 하다."[31]는 말은 김형석 교수가 『백년을 살아보니』라는 책의 프롤로그에 쓴 말이다.

김경집은 『고장난 저울』[32]에서 "현재 하고 있는 일에 만족하지 못하거나, 좀 더 나은 새로운 대안을 찾을 때, 혹은 현재의 상황이 불안해서 일을 바꿔야겠다고 생각할 때 도대체 어디에서 그 해법을 찾을 것인가?"라는 질문을 던지면서 "내가 관심 있는 분야가 정해지면 도서관에 가서 사서와 상의해서 그 분야의 좋은 책 10권쯤 골라서 읽어보라. 처음 몇 권을 읽을 때는 감이 잡히지 않고 어렵지만 5권쯤 읽으면 윤곽이 보이고 이해도 따르며, 10권을 읽으면 그 분야 전문가의 어깨쯤으로 수준이 높아진다."고 강조한다. 이어서 "모든 세대가 책을 함께 읽고 토론할 것을 누누이 강조하며, 책과 도서관은 우리 사회에서 삶을 재설계하고 리빌딩할 수 있는 가장 현실적인 대안"이라고 말한다.

그런데 책은 도대체 얼마나 읽어야 하는가? "훌륭한 사람이되기 위한 독서의 임계치는 역사가 인정하는 좋은 책을 자신의 말과 글로 표현할 수 있을 만큼 정확하게 읽되 최소한 500권 이상을 읽는 것을 말한다."[33]고 하며 누구든 이 조건에 한 번 도

---

31) 김형석, 『백년을 살아보니』, Denstory, 2019(29쇄), 12쪽.
32) 김경집, 『고장난 저울』, 더숲, 2015, 173쪽.

전해본다면 그 결과를 알 수 있을 것이라고 단언한다. 아마 500권이 아니라 100권만 읽는다고 해도 그 위력을 느낄 수 있을 것이라고 했다.

신영복 교수는 "독서는 만남이다. 성문城門 바깥의 만남이다. 자신의 문을 열고 바깥으로 나서는 자신의 확장이면서 동시에 세계의 확장이다. 그리고 그것이 만남인 한 반드시 수많은 사람들의 확장으로 이어지기 마련이다. 마치 바다를 향하여 달리는 잠들지 않는 시내와 같다. 한 사람 한 사람의 각성이 모이고 모여 어느덧 사회적 각성으로 비약하기도 할 것이다. 우리와 우리 시대가 갇혀있는 문맥文脈을 깨트리고, 우리를 뒤덮고 있는 욕망의 거품을 걷어내고 드넓은 세계로 향하는 길섶에 한 송이 꽃으로 피어날 것"[34]이라고 강조했다.

3) '왜 읽어야 하는가?' 란 물음에 대한 독서가들의 대답

스스로를 위하여, 세상을 위하여 읽어야 하는 책은 독서가들의 대답을 정립해 보면 왜 읽어야 하는가에 대한 자기 확신을 가질 수 있을 것이다. "책은 마음이 사는 집, 집이 없으면 추위에 떨듯 독서가 부족하면 마음은 추위에 떨게 됩니다. 책은 마음이 머무는 집, 독서는 마음이 머물 집을 짓는 일입니다."[35]

---

33) 송조은, 『독서쇼크』, 좋은 시대, 2011(2판 2쇄), 240쪽.
34) 신영복, '책은 먼 곳에서 온 벗입니다.' 중앙일보, 2011년 1월 1일 인터뷰 기사.(독서경영 2017. 5월 특별호 65쪽에서 재인용).
35) 고전연구회 사암 엄윤숙, 한정주, 앞의 책, 250쪽.

영국 소설가, Ian McEwan은 "아마도 읽기가 주는 가장 큰 즐거움은 자기를 소멸하게 만드는 것일 것이다. 너무나 깊이 빠져들면서 자신이 존재한다는 사실조차 거의 알지 못한다.", 미국의 Joyce Carol Oates는 "책을 읽는다는 것은 우리가 의도하지 않게, 종종 어쩔 수 없이 타인의 살갗 속으로, 그의 목소리로, 영혼 속으로 미끄러져 들어가는 유일한 방편"이라고 했다.

프랑스 소설가 Gustave Flaubert (1821~1880)는 "존재를 견디는 한 가지 방법은 계속되는 주연(orgy)에 빠지듯이 문학에 빠져드는 것"이라고 했으며 Abraham Lincoln (1809~1865)은 "책은 나만의 독창적인 생각이 사실은 그렇게 새로운 게 아님을 보여준다."고 했고, 영국 작가, Mary Wortley Montagu (1689~1762)는 "독서만큼 싼 오락도 없다. 그러나 그토록 오래가는 즐거움도 없다."고 했다.

미국 작가, R. D. Cumming (1871~1958)은 "좋은 책은 끝이 없다."고 했고, 미국 여성 소설가, Toni Morrison(1931년생, 1993 노벨문학상 수상)은 "당신이 읽고 싶은 책이 있는데, 아직까지 써지지 않았다면, 당신이 그 책을 써야 할 사람임에 틀림없다."고 썼다.

왜 읽어야 하는가 하는 물음에 대한 여러 대답들을 종합하면 다음과 같이 정리할 수 있다.

① 자신의 품위 있는 인생을 위한 교양을 위해서
② 알지 못한 것들을 개척하기 위한 연구를 위해서

③ 이 사회에서 살기 위한 생활정보와 수단을 얻기 위해서

④ 여가 생활을 위해서

⑤ 사고 능력을 향상시키기 위해서

⑥ 시민으로서 자유로운 사회생활을 실천하기 위해서

3. 어떤 책을 읽어야 하는가?

'어떤 책을 읽어야 하는가?' 라는 질문에 답하기는 정말 어렵다. 두 가지에 대해서 답을 해야 하는데 첫째가 어떻게 만든 책을 읽어야 하는가 하는 것이다. 크게 종이책, e-북, 오디오북 등등 이 시대에는 어떤 형태의 책만 읽어야 한다고 말하기는 어렵다. 굳이 하고 싶은 말이 있다면 실용서적은 e-북으로 실용성을 찾고, 정신의 근육을 위하여 읽는 책은 종이책으로 하면 어떨까 하는 의견을 내놓을 수 있을 뿐이다. 다른 형태의 책들은 개인이 처한 상황에 따라 적절하게 선택하면 될 것이다.

두 번째로 종이책을 읽는다 하더라도 사람마다 개성이 다르고 책 읽는 수준이 다르기 때문에 답하기가 쉽지 않다. 필자에게 어떤 책을 읽어야 좋으냐고 물으면 교양으로 읽는 책은 두말할 것도 없이 이른바 인류의 역사가 증명한 고전을 읽으라고 말할 수밖에 없다. 그러나 대부분 "지금 그대가 가지고 있는 책을 읽어라. 그 책을 읽으면 그 책이 다음에 무슨 책을 읽으라고

가르쳐 줄 것이다."라고 답해 준다. 독서를 해본 사람은 이런 사실을 경험했을 것이다.

이어서 책 읽는 석학들의 이에 대한 견해를 보자. 체코 소설가 Franz Kafka(1883~1924)는 "우리는 우리에게 상처를 내거나 찌르는 그런 종류의 책만 읽어야 한다고 생각해. 우리가 읽고 있는 책이 머리를 내려치는 충격으로 우리를 깨어나게 하지 않는다면 무엇 때문에 그걸 읽는단 말인가? (중략) 우리에게 필요한 것은 재앙처럼 영향을 주는 책이야. 우리가 우리 자신보다 더 사랑한 누군가의 죽음처럼 우리를 깊이 상심하게 하는 책, 마치 자살과 같이, 다른 모든 사람들로부터 격리돼 숲속으로 추방된 것과 같은 기분이 들게 하는 책 말이야, 책은 우리 안의 얼어붙은 바다를 겨냥한 도끼여야 하네. 그것이 내 신념이네."라고 말했다.

일본 작가 무라카미 하루키(1949~)는 그의 소설 『상실의 시대』에서 와타나베의 입을 빌려 "다른 모든 사람들이 읽고 있는 책만 읽는다면 다른 모든 사람들이 생각하는 것밖에 생각할 수 없다."며 개성적인 읽기를 강조하기도 한다. 미국 영화감독이자 극작가, John Waters(1946~)는 '지적 즐거움'만을 위해 읽어서는 안 된다. 더 현명해지기 위해 읽어라. 판단하려 들지 마라. 친구들의 정신 나간 행동, 나아가 자기 자신의 미친 짓을 이해하려 해라. '어려운 책들'을 집어 들어라. 읽는 동안 집중해야만 하는 그런 책들을, 제발 이런 말은 하지 마라. "나는 소설(fiction: 허구)은 읽을 수 없어, 진실밖에 읽을 시간이 없어." 바보야, 소설이 진실이다. '문학'이란 말을 들어는 봤나? 그 말이 바로 소설(허구)이라는 뜻이기도 하다. 멍청아."라고 하기도 했다.

결국 "책 읽는 자들은 책이라는 배를 갈아타면서 스스로의 바다에 이른다."[36]는 것으로 보아 "너에게 가장 도움을 주는 책은 너로 하여금 가장 많이 생각하게 하는 책."[37]이라는 결론을 얻을 수 있다. 이와 같은 결론을 다 담고 있다고 보이는 이율곡가의 독서비법 7.[38]을 소개한다. ① 뜻을 세우는 입지立志 교육을 소홀히 하지 마라. ② 재능과 눈높이에 따른 맞춤형 독서를 실천하라. ③ 다독과 속독보다, 숙독하고 정독하라. ④ 닥치는 대로 읽는 난독亂讀은 피하라. ⑤ 교양과 전공, 선택 분야 각각의 독서 리스트를 만들어라. ⑥ 좋은 문장을 메모해 집안 곳곳에 붙여두어라. ⑦ 평생 책을 손에서 놓지 말라.

장 자크 루소는 "내가 지금도 가끔 읽는 얼마 되지 않는 책들 가운데 플루타르코스의 저서는 나를 사로잡는 유일한 책이다. 내 어린 시절의 첫 애독서였고 노년의 마지막 애독서가 될 것이다. 그는 읽을 때마다 어떤 성과라도 얻어냈던 거의 유일한 저자"라고, 회상하며 평생을 읽을 책이 있음을 알려주기도 한

---

36) 김무곤, 『종이책 읽기를 권함』, 더숲, 2014, 140쪽.
37) T. 파커, 물질의 세계와 인간의 세계, 이어령, 『문장백과사전』, 금성출판사, 1993, 1886~1887쪽, 재인용.
38) 최효찬, 『세계명문가의 독서교육』, 예담, 2015, 240쪽.

다.[39] 물론 이런 책들은 읽을 때마다 다른 느낌을 받을 수 있는 장점이 있다.

4. 어떻게 읽어야 하는가?

'어떻게 읽을 것인가?'를 검토하기 전에 읽기 위해 무엇을 갖추어야 할 것인가를 생각해 봤으면 한다. 책을 바르게 읽기 위하여 갖추어야 할 것은 네 가지 정도가 된다. 필자는 이것을 '문방사우文房四友'를 패러디하여 '독방사우讀房四友'라고 부르고자 한다. 문방사우는 붓, 먹, 종이, 벼루를 말하는데, 독방사우는 독서대, 독서램프, 공책, 연필이다.

독서대는 책을 올려놓고 읽을 수 있는 받침대다. 언제 어디서나 독서대를 갖추어서 책을 읽기는 어렵다. 그러나 독서를 하겠다고 작정했다면 독서대를 사용해서 책을 읽어보라. 한 번만 사용해 보면 친해지게 될 것이며, 왜 독방사우의 첫째 짝이 되는지 알게 될 것이다. 독서대를 활용하면 집중이 잘 되고, 오래 읽을 수 있고 몸의 자세를 바르게 해 주기도 한다.

독서램프는 책 읽을 수 있는 분위기를 만들어 집중하게 해준다. 램프의 불빛이 책장에 비추어지면 참 묘한 분위기가 느껴

---

39) 장 자크 루소, 문경자 옮김, 『고독한 산책자의 몽상』, 문학동네, 2016, 53쪽.

지기도 한다. 자기 취향에 맞게 멋을 낼 수도 있다. 다음 공책과 연필은, 포스트잇이나 다른 필기구로 바꿀 수도 있지만, 공책을 사용하면 메모하는 것을 한 곳에 모을 수 있고, 필기구도 연필은 깎아보는 멋도 부릴 수 있고, 실제 활용도가 볼펜보다 더 높다. 볼펜을 쓰는 것과는 확연히 다른 기분을 느낄 수도 있다.

어떻게 읽을까 하는 문제도 상황에 따라 모두 다르다. 책 읽는 여러 방법들을 들어보면

① 숙독熟讀 : 글을 익숙하게 잘 읽음, 글의 뜻을 잘 생각하면서 차분하게 하나하나 읽음.

② 소독素讀 : 글 따위를 서투르게 떠듬떠듬 읽음.

③ 미독味讀 : 내용을 충분히 음미하면서 읽음.

④ 정독精讀 : 뜻을 새겨 가며 자세히 읽음

⑤ 난독亂讀, 남독濫讀 : 책의 내용이나 수준 따위를 가리지 아니하고 아무 책이나 닥치는 대로 마구 읽음.

으로 분류할 수 있다.

그 외 읽는다는 의미의 '讀독' 자가 들어가는 말로 많이 읽는다는 '다독多讀', 읽기 어렵다는 '난독難讀', 책 따위를 빠른 속도로 읽는다는 '속독速讀'이 있다. 또 '가독성可讀性'이라는 말이 자주 나오는데 인쇄물이 얼마나 쉽게 읽히는가 하는 능률의 정도를 뜻하는 말로 활자체, 글자 간격, 행간, 띄어쓰기 따위에

따라 달라진다. 그리고 기계에 비유하여 꼼꼼하게 읽는 것을 현미경 독서, 책의 전체를 조망하는 독서를 망원경 독서라고 부르기도 한다.

어떻게 읽을 것인가의 문제와 관련해서는 독서의 수준이 있다. 다음의 독서 수준들이 여러 용어로 번역되어 사용되고 있는데,[40] 독서에는 4가지 수준이 있다.[41] 종류라고 하지 않고 수준이라고 하는 것은 엄격히 말해 종류는 다른 것이지만 수준은 높은 수준이 낮은 수준을 포함하는 특성을 가지고 있기 때문이다. 그래서 점증적인 특성을 가지는 독서의 수준이라고 한 것이다. 제1수준이 제2수준에서, 제2수준이 제3수준에서, 제3수준이 제4수준에서 없어지는 것이 아니라 남아있는 것이다. 실제로 독서의 가장 높은 수준인 제4수준은 다른 세 수준을 모두 포함하여 나머지 세 수준을 능가하는 것이다.

독서의 제1수준은 기초적인 읽기라 한다. 초보 읽기, 기초 읽기, 또는 1차 읽기라고 부를 수도 있다. 이 말의 의미는 이 수준을 거치면 적어도 문맹을 벗어나 글을 읽기 시작했다는 것이다. 이 수준에서 독서의 초보적인 기술을 배우고, 책을 읽는 기본적인 훈련을 받고 1차적인 독서 기술을 얻는다. 이것을 기초

---

40) 기본수준(Elementary level), 탐색수준(Inspectional level), 분석수준(Analytical level), 신토피칼 수준(Syntopical level).
41) 모티머 J. 애들러, 찰스 반 도렌, 앞의 책, 29~33쪽.

적인 읽기라고 하는 이유는 이 수준이 보통 초등학교에서 배우는 것이기 때문이다.

독서의 제2수준은 살펴보기라고 한다. 대강 읽어보기, 미리 읽기라고 할 수 있다. 그 특징은 시간을 강조하는 것이다. 이 수준의 독서를 할 때 독자는 정해진 시간에 일정한 분량을 읽는 것이다. 살펴보기의 목적은 주어진 시간에 책 속에서 많은 내용을 파악하는 데 있다. 짧은 시간 동안에 읽기 때문에 책에서 얻을 수 있는 모든 것을 알기에는 부족하다. 책을 대충 보는 것을 말하는 것은 아니다. 살펴보기는 '체계적으로 훑어보는' 기술이다. 이 수준의 책 읽는 목적은 책의 표면을 살펴보는 것, 즉 외관상으로 알 수 있는 모든 것을 알게 되는 것이다.

독서의 제3수준은 분석하며 읽기이다. 앞에서 말한 두 수준의 책 읽기보다 더 복잡하고 조직적인 일이다. 읽을 내용이 얼마나 어려운가에 따라 책 읽는 사람에게 쉬운 일일 수도 있고, 어려운 일일 수도 있다. 분석하며 읽기는 철저하게 읽기, 완벽하게 읽기, 잘 읽기, 다시 말해 할 수 있는 한 가장 잘 읽는 것이다. 살펴보기가 주어진 시간 내에 가장 완벽하게 잘 읽는 것이라면, 분석하며 읽기는 시간제한 없이 가장 완벽하게 잘 읽는 것이다.

가장 높은 독서의 제4수준은 통합적인 읽기이다.[42] 이는 가장 복잡하고 체계적인 책 읽기 유형이다. 읽는 내용이 비교적 쉽고 단순해도 책 읽는 사람에게 매우 부담스러운 작업이다.

이 수준을 다른 말로 표현하자면 비교하며 읽기라고 할 수 있다. 통합적으로 읽는다는 것은 단 한 권만 읽는 것이 아니라 많은 책을 읽고 그 책들이 전달하는 중심 주제를 서로 연관시키는 것이다. 하지만 단순히 내용을 비교하는 것만으로 충분하지 않다. 통합적인 읽기는 더 많은 것을 하는 것이다. 통합적으로 읽기는 가장 보람 있고, 가장 많은 것을 얻을 수 있는 책 읽기이다.

책 읽기의 수준을 크게 세 가지로 분류하기도 하는데, 그 첫째가 따라 읽기다. 따라 읽기는 하급에 속하는 수준으로 '책 속에 길이 있다' 는 신념으로 책의 내용에 대해 아무런 이의 없이 그대로 수용하며 책을 읽는 것이다.[43] 둘째, 따져 읽기[44]는 중급의 수준으로 '저자의 주장이나 견해가 옳은가?' 하는 문제의식을 가지고 책을 읽으며 내용을 따져보는 수준이다. 셋째, 고

---

42) 이를 신토피칼 독서로도 부르는데, Syntopical 은 '동일 주제에 관한' 이라는 뜻으로 'syn' 은 함께, 동시에, 비슷한 뜻을 나타내는 접두사이고, 'topical' 은 '화제의 문제가 되어 있는 제목에 관한' 이라는 뜻이다. 이 독서법은 '동일 주제에 대하여 2종 이상의 책을 읽는 것' 을 말한다.

43) 책 속에 진리가 있다는 말은 역사 최대의 거짓말이다. 책 속엔 아무것도 없다. 저자의 노동이 있을 뿐이다. 굳이 말하자면 사상에서 이데올로기('거짓말')에 이르기까지 다양한 담론이 있다. 저자의 입장을 수용하고 이해하는 것보다 저자와 갈등적(against) 태도를 취할 때 더 빨리, 더 쉽게, 더 정확하게 이해할 수 있다.(정희진, 『정희진처럼 읽기』, 교양인, 2015, 38쪽)

44) 나는 여성주의 책을 포함해서 모든 책을 비판적으로 읽는다. 여기서 비판적이라 함은, 한계가 있다고 전제하고 읽는다는 의미이다. 이렇게 읽는다고 해서 감동이나 영향력이 줄어드는 것은 아니다. 절대적인 믿음이 아니라 상대화해서 해석해 가면서 읽는다는 의미다.(정희진, 위의 책, 37쪽)

쳐 읽기는 고수의 책 읽기로 책을 읽다가 잘못된 것은 스스로 고쳐 읽는 수준이다.

'어떻게 읽을 것인가?' 하는 문제에 대한 답을 찾기 위해서는 다음 말들을 읽어 볼 필요가 있다. "책을 많이 읽지만 제대로 읽지 않아 지식과 어리석음을 동시에 지니고 있는 이런 사람을 지칭하는 그리스 말이 있다. 바로 Sophomore[45]이다."[46] 이쯤에서 우리는 '나는 어떻게 하고 있는가' 물어보며, 자신의 독서 방법을 한번 점검해 볼 필요가 있다.

"눈앞에 보이는 활자들을 실마리로 하여 자신의 지력으로만 책을 읽으며 해석할 때 '이해가 부족한 상태에서 더 나은 이해 상태로' 점차 자신을 끌어올리게 된다. 난해한 책을 직접 파고 들어 이해력을 향상시키는 것이 바로 당신의 이해력에 도전하는 그 책의 가치를 인정하는 아주 고도로 숙련된 책 읽기 방법이다."[47] "책을 읽으면서 이해가 부족한 것을 자신의 지적인 노력을 통해 향상시키는 것은 혼자 힘으로 일어서는 것과 같다. 분명히 그런 느낌을 준다."[48]

공자는 주역을 여러 번 읽어서 책을 맸던 가죽 끈이 세 번이

45) 현재 대학 2년생을 가리키나 그리스어로 'sopho 현명한'과 'more 어리석은'이 합쳐진 단어.
46) 모티머 J. 애들러 외, 앞의 책, 23쪽.
47) 모티머 J. 애들러 외, 앞의 책, 19쪽.
48) 모티머 J. 애들러 외, 앞의 책, 19쪽.

나 끊어졌음을 이르는 말로 '위편삼절韋編三絶'이 있고, 그 뜻을 잘 모를 때는 여러 번 읽고 읽는 것이 최선의 방법이라고, 백 번 읽으면 뜻을 자연히 알게 된다는 '독서백편의자현讀書百遍義自見' 49)이란 말도 널리 알려져 있다. 그리고 독서삼도讀書三到라고 하여 안도眼到, 구도口到, 심도心到, 즉 눈으로 잘 보고, 입으로 잘 읽고, 마음으로 잘 이해하는 것50)이 있다. 이와 비슷하게 쓰는 말로 독서삼독讀書三讀이 있는데 이는 가장 먼저 책의 내용을 읽고, 다음으로 그 책을 쓴 저자를, 마지막으로 독자인 자기 자신을 읽는 것을 의미한다.51)

'성독誠篤'이란 말이 있는데 이때 '독'은 讀이 아닌 篤이다. 조임도의 『여헌집』「취정록」에 나오는데 조임도가 여헌에게 독서하신 요점을 가르쳐달라고 여쭈었는데, 그 대답이 "옛 유학자들은 공자의 제자인 증자의 독서는 오로지 '성독誠篤'일 뿐이라고 말했다. 나는 '성독', 곧 성실하고 진실하다는 뜻의 이 두 글자는 독서하는 사람이라면 마땅히 원칙과 기준으로 삼아야 한다고 생각한다.52)

이런 여러 사실을 검토하고 난 후에 내릴 수 있는 결론은 결

49) 『위지』
50) 朱熹, 『訓學齊規』
51) 김창운, 『쓰기와 걷기의 철학』, 프로방스, 2018, 208쪽.
52) 고전연구회 사암 한정주, 엄윤숙, 앞의 책, 117쪽.

국 내게 조금 버거운 책53)을 골라 정독(숙독, 미독) 하는 것이 가장 현명한 책 읽기라고 말할 수 있겠다. 그러나 여기에도 F. 베이컨이 "어떤 책은 음미하고, 어떤 책은 마셔버려라. 씹고 소화시켜야 할 것은 다만 몇 권의 책뿐이다."라고 한 것이나, E.A. 베넷이 『나의 흥미를 끈 것』에서 "적어도 두 번 되풀이해서 읽히지 않는 책은 뛰어나지도 않지만, 명저도 아니다."라고 한 것과 자신을 괴롭히는 독서가 발전하는 독서란 말을 깊이 생각해볼 필요가 있다.

김득신은 『사기』의 「백이편」을 1억 1만 3천 번이나 읽었다고 한다.54) 이 때문에 자신의 조그마한 서재를 '억만재億萬齋'라고 불렀으며 문장으로 이름을 크게 드날렸다.

『중용中庸』55)에 나오는 독서 방법은 다섯 가지다. 제일 먼저 박학博學, 두루 혹은 널리 배운다. 둘째, 심문審問, 자세히 묻는다. 셋째, 신사愼思, 신중하게 생각한다. 넷째, 명변明辯, 명백하게 분별한다. 다섯째, 독행篤行, 진실한 마음으로 성실하게 실천한다는 것이다. 이는 필자가 말하는 '독토보평讀討步評'에 행行을 더한 것과 같다. 즉, 박학=독, 심문=토론, 신사=산보, 명변=서평이다.

---

53) 책을 읽어 나가면서 사전이 꼭 필요한 책.
54) 고전연구회 사암 한정주, 엄윤숙, 앞의 책, 206쪽.
55) 동양 철학의 기본 개념으로 사서의 하나. 『중용』에서 말하는 도덕론, 지나치거나 모자람이 없이 도리에 맞는 것이 '中' 이며, 평상적이고 불변적인 것이 '庸' 이다.

그리고 논어 위정편論語 爲政篇에 나오는 "학이불사즉망學而不思則罔[56), 사이불학즉태思而不學則殆[57)"가 독서 방법에 매우 중요한 시사점을 준다. "배우기(읽기)만 하고 스스로 사색하지 않으면 학문이 체계가 없고, 사색만 하고 배우지(읽지) 않으면 오류나 독단에 빠질 위험이 있다."고 한 것이다.

홍길주는 『수여난필』에서 ① 이치를 명확하게 밝혀 몸을 맑게 하는 것, ② 옛것과 옛일을 널리 알아 지금 처한 문제에 잘 적용하는 것, ③ 문장을 닦아 세상에 이름을 날리는 것, ④ 뛰어난 기억력으로 다른 사람에게 과시하는 것, ⑤ 할 일 없이 한가하게 놀면서 시간을 보내는 것으로 독서의 다섯 가지 등급을 정하기도 했다.

그 외 특별하게 "고전문학을 읽을 때는 3박자 공부를 해야 한다."[58)는 주장도 있다. 그 까닭은 먼저, 작품의 시대 배경을 알아야 한다. 낯선 공간, 낯선 시대를 배경으로 하니 당연한 과정이다. 검색해 보고, 해설을 읽고, 두 가지 이상의 번역서를 두고 해설을 비교하는 방법이 있다. 다음은 작가의 삶을 추적하기 위하여 작가 연보를 살피는 일이다. 작가의 삶에 일어난 주요 사건과 책을 연결시키면 재미있다. 마지막은 비평이다.

---

56) 罔 : 체계가 없다. 미혹되다.
57) 殆 : 위태롭다.
58) 신기수, 김민영, 윤석윤, 조현행, 『이젠 함께 읽기다』, 북바이북, 2015(초판 4쇄), 230쪽.

작품에 대한 다양한 해석과 비평을 읽어야 한다. 왜 지금까지 인기리에 읽히는지 어떤 평가를 받았는지, 어떤 해설이 실려 있는지 살펴보면 이해가 쉬워진다.

책의 내용을 비교적 정확하게 이해해야 서평을 쓸 수 있다. 그러기 위해선 독해력이 있어야 한다. 독해력이 부족하면 아무리 많은 책을 읽는다 해도 좋은 서평을 쓸 수가 없다. 휘발성 독서가 아닌 남는 독서를 하기 위해서는 독해력을 향상시켜야 하는데, 독해력은 세 가지 방법으로 향상시킬 수 있다.

첫째, 어휘의 확충과 한자의 이해다.

어휘의 확충은 대화를 통해서 이루어지는 경우가 많지만 무엇보다도 책을 많이 읽는 것이 가장 바르고 정확한 길이다. 이와 함께 한자에 대한 이해가 뒤따라야 한다. 기본적인 한자의 이해는 독해력 향상에 정말 큰 도움을 준다.

둘째, 문장과 단락의 구조를 정확히 이해하는 것이다.

문장이 어떻게 구성되는가를 살피면 된다. 앞으로 공부하게 될 문장과 단락에서 그 구성 원리를 이해하게 되면 독해력이 높아질 수 있다. 문장과 단락에 대한 이해 없이 책 전체를 이해한다는 것은 있을 수 없는 일이다.

셋째, 글(책)의 구조를 파악하는 것이다.

글의 종류에 따라 그 구조를 파악하면 독해가 쉬워지기도 한다. 예를 들면 소설은 발단, 전개, 절정, 결말이라는 소설의 구성 원리를 알고, 시라면 기, 승, 전, 결을 한번 따져보면 이해하기 쉬워진다. 비소설에서는 서론, 본론, 결론이나 목차를 중심으로 한눈에 꿰는 것이 독해력을 높이는 좋은 방법이다.

서평을 쓰는 것이 독서에 어떤 도움을 주는가 다음의 예로 알 수 있다. 소설가 도선우[59]는 일 년에 소설 200권을 읽으며, 일일이 인터넷 블로그에 서평을 올렸다. 10년 동안 2000개의 서평을 올렸다고 한다. "사람들은 '성공 신화'에만 매달려 소설은 쓸모없는 것이라고들 하지만, 나는 작은 회사를 운영하면서도 소설을 읽으며 인간답게 살아가는 길을 배웠다."고 했고 "지난 8년 동안 40여 차례 문학상 공모에 번번이 낙선하면서도 내 소설을 써왔다."고 밝혀 이루고자 하는 꿈이 단단하면 그야말로 절망은 없다는 사실을 잘 보여주고 있다.

이와 같은 방법을 통하여 책을 읽으면서 반려도서伴侶圖書를 찾아야 한다. '반려'는 '짝이 되는 동무'라는 뜻으로 평생 읽으며 같이 살 책이라는 의미를 갖는다. 반려도서는 책 읽기만 계속하면 저절로 찾아지기 때문에 특별한 노력을 기울이지 않아도 된다. 그리고 연령이 높아지거나 삶의 환경이 달라지면 바꿀 수도 있기 때문에 반려도서 선택에 많은 시간을 낭비할 필요는 없다.

---

59) 2016년 문학동네 장편소설 공모에 「스파링」 당선으로 데뷔, 2017년 세계문학상 대상 수상(2005년 세계일보 제정 고료 1억원 『저스티스 맨』)

논論하여 논掄하다

절대로

걸핏하면 '절대로', '절대로' 말해왔지만
아니네, 그 아니네, 쉬 뱉을 말 아니네
신神이나 할 수 있는 말 내 함부로 뇌까렸네
절대로 아니라고 우겼던 말에서부터
절대로 않으리라고 이 깨문 다짐까지
버리고 버린 것들을 어찌 다 셀 수 있으리
사는 일이 그렇다고 그러는 게 삶이라고
편한 대로 얼버무린 그 죄가 얼마일진대
그래도 또 망설임 없이 '절대로'를 작정타니…

- 문무학

'논論' 하여 '논掄하다' 는 '토론을 통하여 가린다' 는 의미로 만든 조어다. '논論' 자는 ① 론 ② 륜 ㉠ 말할 론 ㉡ 논할 론 ㉢ 견해 론 ㉣ 문체이름 론 ㉤ 조리 륜의 뜻을 가진다. '륜掄' 자는 ① 륜 ② 론 ㉠ 가릴 륜 ㉡가릴 론의 뜻이 있다. 이 의미에서 '논할 론' 과 '가릴 론' 의 의미를 결합시킨 것이다. 이 장에서 는 말에 대해서 먼저 살피고 일반적인 토론, 그리고 독서토론 에 대해 구체적으로 논할 것이다.

1. 말하기

'말' 이 무엇인가? 국어사전에서는 11개의 설명을 붙이고 있지만, "사람의 생각이나 느낌 따위를 표현하고 전달하는 데 쓰는 음성 기호. 곧 사람의 생각이나 느낌 따위를 목구멍을 통하여 조직적으로 나타내는 소리를 말한다."고 하는 것이 대표적이다. 말을 하는 것에는 반드시 상대가 있게 마련이다. 혼자 하는 말이 더러 있기도 해서 '혼잣말' 이란 말도 있긴 하지만 말은 원래 혼자 하는 것이 아니라 말을 들어 줄 상대가 있어 서로의 뜻과 생각을 나누기 위해 존재하는 것이다.

말에서 뜻과 생각을 나누는 것을 '대화' 라고 한다. '대화' 는 "마주 대하여 이야기를 주고받음이나 또는 그 이야기 자체" 를 가리킨다. 따라서 상대가 있는 일이라 자기 마음대로, 혹은 자기 좋은 대로 해서는 안 되며 거기에 지켜야 할 예절도 있고, 잘 전달하는 요령도 있다. 말하기 예절의 기본은 상대를 배려하는 것이 첫째다. 상대가 말을 바르게 알아들을 수 있도록 하는 것이다. 상대방이 알아들을 수 없는 말이 훌륭할 수도 없겠지만 설사 훌륭하다고 해도 들을 수 없으면 하나마나 아니겠는가?

어린이와 대화를 나눌 때는 키를 낮추어 준다거나 노인들과 대화할 때는 조금 크게, 빠르지 않게 말하는 것 등이 그 예가 될 것이다. 대화의 원리는 잘 들을 수 있게 하는 것이다. 진정한 대화가 되려면 무엇보다도 마음을 열어야 한다.(開心의 원리) 자기가 말해서 불리할 것 같은 것은 숨기고 유리할 것 같은 것만 말한다면 진정한 대화가 이루어질 수 없다. 그다음은 입장을 바꿔서 말할 수 있어야 한다.(易地思之의 원리) 최대한 상대의 입장을 이해해야 한다는 말이다. 내가 만약 당신이라면 하는 생각으로 대화를 나누면 진정성이 더해 질 것이다. 마지막은 진정한 대화가 되게 하려면 잘 들어주어야 한다.(傾聽의 원리)

대화는 결국 말하는 것과 듣는 것인데 "말하는 것은 지식의 영역이며, 듣는 것은 지혜의 특권"[60]이라는 학자도 있다. 말하는 것보다 듣는 것이 더 중요할지도 모른다. 최선을 다해서 듣고 있다는 신뢰를 주어야 좋은 대화가 이루어질 수 있다. 듣는

---

60) O. W. 홈즈, 『아침식탁에서의 교수』.

자세에 따라서 말을 하는 사람의 태도가 결정되기 때문이다. 제대로 듣지 않고 있는데 정성을 다해 말할 사람은 없다. 특히 최근 스마트폰을 사용하면서 건성으로 듣는 사람들이 많아졌다. 이런 태도는 언제, 어디서든 그리고 누구에게도 환영받지 못한다.

그리고 대화는 사회 분위기에도 크게 영향을 미치게 되는데, "오늘날 우리 사회의 가장 심각한 문제는 대화의 상실에 있다."[61] 자기가 옳다는 주장만을 내세울 뿐 상대방의 이야기는 전혀 들으려고 하지 않는 것이다. 들을 줄 모르고 말할 줄만 아는 것, 이것이 싸움을 일으키는 도화선이 되며 이런 싸움은 결국 욕설과 폭력으로 번져 가기 마련이다. 이것이 대화를 상실한 인간 사회의 모습이다. 이 말을 들으면 대화의 중요성과 대화를 상실한 인간 사회의 모습이 얼마나 삭막한가를 깨닫게 될 것이다. 대화의 상실은 곧 인간성의 상실이라고 해도 조금도 지나친 것이 아니다.

대화나 토론에서 어떻게 해야 하는가는 미국 정치인 벤자민 프랭클린이 그의 자서전에 쓴 다음과 같은 말이 시사하는 바가 크다.

"나는 상대방이 말한 것을 절대 반대하거나 나의 의견을 단정적으로 주장하는 일 등은 결코 하지 않았다. 이론異論이 일어

---

61) 강원룡, 『5분간의 사색』.

날지도 모르겠다는 것을 말할 때에는 '꼭' 이라든지 '틀림없이' 라든지 그 밖에 내 의견에 단정적인 색채를 보이게 하는 언사는 일체 피했다. 그 대신 '내가 틀리지 않는다면 이렇겠지요.', '지금의 경우로 보면 나는 이렇다고 생각합니다.', '이런 이유에서 그렇게 생각되지 않는군요.', '아마 그렇다고 생각합니다.' 등으로 말했다. 틀렸다고 생각되는 것을 상대가 주장할 때도, 정면에서 그것을 공격하거나 덮어놓고 그의 설이 부당하다는 것을 지적하여 분기憤氣를 돋우는 행위를 취하지 않았다. '때와 경우에 따라서는 그의 의견이 바르겠지만 현재의 경우는 아무래도 틀린 것 같다. 나는 그렇게 생각한다.' 고 말했다."

2. 토론

1) 토론(討[62]論)의 개념과 토론이 필요한 까닭

토론은 어떤 문제에 대하여 여러 사람이 각각 의견[63]을 말하여 논의[64]함을 말한다. 이와 같은 토론이 필요한 까닭은 사람

---

62) ①칠 토 ②다스릴 토 ③찾을 토 ④ 더듬을 토
63) 어떤 대상에 대하여 가지는 생각
64) 어떤 문제에 대하여 서로 의견을 내어 토의함.
　　토의 : 어떤 문제에 대하여 검토하고 협의함.
　　검토 : 어떤 사실이나 내용을 분석하여 따짐.
　　협의 : 여러 사람이 모여 서로 의논함.
　　의논 : 어떤 일에 대하여 의견을 주고받음.

마다 생각이 다르기 때문이다. 사람들의 생각이 다 똑같지 않은 것은 여러 이유가 있다. 삶의 환경에서부터 직업, 가치관 등이 모두 다르기 때문이다. 흔히 이 다른 것을 틀린 것으로 오해하는 경우가 많다.

다른 것은 다른 것이지 틀린 것이 아니다. 내 생각과 다른 것을 다르다고 생각해야지 틀린 것이라고 생각하면 대화가 이루어질 수 없다. 따라서 내 생각과 다른 사람의 생각을 듣고 내 생각을 고치고, 상대방 또한 같은 과정을 거치면 좋은 결론에 도달할 수 있게 된다. 토론은 같은 생각을 하기 위해서, 바람직한 의사를 결정하기 위하여 필요한 것이다. 독서토론은 " '틀리다' 가 아닌 '다르다' 를 익히는 과정이므로 기존 교육과 반대의 방향에서 말을 거는 공부법이다."[65]

2) 토론의 종류

토론은 민주 사회에서 매우 다양하게 이루어진다. 따라서 민주 사회의 구성원은 토론에 대한 어느 정도의 상식을 갖추고 있어야 한다. 실제로 나라마다 의무 교육에서 이런 교육을 시키고 있다. 그러나 현실적으로 적용이 잘 안 되는 것은 몰라서가 아니라 자신의 이해관계에 얽혀있기 때문이다. 토론, 즉 다른 생각들을 모아가는 방법은 아래와 같다.

---

65) 신기수 외, 앞의 책, 30쪽.

(1) 집단토론: 어떤 문제에 대하여 20~30명 정도가 모여 자유롭게 의견을 나누는 방법.

(2) 공개토론회: 공개된 장소에서 선정된 몇 사람이 어떤 논제에 대하여 자기의 의견과 조사한 내용 등을 발표하고 듣는 이들로부터 질문이나 의견을 듣고 대답하는 형식.

(3) 배심토의: 선정된 5~6명의 토론자가 사회자 진행 아래 자유롭게 토론하는 방법.

(4) 심포지엄: 어떤 논제를 가지고 5~6명의 전문가가 각각 다른 면에서 생각하고 연구한 것을 발표하고 듣는 이 또한 사회자의 질문에 답변하는 형식의 토론.

3) 토론할 때 주의할 점

토론을 할 때 주의할 점은 자기주장은 내세우되 예의에 어긋나지 않아야 하고 상대방을 배려하는 마음을 바탕에 깔고 다음과 같은 점에 유의해야 한다.

(1) 자신의 주장을 뒷받침할 수 있는, 객관적이고 논리[66] 적인 근거를 제시해야 한다.

(2) 논리적인 근거를 제시할 때는 사실적인 내용을 바탕으로 주장하여야 한다.

(3) 자기의 주장을 내세우기에 급급하여, 상대방의 이야기

---

66) 생각이나 추론이 지녀야 하는 원리나 법칙.

를 무시해서는 안 된다.

(4) 토론의 처음부터 끝까지 주제를 잊지 말아야 한다. 주제를 잊어버리면 토론의 내용이 엉뚱한 방향으로 흘러가고 결론을 명쾌하게 내릴 수 없게 된다.

(5) 토론의 결론이 자신의 주장과 다른 의견으로 결정되었다고 해서 결정된 사항이나 내용을 무시하거나 따르지 않는 것은 옳지 않다.

4) 토론 규칙

어떤 토론에나 다 적용되는 규칙은 있을 수 없다. 토론의 목적에 따라서 규칙이 바뀔 수도 있다. 그러나 일반적인 의미에서 좋은 생각을 모아가는 방법으로 합의된 것으로 다음과 같은 규칙이 있다.

(1) 발언은 번갈아 가며 한다.

(2) 발언 시간은 같게 한다.

(3) 토론자는 정해진 시간을 꼭 지킨다.

(4) 상대의 발언 중간에 끼어들지 않는다.

(5) 화를 내거나 큰 소리로 말하지 않는다.

(6) 처음과 끝은 긍정 쪽에서 하도록 한다.

(7) 논박의 시간을 같게 한다.

(8) 토론은 원칙적으로 구두로 한다.

3. 독서 토론이란?

독서토론은 독서를 한 뒤 책 속에서, 책과 관련되어 토론할 수 있는 논제를 찾아내어 토론하는 것을 말한다.[67] "독서토론은 누구나 할 수 있다. 누구나 할 말은 많고, 글보다 말이 편하다. 원래 글보다 말이 먼저였다. 서평은 독서토론을 하고 난 후의 결과물로 정리하는 것이 순서다. 토론보다 먼저 글쓰기, 심지어 논술을 하게 하는 건 속도위반이다."[68]

"독서를 통해 사람들이 각각 다르게 생각하는 언어와 말하는 언어를 배우고, 내 생각의 지평[69]을 넓힐 수 있다. 사람의 생각은 고정되어 있고, 언어는 맥락[70]이 있어야만 뜻이 형성된다. 언어, 즉 어휘가 부족하면 생각이 풍부할 수 없고, 언어를 맥락화할 수 없다면 체계적인 생각을 할 수 없다."[71] 따라서 어휘 확충의 중요성은 토론에서도 예외일 수 없다.

---

67) 토론은 책 이외에도 원작이 있는 영화를 보고 〈원작독토〉, 책과 노래를 결합한 〈북콘서트〉, 책을 한두 문단씩 돌아가면서 직접 낭독하고 각자의 소감을 나누는 〈낭독공감〉, 〈영화토론〉, 〈미술토론〉, 〈공연토론〉, 〈산책토론〉, 여행하면서 그 장소와 어울리는 책을 읽고 토론하면 〈여행 독토〉 강연 듣고는 〈강토공감〉이 있을 수 있다. 토론의 대상은 제한되어 있는 것이 아니다.

68) 신기수 외, 앞의 책, 125쪽.

69) ① 대지의 평평한 면 ② 평평한 대지의 끝과 하늘이 맞닿아 보이는 경계선 ③ 전망이나 가능성 따위를 비유적으로 이르는 말

70) 글이나 담화에서 나타나는 일관적인 내용의 흐름.

71) 박경철, 『시골의사 박경철의 청소년을 위한 자기 혁명』, 신기수 외, 위의 책, 148쪽에서 재인용

"함께 읽으면 혼자 읽을 때보다 더 많은 질문과 대답을 경험하게 된다. 다른 사람의 생각과 내 생각이 섞여 새로운 생각을 낳고 또 타인의 생각을 듣고 이해하는 힘을 기르게 된다. 독서 토론은 골방을 넘어 광장으로 나아가는 길이다. 공개와 공유, 협업의 시대, 함께 읽는 공독共讀이 답72)이"라고 주장되는 까닭은 책을 더 깊이 있게 이해하자는 말이 된다. 동시에 같은 책을 읽고 내가 생각하지 못했던 점을 생각하는 다른 사람의 견해를 볼 수 있다는 점에서 독서력을 넓히기도 하는 것이다. 깊고 넓은 독서력을 갖기 위해 필요한 것이다.

결국 "독서토론은 서로가 얻고 배워가는 과정이다. 서로 배우기 위해 열린 마음으로 의견 차이를 좁혀가는 것이다. 서로 배워가는 토론이 서로 함께 사는 상생의 길이다. 독서토론은 불통의 시대에 소통의 시대로 가는 길을 제시한다. 그 길의 안내자는 독서토론의 진행자이다."73) 따라서 독서토론 진행자의 경험은 훌륭한 리더로서의 자질을 배양하게도 한다. 이와 같은 독서토론을 해 보면 스스로 대단히 넓은 가슴을 가졌다고 생각했는데, 스스로의 가슴이 얼마나 좁고 좁았는지 되돌아보게 될 것이다.

---

72) 신기수 외, 앞의 책, 157쪽.
73) 신기수 외, 앞의 책, 186쪽.

1) 독서토론의 장점

독서토론은 참 많은 장점을 가지고 있다. 먼저 여러 사람과 함께한다는 측면에서 독서를 떠난 이점이 있다. 새로운 사람을 만날 수도 있고 그 만남을 통해 자신을 여러모로 살펴볼 수 있다. 독서토론을 독서에 한정시킨다 해도 다음과 같은 장점[74]이 있다.

(1) 목표를 가지고 다양한 책을 읽을 수 있다.(편독현상 탈피)

(2) 책에 대해 더 다양하고 깊이 있게 이해할 수 있다.

(3) 토론을 하면서 논리적인 말하기를 연습할 수 있다.

2) 독서토론의 논제란?

독서토론에서 논제란 토론을 할 때, 자기 의견을 내놓을 거리를 말한다. 무엇에 대하여 논한다는데 합의하지 않고 토론에 임하면 깊이 있는 토론을 할 수도 없고 결론을 도출할 수도 없다. 한 권의 책에서 이야기할 수 있는 것은 여러 가지가 있지만 그중에서 무엇을 이야기해 보자고 정하는 것이다. 논제가 있어야 "제한된 시간을 효과적으로 사용할 수 있게 하고 토론이 개인적인 수다로 흐르는 것을 막아준다."[75] "독서토론은 논제라는 징검다리를 통해 강을 건너는 것과 같다. 개울에서 시작된 독서가 바다로 나갈 수 있도록 생각의 날개를 펼쳐주는 과정이

---

74) 지윤주, 『나의 첫 독서토론 모임』, 밥북, 2017, 14쪽.
75) 신기수 외, 앞의 책, 187쪽.

라고 생각하면 된다."[76]

그러면 어떤 논제가 좋은 논제일까? 무엇보다도 책의 핵심 내용과 연관성이 높아야 한다. 책의 주변을 맴돌아서는 안 된다. 책의 내용과 다른 방향에서 논제가 나오면 올바른 독서 토론을 할 수 없게 된다. 다음으로 논제는 가급적 창의적이어야 한다. 토론해도 그만 안 해도 그만인 문제를 토론한다면 시간을 낭비하는 것 말고는 얻을 것이 없다. 창의적이란 구성원들이 지금까지 토론해 본 적이 없는 논제를 정한다는 말로 이해하면 된다.

그리고 정말로 좋은 논제는 서로 발언하겠다고 다투는 일이 일어나는 논제다. 아주 흥미로운 논제로 나도 꼭 한마디 해야겠다고 생각되는 논제가 정해지면 활력 있는 토론장이 된다. 결국 책의 핵심 내용과 연관성이 높고, 창의적이며 흥미로운 논제라야 다양한 의견이 활발하게 나올 수 있는 것이다.

논제는 사안의 종류에 따라 다양하게 나누어질 수 있는데, 크게 사실 논제, 가치 논제, 정책 논제로 나눌 수 있다. 사실 논제는 사실의 존재 유무를 토론하는 것이며, 가치 논제는 가치 판단에 대한 논제로 '좋다, 나쁘다', '옳다, 그르다', '가치 있다, 가치 없다' 등으로 판단하는데 사실 논제보다 의견을 모으기가 조금 더 어렵다.

---

76) 지윤주, 앞의 책, 192쪽.

다음으로 정책논제는 좀 더 전문적인 분야로 볼 수 있는데 현상을 분석하고, 문제점을 해결하고, 정책을 개선할 수 있는 실천 방안을 마련하기 위한 논제다. 주로 행정적인 측면에서 많이 채택될 수 있는 논제다. 이와 같은 논제는 누가 결정하는가 문제가 대두되는데 토론 과정에서 추출할 수도 있고 진행자가 준비하는 방법도 있다.

3) 진행자와 토론자

독서토론에 들어가면 독서토론을 진행하는 사람이 아주 중요한 역할을 해야 한다. 일반적인 독서토론에서 진행자가 가장 먼저 해야 할 일은 토론 도서를 선정하는 것이다. 이때 선정 도서는 다른 조건을 제쳐두고 여러 가지 해석이 나올 수 있는 작품을 선정하는 것이 좋다.

책이 선정되면 진행자는 정독해야 한다. 진행자의 책 읽기는 토론자의 책 읽기와 다르다. 토론자는 자신의 생각과 느낌을 중심으로 주관적인 독서를 해도 되지만 진행자는 토론을 하면서 좀 더 객관적으로 읽어야 한다. 저자는 어떤 의도로 이 책을 썼는지, 전체적인 책의 구성은 어떠한지, 주제는 무엇인지, 독자들의 반응은 긍정적인지, 부정적인지, 이견이 나올만한 것은 무엇인지, 낯설거나 지루한 점은 없는지, 보충자료가 필요한 부분은 어디인지 등 보다 넓은 시야로 읽어야 한다.

정독을 하고 나서는 논제를 준비해야 한다. 논제를 정하려면 적어도 대상 도서를 두세 번 읽는 것이 좋다. 한 번은 정독하며 읽고 두 번째는 줄친 부분을 중심으로 읽으면서 메모하고 발췌하며 논제를 준비해야 한다. 무엇을 메모할 것인가의 문제는 '위대한 저서 재단'의 견해[77]를 빌리면

    (1) 당신이 이해하지 못한 것을 기록하시오.

    (2) 특별히 중요하다고 생각되는 것을 기록하시오.

    (3) 강력한 느낌을 받은 것을 기록하시오.

라고 권한다. 이때 책 내용과 적당한 거리두기가 필요하다. 너무 책에 몰입하지 말고 객관적인 시선으로 상대하는 게 필요하다.

논제가 준비되면 토론을 진행한다. 진행자는 사회자의 역할도 함께 한다. 독서토론이 너무 사담으로만 흐르지 않도록, 즉 토론이 늘어지지 않도록 해야 한다. 탄탄하고 팽팽한 의견들이 교환될 수 있도록 긴장감을 불어넣어야 한다. 경직된 토론 진행으로 토론의 재미와 흥미를 잃지 않도록 하면서 유머와 재치 있는 진행을 배우게 된다. 참가한 모든 사람들이 참여할 수 있도록 해야 한다. 구경꾼이 있어서는 안 된다.

독서토론은 토론을 잘 이끄는 것도 중요하지만, 토론자로 참석한 사람들의 마음을 어루만지고 좋은 아이디어와 영감을 함께 공유하는 시간이 되도록 이끄는 것이 매우 중요하다. 화기

---

77) 신득렬, 『공동탐구방법에 의한 독서』, 파이데이아 창간호, 한국파이데이아학회, 2019. 23쪽.

애애함은 성찰과 탐색을 넘어 치유와 상담, 감동과 행복으로 나아가게[78] 하기 때문이다.

독서토론은 당연히 진행자 혼자서 하는 것이 아니라 토론자가 있어야 이루어지는 것이다. 따라서 바람직한 독서토론을 위해서 토론자가 해야 할 일도 있고, 토론자로서 갖추어야 할 능력이 있게 마련이다. 토론자에게 요구되는 능력은 의외로 많다. 토론 대상 책에 대한 이해가 깊어야 한다. 독해력이 있어야 하고 상당한 독서력이 있어야 한다. 그러나 독서력은 갑자기 이루어낼 수 있는 일이 아니다. 토론회에 자주 참여하면 토론의 능력뿐 아니라 독서력을 높일 수도 있고 독해력도 향상시킬 수 있다.

토론에 참여하는 사람은 토론에 참여해서 논제에 대해 반드시 발언을 해야 한다. 그러기 위해서는 자기주장을 뒷받침할 수 있는 자료를 찾아보고 분석하며 준비를 해야 한다. 아무 준비 없이 훌륭한 발표를 할 수 없다. 독서 토론에 참가한 사람들로부터 주장이 참신하다는 평가를 받을 수 있도록 준비해야 한다. 논리적 사고력도 길러야 한다. 논제를 이치에 맞게 판단하고 생각을 펼쳐가는 능력, 자신의 생각을 논리적으로 정리하는 능력도 토론자가 갖추어야 할 덕목이다.

이는 곧 소통(Communication) 능력과 직결된다. 소통할 수 있

---

78) 신기수 외, 앞의 책, 179쪽.

는 힘, 소통할 수 있는 테크닉이 있어야 토론자로서 결격 사유가 없어진다. 거기에다 그 어느 분야에서도 필요하지 않다고 말하는 곳이 없는 창의력도 요구된다. 다양한 각도로 사물을 판단하고 자신과 사회에 관련하여 새로운 지식이나 관점을 구성하는 능력이다. 이러한 능력을 키워주는 것이 바로 독서다. 모든 능력을 키워내는 힘이 책에 있다는 것은 두말할 나위가 없다.

허친스와 아들러가 만든 '위대한 저서 읽기 프로그램'은 '위대한 저서 재단'에 의해 주도된다. 여기에서는 진행자를 '공동탐구지도자'란 용어를 써서 부른다. 공동탐구지도자와 관련하여 독서토론에서 참여자 모두를 위한 규칙, 공동탐구지도자 규칙, 토론 참여자들을 위한 규칙을 정하고 있다.[79] 이를 차례대로 살펴보면 참여자 모두를 위한 규칙에서 네 가지를 제시한다.

① 작품을 읽은 사람만이 토론에 참여할 수 있다.

② 토론은 읽은 작품을 해석하는 데만 초점을 맞춰야 한다.

③ 참여자 자신의 증거로서 지지될 수 없다면 외부의 의견을 끌어들이지 말아야 한다.

④ 공동탐구지도자들은 질문만 할 수 있고 질문에 대답해서는 안 된다.

---

79) 신득렬, 앞의 논문, 24~30쪽.

공동탐구지도자를 위한 규칙은

　① 토론집단은 회합을 위해 주어진 책이나 이전의 회합에서 토론되었던 책들만을 토론한다.

　② 책을 읽지 않은 사람은 토론에 참여할 수 없다.

　③ 토론 참여자는 자기의 견해에 권위를 부여하기 위해 다른 권위자를 인용해서는 안 된다.

　④ 공동탐구지도자들은 질문을 할 수만 있지 그들 자신의 견해를 말하거나 논평할 수 없다. 참여자들이 사실이나 판단의 오류를 범하고 있을 경우에도 마찬가지다.

　⑤ 토론그룹마다 두 명의 공동탐구지도자가 있어야 한다.

공동탐구지도자들이 토론을 성공적으로 이끌어나가기 위한 지침은 다음과 같다.

　① 천천히 진행하시오.

　② 참여자들의 논평을 신중히 들으시오.

　③ 아이디어를 적기 위해 좌석도를 규칙적으로 활용하시오.

　④ 참여자들이 서로 말하도록 격려하시오.

　⑤ 관념들을 서로 그리고 기본적 질문에 관련시키시오.

　⑥ 자주 텍스트로 돌아가시오.

　⑦ 참여자들이 여러분의 질문들 안에 있는 가정들에 도전하도록 자극하시오.

　⑧ 참여자 모두가 기여할 기회를 주시오.

⑨ 종종 추수 질문을 하시오.

이어서 토론자들을 위한 규칙은

　① 미리 읽으시오.

　② 주의 깊게 읽으시오.

　③ 반성할 시간을 가지시오.

　④ 읽은 것만 토론하시오.

　⑤ 당신의 진술을 뒷받침하시오.

　⑥ 토론이 주제에서 빗나가지 않도록 하시오.

　⑦ 책 전체를 토론하려고 하지 마시오.

　⑧ 이해하려고 노력하시오.

　⑨ 자유롭게 말하시오.

　⑩ 주의 깊게 들으시오.

　⑪ 예의를 지키시오.

등 11가지로 정해져 있다.

4) 독서토론 모임의 유형

　독서토론 모임의 유형[80]은 크게 세 가지로 나눈다. 자유토론과 독서토론(discussion), 독서 디베이트(debate)[81]가 그것이다. 자유토론은 글자 그대로 자유롭게 토론하는 것이다. 독서토론

---

80) 지윤주, 앞의 책, 16~18쪽.
81) 토론, 논쟁, 논의, 토의.

(discussion)은 진행자 혹은 모임장이 있어 진행 방향과 방식 등이 정해져 있는 모임을 말한다. 독서 디베이트debate는 찬반의 입장을 나누어 엄격히 발언 시간을 제한하여 토론하는 방식을 취한다.

독서토론과 디베이트의 가장 큰 차이점[82]은 독서에 있다. 디베이트가 주로 제시된 논제에 대한 찬성과 반대를 임의로 나눠 토론을 진행하는 대화식 토론이라면, 독서토론은 책 속의 이슈를 논제로 발제하고 이를 통해 토론 참여자들이 책을 더 깊이 있게 읽고 입체적인 독서를 하게 하는 활동이라고 할 수 있다. 디베이트가 찬반 입장에 따라 자료조사, 설득적인 스피치, 반박 등을 학습하는 토론이라면, 독서토론은 책 속의 이슈 짚기, 토론을 위한 논제 발제, 토론 과정에서의 질문, 중재, 조율 같은 리더쉽을 키우게 된다.

독서토론과 디베이트는 서로 연관성이 있다. 독서 디베이트를 하기 위해서는 꼭 독서토론이 선행되어야 하기 때문이다. 따라서 두 모형을 모두 진행하는 모임이 구성되면 이상적이다. 어떤 유형이 바람직한 모형이라고 잘라 말하기는 어렵고, 독서 목적에 따라서 그 목적에 맞는 유형을 선택하면 된다. 교양을 쌓기 위해서는 독서토론이 대체로 무난하다고 볼 수 있다.

---

82) 신기수 외, 앞의 책, 176쪽.

5) 독서토론의 실제

(1) 숭례문 학당의 설계

독서토론의 실제 편에서는 세 가지 사례를 들고자 한다. 첫째는 '숭례문 학당의 설계'[83]다. 숭례문 학당은 독서토론의 지향점을 두고 있는 것이 이채롭다. 독서토론의 지향점이 '미투 지투(味2 智2)'이다. '미투'는 재미와 의미를 '지투'는 메시지와 에너지를 뜻하는 데 이것을 다 담을 수 있도록 모델화한다는 목표를 갖고 있다.

따라서 이 독서토론회는 토론회가 시작되면 제일 먼저 '입풀기 논제'란 재미있는 말을 붙여 참가자들이 하고 싶은 말을 자유롭게 할 수 있게 한다. 주로 책에 대한 자기 소감과 인상 깊은 부분을 소개하는 것으로 시작한다. 문학의 경우 등장인물과 사건 중심으로 인문학과 사회학은 시의적절한 내용으로 토론할 수 있는 내용을 택한다.

이 같은 자유토론과 함께 토론의 질적 향상을 꾀하는 찬반논제, 선택논제로 구성했다. 찬반논제는 가장 논쟁적인 논제로 본격적으로 토론의 맛을 느끼게 해 준다. 토론자들이 서로 다른 의견을 경청하고, 자신의 생각을 논리적으로 발언하도록 유도하면서 편견과 고정관념을 깨고 소통하도록 하는 토론이며, 선택논제는 토론자들의 가치관과 관점이 드러나게 하는 토론

---

83) 신기수 외, 앞의 책, 176쪽.

이다.

(2) 7키워드를 활용한 토의식 토론

'7키워드 독서토론'[84]은 협의가 필요한 주제를 위한 토의식 독서토론 방식으로서 참여한 사람들의 생각과 말을 이끌어내는 데 도움이 되는 7키워드 즉, 낭독, 경험, 재미, 궁금, 중요, 메시지, 필사로 책에 대해 이야기를 나누는 것이다. 그 과정은 아래와 같다.

① 낭독 - 텍스트를 역할극으로 낭독

② 경험 - 주인공과 비슷한 경험에 대해 돌아가면서 얘기

③ 재미 - 재미있었던 부분에 대해 이야기

④ 궁금 - 의문이 들었던 부분에 대한 이야기

⑤ 중요 - 책을 읽고 나서 개인적으로 중요하게 생각했던 부분에 대한 이야기

⑥ 메시지 - 작가가 독자에게 전달하고자 하는 것이 무엇인지에 대한 이야기

⑦ 필사 - 책을 읽으면서 베껴 쓰고 싶은 부분에 대한 이야기

이런 토론을 끝내고 산책을 하면서 다시 한번 책 내용에 대해서 사색하는 과정을 거치면, 깊이 있는 서평을 쓸 수 있다.

---

84) 서상훈, 유현심, 『독서토론을 위한 10분 책읽기』, 경향미디어, 2016, 228~235쪽.

(3) 1:1 찬반 하브루타Hayruta

'1:1 찬반 하브루타'[85)]는 찬반이 나누어진 주제를 위한 문제 해결식 토론이다. 그 과정을 살펴보면, 토론 주제 정하기, 찬반 입장 나누기, 1:1 찬반 하브루타 하기의 과정으로 이루어진다. 찬반 하브루타는 ① 먼저 5분 정도 시간을 주고 첫 번째 하브루타를 한다. ② 입장을 바꾼 후 다시 5분 정도 시간을 주고 두 번째 찬반 하브루타를 한다.(스위칭Switching)[86)] ③ 상대를 바꾸어서 짝을 이룬 후에 다시 5분 정도 시간을 주고 세 번째 찬반 하브루타를 한다.(체인징) ④ 이어서 입장을 바꾼 후에 5분 정도 시간을 주고 네 번째 찬반 하브루타를 하는 과정(스위칭 2)으로 이루어진다. 이어서 창의적 문제해결 방법을 찾고, 소감 나누기로 끝맺는다.

---

85) 유대인 교육 방법, 부모와 자녀가 짝을 지어 질문과 대답을 주고받는 말 공부. 왜 하브루타가 유대인(인구 약 0.3%)으로 하여금 노벨상 30%를 차지하게 하고, 하버드와 예일을 비롯한 아이비리그에 30% 정도를 들어가게 만들까? 그 이유는 아래와 같다. 1) 말은 생각 없이 할 수 없다. 2) 말이 생각을 부른다. 3) 생각이 생각을 부른다.(양동일, 김정완, 『하브루타 독서법』, 예문, 2016.)
86) 전기 신호의 온, 오프 전환을 말한다.

보步로써 보保하다

길은 길을 알고 있다

묻지 마라 그대여 어디로 가야 하느냐고
그냥 걷다 보면 갈 길이 보이리니
세상을 다 알고 가는 이는 어디에도 없나니
길을 믿고 길을 따라 천천히 가다 보면
네 궁금증 눈치챈 길섶의 푸나무가
나직이 아주 나직이 대답해 주리라
길에다 눈을 주고 길에다 귀를 맡기면
불안도 두려움도 온통 푸른 물이 들어
그대가 궁금해하던 길에 꽃들이 필지니.

- 문무학

'보步로써 보(保[87])하다.' 란 제목은 '걸으며 기른다.' 라는 뜻을 갖는다. '보步' 자는 '걸음 보'를 비롯한 9개의 의미가 있고, '보保' 자는 보증설 보, 보전할 보, 도울 보, 기를 보, 알 보, 지킬 보, 편안할 보 외에도 여섯 개의 의미가 더 있다. 그중에서 '기를 보'의 의미를 가져와서 '걸으면서 기른다'는 뜻으로 쓰는 것이다. 책에서 읽은 내용을 생각하면서 걸어보는 경험을 갖는다면 생의 또 다른 의미를 발견하게 될 것이다.

1. 걷기와 책

책을 읽고, 서평 쓰기를 강의하면서 서평에 걷기가 매우 중요한 요소라는 사실을 깨닫게 되었다. 책을 읽고 산책을 해보면 그 책 속의 풍경과 상황이 자연스럽게 생각 거리가 되는 것을 경험할 수 있다. 모든 책은 사색의 결과다. 그 사색을 바르게 할 수 있게 해주는 것이 산책이란 걸 증명해 보고 싶었다.

---

87) 보증설 보, 보전할 보, 도울 보, 기를 보, 알 보, 지킬 보, 편안할 보, 믿을 보, 머슴 보, 반(조합) 보, 보증보 보, 보루 보, 포대기 보.
88) 장 자크 루소, 문경자 옮김, 『고독한 산책자의 몽상』, 문학동네, 2016.
헨리 데이비드 소로, 조애리 옮김, 『달빛 속을 걷다』, 민음사, 2019.(2판 1쇄)
다비드 르 브르통 산문집, 김화영 옮김, 『걷기 예찬』, 현대문학, 2019.(초판 30쇄)
리베카 솔닛, 김정아 옮김, 『걷기의 인문학』, 반비, 2019.(1판 7쇄)

그래서 걷기에 관련된 책 열한 권[88]을 한꺼번에 구입했다.

이 책들을 신토피칼 독서법으로 읽고, '요약형 서평'으로 정리한다. 왜 걷는가 그리고 걷기의 장점은 무엇인가를 알고, 그를 통해서 걷기와 사색 그리고 사색과 서평이 어떻게 영향을 주고받는지를 공부하고자 한다. 그리고 이 책의 '독하게 독하다'에서 읽은 바 있는, 어떤 분야든 그 분야의 책 열 권을 읽으면, 그 분야 전문가의 어깨쯤으로 수준이 높아진다는 말이 사실인가를 체험해 보고자 한다.

서평을 정리하는 순서는 걷기를 통해 빚어진 위대한 작품들을 쓴 루소, 소로 등의 작품으로 출발해서, 걷기의 개념, 걷기와 인문학, 걷기와 쓰기의 연결, 걷기와 창조의 차례를 가지며, 마지막에는 실제 걷기를 실천해야 한다는 측면에서 산책의 기술까지 살펴볼 것이다. 책 제목을 통해서 짐작되는 내용으로 정한 순서다. 책을 읽고 그 내용을, 걸으며 생각해 본 다음에 서평을 쓴다면 독서의 가치를 최대한 고양시키는 작업이 될 것이란 점은 짐작되고도 남는다.

프레데리크 그로, 이재형 옮김, 『걷기, 두 발로 사유하는 철학』, 책세상, 2018.(초판 9쇄)
크리스토프 라무르, 고아침 옮김, 『걷기의 철학』, 개마고원, 2007.
틱낫한, 진우기 옮김, 『걷기 명상』, 한빛비즈, 2018.
이상국, 『옛사람들의 걷기』, 산수야, 2013.
황용필, 『걷기 속 인문학』, 샘솟는 기쁨, 2017.
김창운, 『쓰기와 걷기』, 프로방스, 2018.
사이토 다카시, 유윤한 옮김, 『30분 산책 기술』, 21세기북스, 2011.

2. 걷기와 사색

1) 『**고독한 산책자의 몽상**』은 루소의 마지막 저작이다. 태어나자마자 어머니를 잃고 고모의 손에서 자랐으며, 16세 때 고향인 제네바를 떠나 유럽의 여러 지역을 돌며 귀족 집안에서 집사나 가정교사로 일했다. 정식 교육은 받지 못했으나 어릴 때부터 플루타르코스의 저작을 탐독하며 독학했다. 1750년 『학문예술론』 출판을 계기로 작가 생활을 시작, 1755년 『인간 불평등 기원론』, 1761년 연애소설 『누벨 엘로이즈』를 출간, 큰 성공을 거두었다. 1762년 『에밀』을 출간, 이 책에 담긴 이신론적 주장과 자녀를 모두 고아원에 맡긴 이력 탓에 사회로부터 철저하게 배척당했다.

이후 고립된 생활을 고집하며 식물학에 몰두했고, 자신을 향한 비난에 맞서 자전적 산문인 『고백록』과 『대화 : 루소, 장 자크를 심판하다』를 썼고, 이 책을 쓰다가 1778년 사망했다. 따라서 장 자크 루소의 『고독한 산책자의 몽상』은 그의 미완성 유작이며, 평생을 탐구하고 추구한 '나 자신'이라는 주제에 대한 내적 성찰을 비롯해 삶에 대한 회한과 관조, 명상의 체험을 온전히 담은 루소의 가장 내밀한 기록이 된다. 책 제목 속의 '몽상'은 '꿈속의 생각'이나 '실현성이 없는 헛된 생각을 함, 또는 그 생각'이라고 풀고 있지만 12세기에 프랑스어 '몽상하다 (reˋver)'는 '방랑하다'의 의미, 17세기에 와서 '깊이 생각하다.' 라는 의미를 갖게 되었다.

「첫 번째 산책」부터 「열 번째 산책」까지 묶었다. "마침내 나는 이제 이 세상에서 나 자신 말고는 형제도, 이웃도, 친구도 교제할 사람도 없는 외톨이가 되었다. 인간들 중에서도 가장 사교적이고 정이 많은 내가 만장일치로 인간 사회에서 쫓겨난 것이다."로 시작된다. "이 글들이 다루는 주제는 바로 나일 것이다. 게다가 산책을 하면서 머리를 스친 온갖 낯선 생각 또한 이 종이들 속에서 제자리를 찾을 것이다."(15쪽)라고 썼으며, 다음 페이지에서 몽테뉴는 다른 사람을 위해 『수상록』을 썼지만, 자신은 오로지 자신을 위해 몽상들을 기록한다고 했다.

「두 번째 산책」은 산책길에서 당한 사고와 도무아르 부인과 얽힌 이야기를 쓰고, 여러 귀찮은 일들을 사람들과 운명이 하는 대로 내버려두자. 투덜대지 말고 고통을 견디는 법을 배우자. 모든 것이 결국에는 순리를 따르게 되어 있다는 생각을 갖는다. 「세 번째 산책」은 플루타르코스 영웅전 솔론 편에 나오는 "나는 늘 배우면서 늙어간다."는 시구를 인용하면서 시작하여, 노인의 공부란 그에게 아직도 할 일이 남아 있다면 오로지 죽는 법을 배우는 것일진대, 내 나이의 사람들이 가장 하지 않는 일이 바로 이 공부로 그들은 이것만 제외하고 온갖 일에 대해 생각한다고 썼다. 그리고 "나는 내 능력을 넘어서는 것에는 관여하지 않고 내 능력이 닿는 것에 만족하기로 했다"는 결심에 대한 회상을 주로 한다.

「네 번째 산책」의 내용은 거짓말과 진실에 대한 성찰이다. 산책하면서 사유하는 방법을 일러주는 대목이 나온다. "훌륭한 플루타르코스의 교훈을 활용하기 위해 나는 다음날 산책하며 거짓말과 관련하여 나 자신을 검토해보기로 결심했고, 그 결과 델포이 신전의 '너 자신을 알라'는 신탁이 내가 『고백록』에서 생각했던 바와 달리 따르기 쉬운 격언이 아니라는, 이미 품고 있던 생각이 더욱 굳어졌다."고 썼다.

「다섯 번째 산책」은 비엘 호수 가운데 있는 생피에르 섬에 있었던 두 달을 돌아보는 산책이다. "그 두 달은 내 생애에서 가장 행복한 시기였고, 정말로 행복해서 한 순간도 다른 상태를 바라는 마음이 들지 않아 사는 동안 그 시절만으로도 내게는 충분할 정도였다."고 회상했다. 「여섯 번째 산책」에선 "모든 것이 제약과 책임과 의무인 시민사회에 내가 결코 적합하지 않았다는 사실과 독자적인 내 천성 때문에 다른 사람들과 함께 살기를 바라는 자에게 필연적으로 따르는 속박을 견딜 수 없었다"(104쪽)고 성찰했다.

「일곱 번째 산책」은 식물 채집을 하다가 중단, 다시 시작했고, 채집에 새로운 매력을 느꼈다. 그 식물학이 그가 예전에 함께 살았던 사람들처럼 소박하고 착한 사람들 사이에 있는 평온한 거처로 데려다준다고 썼다. 그는 많은 학문이 인생의 행복에 이바지하는 것을 결코 본 적이 없지만 쉽사리 맛볼 수 있고 내 불행을 잊게 해줄 즐겁고 단순한 오락거리를 갖고 싶었기 때문에 식물에 관심을 쏟았다. 「여덟 번째 산책」은 불행을 이기는 방법에 대해 성찰하고 있는데 "불행의 가장 날카로운 공격을 피하는 방법은 더는 그 불행에 신경 쓰지 않는 것이라고 확신"한다거나 "불행을 생각하지 않는 사람에게 불행은 아무것도 아니다."(135쪽)라는 말이 뜨거웠다.

「아홉 번째 산책」은 가장 쉽고 재미있고 읽는 사람에게 행복이 전해온다. "행복이란 항구적인 상태로, 이 세상 사람을 위해 마련된 것은 아닌 듯 보인다."로 시작하여 자식들을 고아원에 넣었다는 데 대한 비난에 대해 그 까닭을 밝히며 어린이를 사랑하는 마음을 어린이에게 베푸는 행동을 통하여 행복을 맛보기도 한다. 「열 번째 산책」은 이 책이 미완성이라는 사실을 상기시키듯이 아주 짧게 바랑 부인과 보낸 시간을 회상하고 있다. 스물여덟 살의 그녀를 열일곱 살 나이에 만난 것이다. 그 시간을 순수하고 완전한 행복을 누렸다고 기록하고 있다. 그 달콤한 상태가 오래 지속되는 것 외에는 더 바랄 것이 없는 시간을 보냈다.

루소는 1746년 겨울에 첫 아이가 태어났으나 고아원으로 보내고 그 뒤 태어난 네 아이도 모두 고아원으로 보낸 사실과 『에밀』의 내용에 대한 사회의 비난을 견디기 어려웠고 그것으로 평생 괴로워했다. 『고독한 산책자의 몽상』은 바로 그 비난받는 삶에 대한 돌아보기 혹은 성찰, 아니면 자기 잘못에 대한 변명이다. 그러나 노년의 삶이 어떤 것인가? 어떻게 살아야 하는가에 대한 나름대로의 방향을 제시한 것으로 읽는다.

2) 『**달빛 속을 걷다**』는 에세이다. 헨리 데이비드 소로
(1817~1862)는 1845년 3월 말부터 짓기 시작한 월든 호숫가의
통나무 오두막집에서 같은 해 7월 4일부터 1847년 9월까지 '위
대한 실험'을 몸소 실천한 것으로 유명한데 그 체험의 기록이
『월든』이다. 소로의 『달빛 속을 걷다』는 글 자체도 그야말로
달빛 속을 걷는 느낌을 준다. 「달빛 속을 걷다」, 「걷다」, 「가을
의 색」, 「겨울 산책」, 「하일랜드 등대로」라는 다섯 편의 에세이
를 싣고 있다.

이 책에서 소로는 "달은 지구 쪽으로 이끌리고, 지구도 마찬
가지로 달 쪽으로 이끌린다. 달빛을 받으며 걷는 시인은 달빛
의 영향을 받은 생각의 흐름을 의식한다."고 했다. 「걷기」에서
는 문명에 대한 비판과 야성적 본능에 대한 옹호를 근간으로
삼고 있다. '걷기'에 대해 "마을 사람 대다수가 가끔 걷는다고
주장한다. 하지만 그건 걷기가 아니다. 그들은 걸을 수 없다.
아무리 돈이 많아도 걷기에 필요한 여유나 자유나 독립심을 돈
으로는 살 수는 없기 때문이다. 이런 것들이야 말로 걷기에서
가장 중요하며 신의 은총을 받아야 얻을 수 있는 기술"이라고
했고, 야성의 중요성은 "시인은 이미 만들어진 단어도 사용하
지만 그에 못지않게 단어를 캐내어 뿌리에 흙이 묻은 그대로
책 속으로 이식하는 사람이다. 도서관에 있는 곰팡이 핀 책 사

이에는 진실하고 자연스러운 단어가 반쯤 억눌려 있는데 봄이 오면 꽃봉오리가 나올 것이다. 거기서 주변 자연에 교감하며 매년 충실한 독자를 위해 같은 종류의 꽃을 피우고 열매를 맺을 것이다."(47쪽)라고 비유하면서 야성을 중시한다.

「가을의 색」은 가을이 깊어가는 것을 눈여겨보면서 나무줄기, 나뭇잎, 꽃의 형태와 색에 대해 세밀하게 묘사한다. 가을 속의 10월은 해가 지는 노을 진 하늘과 같고 11월은 황혼과 같다고 표현한다. 그리고 "어떤 사물을 보지 못하는 것은 우리의 시야에 들어오지 않아서가 아니라 유심히 보지 않기 때문이다. 시력 없는 해파리처럼 눈 자체는 시력을 가지고 있지 않다."고 관찰의 중요성을 말해주고 있다.

「겨울 산책」은 자연의 겨울 풍경을 담고 있으며, "인간에게 항상 문을 닫고 있는 자연은 없다."고 한 것이나 "겨울에 자연은 골동품을 넣은 금고가 된다."는 표현이 겨울을 적절하게 묘사하고 있다. 「하일랜드 등대로」는 등대가 있는 케이프 코드 주변 해안을 자세히 묘사하고, 이곳 사람들의 삶을 묘사한 후 여기에 서식하는 동식물들을 소개하고 끝으로 등대 내부와 등대 주변 풍경을 보여주며 등대지기와 나눈 대화를 보여준다.

3) 『걷기, 두 발로 사유하는 철학』은 제목이 아주 명쾌하다. 걷기가 무엇인가를 분명히 말하고 있기 때문이다. 그러면서도 두 발과 사유의 연결에 대한 궁금증 때문에 독자들의 관심을

끌기에 충분한 책이다. 아니나 다를까 2014년 초판 되었는데 내가 읽은 책은 2018년 초판 9쇄본이다. 국내에서는 KBS 'TV 책을 보다'에 방영되었고, 공영호 경영연구소장은 "분주한 시대를 살아가는 우리가 왜 걷기에 주목하고 어떻게 걷기에 접근해야 하는지 알려주는, 걷기를 위한 멋진 철학책"이라고 추천하고 있다.

저자는 프랑스의 철학자 프레데리크 그로, 그는 이 책을 27개의 챕터로 나누어 제1장 「걷는 것은 스포츠가 아니다」로 시작하여 27장, 「세상의 종말」로 구성하고 있다. 걷기에 대한 여러 사색의 결과를 기록하고 있다. "아무도 아닌 사람이 되는 것, 그것이 바로 걸을 때 누릴 수 있는 자유다.", "세상에 대한 집착을 버린 자의 자유"를 비롯하여, 걷기를 통해 위대한 업적을 남긴 사람들의 이야기를 펼쳐놓는다.

「나는 왜 이렇게 잘 걷는 사람이 되었나?」라는 제목으로 프리드리히 니체의 삶을 4막으로 구성해서 다루었다. 1879년 여름에서 1889년 초까지 10년간에 걸친 이 시기에 첫해 여름부터 하루에 8시간까지 걷고 또 걸었으며 『방랑자와 그의 그림자』라는 책을 썼다. 그는 이 10년에 『아침놀』, 『도덕의 계보』, 『즐거운 학문』, 『선악의 저편』, 『차라투스트라는 이렇게 말했다』 등 자신의 대표작들을 썼다. 그에게 걷기는 활동의 조건이었다. '걷기'는 몸의 이완, 혹은 몸의 동행 이상이다. 걷기는 본질적으로 몸의 요소였으며 그에게 글은 결국 발에 대한 찬사를 의미한다. 손으로만 글을 쓰는 건 아니다, 자신의 발로도 글을 잘 쓸 수 있다고 했다.

  프랑스 시인 아르튀르 랭보의 걷기를 「도피의 열정」이라 불렀다. 랭보는 "난 그저 걸어 다니는 사람일 뿐, 그 이상도 그 이하도 아니야."라고 했음을 알려주고 그의 많은 시가 걷기에서 나왔다. 장 자크 루소의 걷기를 「산책자의 백일몽」이란 제목으로 다루었다. 루소의 『나의 초상』, 『고백』, 『인간불평등 기원론』에서 걷기와 관련된 글을 인용 설명하고 있다. 예를 들어 『나의 초상』에서 "나는 산책할 때 결코 아무것도 하지 않는다. 전원은 나의 사무실이다. 책상과 종이, 책만 봐도 지겨워진다. 작업도구는 나를 의기소침하게 한다. 뭘 좀 써보려고 의자에 앉아도 도대체 생각이 떠오르지를 않는다. 재치를 발휘해야 할 필요성이 오히려 내게서 재치를 빼앗아간다."고 썼는데 이에 대한 저자의 생각을 덧붙였다.

  「야생의 정복」이란 제목에서는 헨리 데이비드 소로를 다루고 있는데 그의 『월든』과 『일기』 그리고 걷기를 다룬 최초의 철학개론서 『산책』을 소개하고 있다. 소로는 걷기에 걸리는 시간과 똑같은 시간을 글쓰기에 할애하는 것을 원칙으로 삼고 살았다. 문화와 도서관이 파놓은 함정을 피하기 위해서였다. 그는 글을 쓴다는 것은 '무언의 생생한 체험에 대한 증언이 되어야 한다. 다른 책에 관한 주석이 되어서도 안 되고 다른 글에 대한 설명이 되어서도 안 된다. 증인으로서의 책이 되어야 한다'

고 주장했다. 소로가 생각하는 "걷기(서쪽을 향해 걸어간다. 그러나 잘 걷게 되면 항상 서쪽을 향해 가게 된다.)는 곧 자신을 되찾는 것이 아니라 자신을 재창조할 가능성을 부여하는 것"(151쪽)이라고 한 말을 전하는데 매우 인상적이다.

「편안한 상태」에서는 걷기가 편안한 상태를 유지하게 한다는 내용인데, 등산에 관해서는 비판적인 안목을 보여준다. "높은 산을 오르는 등산(정상 정복, 도전에 응하기)은 항상 좀 불순하다. 왜냐하면 자기도취적 만족감을 불러일으키기 때문이다. 걷는 사람을 지배하는 것은, 허세로 가득 찬 환호성이 아니라 가장 근원적이고 자연적인 활동을 하면서 자기 몸을 느낄 때의 그 단순한 즐거움."(205쪽)이라고 썼다.

프랑스 낭만주의 시인 제라르 드 네르빌의 걷기를 「우울한 방황」이라 이름 붙였다. 그에게서는 우울이라는 걷기의 의미가 발견된다고 썼다. 임마누엘 칸트의 걷기는 「일상적인 외출」이라는 제목으로 항상 같은 길을 다녀 '철학자의 길'이라는 이름을 붙인 산책이었다. 이 산책에는 세 가지 측면, 단조로움, 규칙성, 필연성이 엿보인다고 했다. 단조로움은 권태에 대한 치료제이며, 노력과 반복되는 작은 행위와 훈련이 굉장한 것을 만들어내게 하는 규칙성, 자신을 제어하는 강제된 운명의 필연성이라는 것이다. 칸트는 평생 동안 딱 두 번 길을 바꾼 적이 있는데 그것은 루소의 『에밀』을 보다 일찍 손에 넣기 위해서였고, 또 한 번은 프랑스 혁명이 일어났다는 소식을 듣고 정보를 얻으러 가기 위해서였다고 한다.

프랑스 소설가 마르셀 프루스트의 걷기를 '산책'이라 제목을 붙였다. 일곱 권으로 구성된 장편소설 『잃어버린 시간들』은 20세기 소설의 최대 걸작으로 평가된다. 제1권 『스완네 쪽으로』는 여러 출판사로부터 거절당해 자비로 출판했지만, 제2권 『꽃핀 소녀들의 그늘에서』가 콩쿠르상을 받으면서 작품성을 인정받는 작가가 되었다. 그는 "산책에서의 모든 발견과 즐거움은 산책을 자유롭게 하는 사람에게만 주어진다."고 강조하며 도시에서의 산책과 시골에서의 산책을 교대로 해야 한다고 주장한다. 둘 중 어느 한 가지만 해서는 안 된다는 것이다. 공공장소의 산책길을 걷는 것은 인류의 다양성 및 우리 동류들의 행동에 대해 미세한 발견을 하도록 해야 하기 때문이며, 시골에서의 산책은 풍요한 몽상에 잠기게 되기 때문이라고 한다.

독일의 철학자이자 미학자인 발터 벤야민을 「도시의 소요자」로 명하여 그의 걷기를 "존재의 충만함을 목격하는 것이 아니라 단지 여기저기서 가해지는 가시적인 충격을 받아들일 뿐이다. 걷는 사람은 융합의 심연 속에서 자기 자신을 실현하고, 그 소요자는 끝없이 흩어지는 광채의 폭발 속에서 자신을 실현한다."고 썼다.

20세기 인도 정치가 모한다스 카람찬드 간디, 위대한 영혼이란 뜻의 마하트마 간디라고도 불리는 그의 걷기는 「신비론과 정치」라는 제목으로 썼다. 간디가 생각하는 걷기는 인내가 필요한 느린 에너지다. 걷기는 간디가 좋아하는 겸허함 속에서 이루어진다. 즉 우리가 얼마나 약한 존재인가를 상기하는 것이다. 걷는다는 것, 그것은 곧 가난한 자의 상황이다. 그러나 겸허함이 정확히 빈궁을 의미하는 것은 아니라고 했다. 1930년 소금세에 저항한 소금 행진은 비난의 형태를 거대한 걷기 행렬로 연출한 것이다. 걷기의 정치적 차원을 체험하게 한 것이었다. 그는 "자신에게 꼭 필요한 것보다 더 많이 가지는 것은 곧 자신의 이웃을 착취하는 것"이라고 비난했다. 무저항, 불복종, 비폭력, 비협력주의에 의한 독립운동을 지도한 그는 1948년 힌두교 광신도 청년에 의해 암살당했다.

25장에서는 「반복」이란 소제목으로 걷기의 역사에서 반드시 고려해야 할 인물, 워즈워스에 대해 썼다. 18세기 말에 처음으로 시적 행위와 자연과의 소통, 육체의 성숙, 풍경의 감상으로서의 걷기를 시작한 사람이 바로 워즈워스라는 것이다. 미국의 저널리스트이자 소설가 크리스토퍼 몰리는 그에 대해 "두 다리를 철학을 위해 사용한 최초의 인물"이라고 썼다.

독일의 서정시인 프리드리히 횔덜린의 걷기는 「신의 은신처를 걷다」라는 제목이다. 그는 "불성실에 성실하라."고 말하며 길을 걷는 자는 언덕 위에 서 있는 한 그루 나무 같기도 하고, 낭떠러지의 가장자리에 박혀있는 바위와 같기도 하다고 썼다. "자기 발걸음의 유일한 주인이며/ 그렇지만 삶을 사랑하여 그것을 재어보는 여행자/ 그 여행자의 길은/ 더 아름다운 꽃을 피운다."는 미완성 찬가를 남기기도 했다.

이 책은 위에 든 예 외에 바깥, 느림, 고독, 침묵, 영원, 에너지, 순례, 공원, 중력 등을 걷기와 연결시키며 마지막 27장에 와서 「세상의 종말」이란 제목을 붙이고 "엄청난 천재지변이 일어나 모든 게 파괴되고 문명도 사라져버리면 연기가 솟아오르는 인류의 폐허 위에서 할 일이라고는 걷는 것밖에 남지 않게 될지도 모른다."고 마무리한다. 걷기, 더 이상 할 말이 없어진다. 당장 컴퓨터를 끄고 밖으로 나가 걸어야 한다는 생각이 들게 하는 책이다.

4) 『**걷기 예찬**』은 「길 떠나는 문턱에서」, 「걷는 맛」, 「지평을 걷는 사람들」, 「도시에서 걷기」, 「걷기의 정신성」, 「옮긴이의 말」로 꾸며졌다. 주로 도보 여행에 관한 글이다. 옮긴이는 '걷는 즐거움에로의 초대' 라는 말로 이 책의 성격을 말했다. '걷기 예찬은 삶의 예찬이요, 생명의 예찬인 동시에 깊은 인식의 예찬' 이라고 결론지었다. 필자가 이 책에서 관심 있게 본 것은 이른바 걷기의 고수들이 걸으며 남긴 위대한 말씀들이다. 장 자크 루소, 피에르 상소, 패트릭 리 퍼모, 하이쿠 시인 바쇼, 스티븐슨, 카찬차키스 등이다.

루소는 "나는 내 일생 동안 그 여행에 바친 칠팔일간만큼 일체의 걱정과 고통으로부터 완전히 해방된 틈을 가져본 기억이 없다."고 예찬한다. 바쇼는 계절과 나날들이 흘러 지나가는 걸

보면서 시간 그 자체가 쉴 줄 모르는 여행자라고 지적하기도 한다. 저자는 "보행은 그 어떤 감각도 소홀히 하지 않는 모든 감각의 경험"이라고 하기도 하고 "걷기는 사물들의 본래 의미와 가치를 새로이 일깨워 주는 인식의 한 방식이며 세상만사의 제 맛을 되찾아 즐기기 위한 보람 있는 우회적 수단"이라고 정의하기도 한다.

루소, 스티븐슨, 소로에 이르기까지 혼자 걷기를 권한다. 그 이유를 "자유가 그 내재적 속성이기 때문이고, 마음 내키는 대로 발걸음을 멈추거나 계속하여 가거나 이쪽으로 가거나 저쪽으로 가거나 할 수 있어야 하기 때문"이라고 한다. '침묵'이라는 장에서는 "걷는다는 것은 침묵을 횡단하는 것이며 주위에서 울려오는 소리들을 음미하고 즐기는 것"이며 "침묵은 인간의 마음속에 돋아난 쓸데없는 곁가지들을 쳐내고 그를 다시 자유로운 상태로 되돌려놓아 운신의 폭을 넓혀준다."고 했다.

걷기는 언제나 미완 상태에 있는 실존의 이미지를 잘 보여주며, 보행은 세상을 향한 자기 개방이므로 겸손과 순간의 철저한 파악을 요구한다. 보행은 가없이 넓은 도서관이다. 매번 길 위에 놓인 평범한 사물들의 이야기를 들려주는 도서관, 우리가 스쳐 지나가는 장소들의 기억을 매개하는 도서관인 동시에 표지판, 폐허, 기념물 등이 베풀어주는 집단적 기억을 간직하는 도서관이다. 이렇게 볼 때 걷는 것은 여러 가지 풍경들과 말 속을 통과하는 것이다.

걷기를 생각하는 훈련에 더할 수 없이 좋은 한 순간이라고 썼
다. 수많은 철학자들과 작가들은 예외적인, 혹은 규칙적인 산
책을 통하여 자신들의 머릿속에 마련한 여백 속에서 자유로운
사색, 추리, 논증이 이루어지도록 맡겨둔 결과 얻게 된 혜택에
대해 자주 말하곤 한다. 이 책의 94쪽과 95쪽은 걷기와 관련된
명언들로 꽉 차 있다.

장 자크 루소는 말한다. "보행에는 내 생각들에 활력과 생기
를 부여하는 그 무엇이 있다. 나는 한 자리에 머물고 있으면 거
의 생각을 할 수 없다. 내 몸이 움직이고 있어야 그 속에 내 정
신이 담긴다. 들판의 모습, 이어지는 상쾌한 정경들, 대기, 대
단한 식욕, 걸으면서 내가 얻게 되는 건강한 술집에서의 자유
로움, 내가 무엇엔가 매여 있다고 느끼게 하는 모든 것, 나의
처지를 상기시키는 모든 것으로부터 멀리 떨어져 있다는 사실,
그런 모든 것이 내 영혼을 청소해주고 내게 보다 크게 생각할
수 있는 대담성을 부여해 주고, 존재들의 광대함 속에 나를 던
져 넣어 내 기분 내키는 대로 거리낌 없이 두려움 없이 그것들
을 조합하고 선택하고 내 것으로 만들 수 있게 해 준다"는 사실
을 체험적 언어로 표현하고 있다.

키르케고르는 1847년 제테에게 보낸 편지에서 이렇게 쓰고
있다. "나는 걸으면서 나의 가장 풍요로운 생각들을 얻게 되었
다. 걸으면서 쫓아버릴 수 없을 만큼 무거운 생각이란 하나도
없다." 니체는 『환희의 지혜』란 아포리즘에서 이렇게 잘라 말

한다. "나는 손만 가지고 쓰는 것이 아니다. 내 발도 항상 한몫을 하고 싶어 한다. 때로는 들판을 가로질러서, 때로는 종이 위에서 발은 자유롭고 견실한 그의 역할을 당당히 해낸다."(95쪽)고, 『차라투스트라』에는 "심오한 영감의 상태, 모든 것이 오랫동안 걷는 길 위에서 떠올랐다. 극단의 육체적 탄력과 충만"이라고….

소로는 내면적인 필요 때문에 하루에 적어도 네 시간은 걸어야 한다. 오후가 저물어 갈 때까지 볼일 때문에 방 안에만 처박혀 있게 되면 몸이 녹슬어 버리는 것 같아서 괴롭다는 것이다. 소로는 자연 속에는 미묘한 자기磁氣 같은 것이 존재하므로 우리가 아무 생각 없이 그것에 몸을 맡겨놓게 되면 그 자기가 올바른 길을 인도해 준다고 믿는다. 마치 강물이 구불구불 흘러가긴 하지만 그렇게 흐르는 동안 줄곧 고집스럽게 바다로 가는 가장 짧은 지름길을 찾고 있는 것이나 마찬가지라고 한 것은 참 밝은 눈이라고 하지 않을 수 없다.

"산책은 친숙한 것의 낯설음을 고안해 낸다. 산책은 디테일들의 변화와 변주를 민감하게 느끼도록 함으로써 시선에 낯섦의 새로움을 가져다준다."(138쪽)는 말로 이 책을 포장하고 싶다. 그렇다, 걷기는 새로움을 비추는 빛이다.

5) 『걷기명상』의 저자 틱낫한Thich Nhat Hanh은 오늘날 세계에서 가장 존경받는 불교 스승 중의 한 명이자 시인이자 평화

운동가로 불교 사상의 사회적 실천을 강조하며 참여 불교운동 및 사회 운동을 해오고 있다. 그가 쓴 걷기에 관한 명상을, 불교 명상 전문 통번역가인 진우기가 번역했다. 명상을 위한 걷기로, 걸으면서 모두 버려야 한다는 주장을 담고 있다. 120쪽의 책에 각 페이지마다 명상을 권유하는 짧은 글을 싣고 있다. 그 여러 글 중에서 「공항에서의 걷기 명상」이 인상적이었다. 그 전문을 옮겨본다.

"공항에 갈 때면 저는 조금 일찍 도착해서 탑승하기 전에 걷기 명상을 합니다. 한 삼십 년쯤 전에 호놀룰루 공항에서도 저는 그렇게 걷고 있었습니다. 그때 누군가 다가와서 이렇게 물었습니다. "당신은 누구신가요? 당신의 수행 방법은 무엇인지요?" 저는 대답했습니다. "왜 물어보시는지요?" 그러자 그 사람이 말했습니다. "걷는 모습이 다른 사람들과 너무도 달라서요. 참으로 평화롭고 여유로운 모습이었습니다." 그 사람은 그저 제가 걷는 모습을 보고 다가왔던 것입니다. 강연이나 법문을 한 것도 아닌데 말입니다. 한 걸음 한 걸음마다 그렇게 나의 내면에 평화를 창조하면 다른 사람들에게도 기쁨을 줄 수 있습니다."(21쪽)

서평 쓰기와 관련짓는 걷기와는 조금 거리가 있는 듯하지만 깊이, 넓게 바라보면 한 축이다. '명상冥想'이 무엇인가? "고요히 눈을 감고 깊이 생각함 또는 그런 생각"이 아닌가! 걷기가 수행임을 잘 보여주고 있다.

6) 『걷기의 철학』, 저자는 프랑스 고등학교 철학 교사다. 역자는 프랑스에서 어린 시절을 보낸 불어를 전공한 한국인이다. 이 책은 표사에 "걷기는 생각하기와 밀접하게 연관된 행위다. 그 둘은 몸과 정신을 동시에 이용하고 정상에 오르는 것을 목표로 삼으며, 노력을 필요로 하고, 결국에는 이러한 고생을 100 배 이상 보상해 준다."라고 쓰고 있는데 이것이 이 책의 전부라고 해도 괜찮을 듯하다.

이 책에서 저자는 걷기와 관련된 측량, 느림, 노력, 리듬, 숭고, 겸허, 관광, 순례, 시위, 산책, 원정이라는 키워드를 살피고 있다. 측량은 측량이라는 말의 기원 즉 18세기 말 프랑스 영토를 '코뮌'이라는 행정구역으로 나누었을 때 그 기준은 사람이 하루 동안 걸어서 도달할 수 있는 거리라는 측면에서 관련지었음을 알게 해주었다. 느림은 참을 수 없을 만큼 관능적이며, 느린 것은 아름다우며, 온전한 관망과 감상을 허용한다고 했다. 그 외 리듬은 정신과 그 담화 즉 사유를 틀어막지 않으며, 겸허는 "걷는 사람은 겸허하다."로 그 외 관광과 순례 등은 상식적인 나열이다. 산책은 우연에 내맡겨진 걷기라고 정의하고 있다.

다음으로 「소요철학식 고찰」의 장으로 '소요철학식 계산',

'몸과 영혼, 발로 생각하기', '땅에 디딘 발', '하늘과 땅', '관성과 운동성', '걷기와 달리기', '신발 끈의 교훈', '걷기의 미덕', '계절의 맛', '말과 침묵'의 항목으로 나누어 소주제를 풀고 있다. 그중 신발 끈의 교훈은 등산을 할 때, 신발 끈처럼 즉 경사를 따라 좌에서 우로 그리고 역으로, 한 번에 조금씩만 오르며 걸으면 정상에 도달할 수 있다는 것이다.

마지막으로 「철학자들의 다리」라는 장으로 '탈레스의 헛디딤', '플라톤과 아리스토텔레스의 상아탑 산책', '에피쿠로스의 정원 안', '몽테뉴의 산책장', '데카르트, 혹은 길을 잃지 않는 방법', '칸트 교수님은 다섯 시에 외출합니다', '키에르케고르의 사고 여행', '니체의 글에 나타난 높이에 대한 취향', '길 위에서 칼 야스퍼스와 함께', '루소의 도망과 시오랑의 도망'으로 철학자들이 걸으며 철학을 완성했다는 사실을 들려준다.

책의 마지막 문장은 "걷기와 철학은 본질에 대한 취미와 높은 것의 추구라는 점에서 맞닿아 있다. 두 활동은 우리 인류를 강하게 만든다. 이것들을 무시하지 말도록 하자."고 했는데 이 말에 '아니야'라고 말하기는 어렵다.

7) 『**쓰기와 걷기의 철학**』은 쓰기와 걷기를 나를 찾고 나를 바로 세워주는 디딤돌로 인식하고 사는 생활의 실천기다. 고등학교 교사인 저자는 제1장 「행복한 삶을 만드는 최고의 비결」

에서 글쓰기는 나를 변화시키고 삶을 새롭게 디자인한다고 하며, 글쓰기가 가져다주는 행복을 "첫째, 글쓰기는 일상에서 마주치는 대상을 유심히 관찰하게 만든다. 둘째, 글쓰기는 내면을 들여다보고 진정한 나를 만나게 해 준다. 셋째로, 글쓰기는 진정한 감사의 마음을 갖게 해준다. 글쓰기는 자신을 치유해주는 힘이 있다."(25~28쪽)고 썼다.

제2장 「글을 쓰다, 삶을 찾다」에서 "우리는 왜 사는가, 우리는 무엇을 추구하는가, 우리는 행복을 추구한다. 어떻게 해야 행복해질 수 있는가, 자신을 가치 있는 존재라고 여길 때 행복을 느낀다. 내 삶에 내가 없는데 행복을 느낄 수 있겠는가, 내가 먼저 행복해야 상대방도 행복하고 모두가 행복할 수 있다. 우리는 잊고 살았던 내 삶의 가치를 찾아야 한다. 내 삶의 가치를 찾기 위해서는 먼저 나를 찾아야 한다. 내가 내 삶의 중심이 되어야 한다. 내가 나를 찾고 바로 세울 때 내 삶의 가치를 찾게 되고 다른 사람들도 내 삶의 가치를 인정해주게 된다. 이렇게 될 때 우리는 모두 유일한 자신만의 가치 있는 삶을 살아갈 수 있게 된다."(68쪽)고 썼다.

제3장 「맨발로 걷다」에서는 인간의 본성을 되찾고 건강을 유지하기 위해서는 땅과 친해져야 하고 자주 만나야 한다며 경험을 소개한다. "필자는 주로 새벽에 근린공원에서 맨발 걷기를 하고 있다. 공원 바로 옆에 나지막한 산자락이 이어지고 있어 이른 새벽이면 참새, 박새, 까치, 직박구리 등 다양한 새들이

저마다의 목소리로 합창을 한다. 풀숲에서는 귀뚜라미와 쓰르라미, 찌르레기 들이 잔잔한 연주곡을 들려준다. 이러한 자연의 소리를 배경음악으로 들으며 맨발로 걷고 있노라면 마음이 고요해진다. 발바닥에 온 마음을 집중한 채로 천천히 흙길을 걸으면 진정한 나를 만날 수 있다. 새벽의 신성한 기운을 느끼며 맨발로 어머니의 땅을 만나는 시간은 나를 찾고 나를 바로 세우는 소중한 기회"라고 강조한다.

제4장 「생각의 깊이를 더하다」에서는 책을 읽고 글을 쓰고 맨발 걷기를 하는 이유는 내면을 들여다보며 진정한 자아를 만나기 위해서, 나를 찾고 나를 세우고 싶기 때문이라고 강조한다. 특히 반복을 강조한 그의 체험은 가치 있게 느껴진다. "아침 독서는 처음 시작할 때는 집중하기도 어렵고 책을 읽다가 꾸벅꾸벅 졸기도 한다. 글을 읽어도 무엇을 읽었는지 전혀 기억이 나지 않는 경우도 있다. 하루 이틀 책 읽기를 반복하면 서서히 적응되기 시작한다. 읽어나가는 분량도 조금씩 늘어나고 이해력도 점점 빨라지고 커진다. 책 읽기라는 행위를 매일 꾸준히 반복하다 보니 뇌도 책 읽기에 최적화되어 가기 때문이다. 무엇을 하든 제대로 신속하고 정확하게 되기 위해서는 반복하는 방법밖에 없다."고 주장하며 반복은 두려움을 없애주고, 편안함을 가져다주며, 생각의 강물을 깊고 넓게 만들어주는 마음의 중심이라는 말에 공감한다.

제5장 「미치도록 삶이 좋아지다」는 내 삶을 사랑하는 첫 출

발점은 바로 나를 찾는 것이고, 내 삶을 사랑하는 방법은 매일 반복하는 일상에 최선을 다하고, 바로 지금 이 순간 자신의 모습을 있는 그대로 받아들이고 바로 지금 이 순간의 행복을 온전히 누리는 것이 내 삶을 사랑하는 유일한 방법이라고 전한다.

이렇게 저자는 책 읽고 글 쓰고 맨발로 걷는 생활의 실천 과정을 보여주고 있다. 그래서 놀랍다. 마지막에 보잘것없는 이야기라고 하면서도 우리 삶에서 가장 중요한 것은 단순한 것의 반복과 실천이라는 철학을 얻었음을 보여주고 있다. '진리는 단순하고, 실력은 꾸준함에서 나온다.'는 말을 믿고 실천한 것이다. 실천하는 것이 얼마나 중요한 것인가를 생생하게 보여주고, 그 꾸준함이 얼마나 찬란한 것인가를 보여주는 책이다. 책 자체가 새벽 글쓰기로 이루어진 산물이다.

8)『걷기의 인문학』, '방랑벽(Wanderlust)'이라는 원제목에 '보행의 한 역사(A History of Walking)'라는 부제가 붙은 책이 『걷기의 인문학』으로 출판되었다. 딱 맞아떨어지는 제목으로 보기 어려워 인문학 붐에 편승한 것이라는 편견을 갖고 이 책을 읽어나갔다. 그러나 다 읽고는 책 제목에 대해 그리 나쁘게 생각할 필요가 없겠다는 생각을 하게 되었다. 책의 내용이 걷기의 인문학 그 자체였기 때문이다.

이 책을 쓴 Rebecca Solnit은 예술평론과 문화비평을 비롯한

다양한 저술로 주목받는 작가이자 역사가이며, 2010년 미국의 대안 잡지《유튼 리더》가 꼽은 '당신의 세계를 바꿀 25인의 사상가' 가운데 한 명이기도 하다. 한국의 독자들에게 쓴 말에서 20년 전에 쓴 책이지만, 이 책이 담고 있는 보행의 여러 가지 기쁨과 성과와 의미에 관한 이야기는 지금과 다르지 않고, 정신과 육체, 사적인 것과 공적인 것을 비롯한 대립하는 두 항이 보행을 통해 하나로 연결되며 "걸어가는 사람이 바늘이고 걸어가는 길이 실이라면, 걷는 일은 찢어진 곳을 꿰매는 바느질입니다. 보행은 찢어짐에 맞서는 저항"이라는 말로 기대를 품게 했다.

4부로 구성된 이 책은 1부 생각이 걷는 속도, 2부 정원에서 자연으로, 3부 길거리에서, 4부 길이 끝나는 곳 너머에서의 차례로 짜여졌다. 30페이지에 달하는 주, 6페이지의 걸어가는 인용문의 서지사항이 책에 대한 믿음을 준다. 특히 걸어가는 인용문이라고 이름 붙인 것은 출판사의 아이디어로 보이는데 페이지 아랫단에 붉은색으로 한 줄씩 걷기와 관련된 명언이나 명구 시詩들을 인용해놓은 것이다. 금방 페이지를 넘겨야 하기 때문에 걸어가는 인용문이라는 이름을 붙였나 보다. 나쁘지 않은 아이디어이긴 하나 가독성을 낮추는 흠이 되기도 하고 그 인용문 자체가 본문을 따르지 못한다는 생각도 든다.

이 책을 번역한 김정아는 "오스트랄로피테쿠스가 나무에서 내려와 땅 위를 걸었다. 고대 그리스 철학자들은 주랑을 만들고 그 길을 따라 걸었다. 기독교 순례자들은 십자가의 길을 걸었다. 봉건 영주들은 성곽 안을 거닐었다. 낭만주의자들은 자연으로 걸어 들어갔다. 모더니스트들은 도시를 걸어 돌아다녔다. 지금은 러닝머신에서 걷는다."(469쪽)고 옮긴이의 말을 시작했는데 이것이 이 책의 큰 뜻이다. 필자가 이 책을 읽는 이유는 보행의 역사를 찾는 것이 아니라 보행과 사색의 관계를 알아보는 데 있다. 따라서 그것들과 관련된 것에 주목한다.

책을 읽기 시작했을 때 "책상 앞에서는 큰 생각을 할 수 없으니까 밖으로 나간 나는 골짜기 언덕을 올라 능선을 따라 걷다가 태평양 쪽으로 내려갔다."(19쪽)는 문장을 만났다. 이어서 "보행의 역사가 생각의 역사를 구체화한 것이라고 할 수 있다."(21쪽)는 말에서 이 책의 대의를 짐작할 수 있었다. 루소가 그의 『고백록』에서 "나는 걸을 때만 사색할 수 있다. 내 걸음이 멈추면 내 생각도 멈춘다. 내 두 발이 움직여야 내 머리가 움직인다."라고 해서 보행과 사색의 관계를 조이고 있다.

이동이라는 단순 목적의 걷기는 사색하는 일로 연결되었다. "하이델베르크에는 헤겔이 걸었던 것으로 유명한 '철학자의 길'이 있고, 쾨니히스베르크에는 칸트가 날마다 산책한 '철학자의 길'이 있다. 키르케고르는 코펜하겐에서 철학자의 길을 걸었다. 벤담과 밀 등은 먼 길을 걸었다. 홉스도 먼 길을 걸었고, 길을 걸으면서 떠오르는 생각들을 적기 위해 잉크병이 붙은 지팡이를 지니고 다녔다."(36~37쪽) 사유와 보행의 관계를 짐작할 수 있도록 한 책은 루소의 『고독한 산책자의 몽상』이 최초다.

걷기의 역사에서 순례도 빠질 수 없다. "모든 순례지의 공통점은 과거에 기적이 일어났던 곳이자 지금도 기적이 일어나는 곳, 그리고 언젠가 기적이 또 일어날 수 있는 곳이라고 믿어진다는 데 있다."(89쪽)고 썼다. 그 외 행진, 모금행사로 이루어지는 걷기, 시위 등에까지 관심을 보인다. 1부의 마지막 단락에서 "길을 닮은 책은 걷기라는 '읽기'를 통해 세계를 그려나간다."는 말은 이 책을 읽으며 내가 가장 찾고 싶어 했던 문장이다.

옮긴이가 낭만주의자들은 자연으로 걸어 들어갔다는 부분에서, 보행을 작품의 소재이자 집필의 방법으로 삼은 최초의 작가인 윌리엄 워즈워스의 「틴턴 사원」을 논했다. 이 작품도 생각에 몸을 맡긴 상태, 보다 구체적으로는 한 장소를 돌아다니면서 과거의 기억에서 현재의 경험으로 그리고 미래의 희망으로 옮겨가는 상태를 포착한다는 점에서 그야말로 걸어 다니는 시라 할 수 있다고 평하며, 이 작품이 『서정가요집』의 최고작 중 하나이자 그의 시를 통틀어서 최고작 중 하나이며 어쩌면 영어로 된 시를 통틀어서 최고작 중 하나라고 극찬한다.(187쪽)

워즈워스는 그야말로 걸어 다니는 시를 쓴 사람이다. 그를 찾아온 손님이 워즈워스의 하녀에게 집주인이 작업하는 서재를 구경시켜 달라고 하자 하녀가 "주인님의 책이 있는 곳은 이 방이지만 주인이 작업하는 곳은 저 바깥입니다."라고 대답했다는 일화를 소개하기도 한다. 보행을 다룬 최초의 수필은 해즐릿이 1821년에 쓴 「길을 떠나며」다.

등산도 걷기다. 산 정상에서 내려다보는 풍경을 즐기는 것을 산에 올라가는 유일한 이유로 삼았던 최초의 인물은 페트라르카로 시작한다. 최초의 등산 기록 중 하나는 기원전 3세기 진나라의 시황제가 가마를 타고 타이산에 올라갔다는 기록이다. 현자들은 올라가려면 걸어서 올라가야 한다면서 만류했지만 진시황제는 듣지 않았다. 만리장성 축조와 더불어 중국의 역사가 자기로부터 시작될 수 있게 모든 책을 불태워 없앤 것으로 더 유명한 인물이니 앞서 산에 올라갔던 사람들의 기록이 없어진 것이 진시황제에 의한 것일 수도 있다고 쓰기도 했다.

축제와 행진, 혁명의 걷기도 있다. 그중에서 "영원히 영웅으로 살아갈 수 있는 사람은 아무도 없다. 가라앉는다는 것은 혁명의 본질이다. 가라앉는 것은 실패하는 것과는 다르다. 혁명은 낡은 기성 제도들의 무지몽매함을 조명하고 새로운 가능성을 제시하는 번갯불이"(369쪽)라는 문장에 밑줄을 그었다.

걷기, 그야말로 나무에서 내려와 걷기 시작한 단순한 이동에서 철학, 종교, 예술, 과학으로 확장되고 있다. 이것이 바로 걷기가 가진 모든 것이다. 그리고 그 끝을 짐작할 수 없다. 그것이 길의 속성이다. 변하고 변하는 것이 걷고 걷는 것과 다르지 않음을 보여준 책이다. 걷고 싶은 사람들, 걸어야 하는 사람들이라면 이 책부터 읽고 걷는 것이 좋겠다. 그러면 더 큰 것을 얻을 수 있을 것이라고 말해주고 싶다.

9)『걷기 속 인문학』, 저자 황용필은 국민체육진흥공단 본부장으로 25년간 스포츠계에 몸담은 사람이다. 걷기 마니아, 칼럼니스트로 자기를 소개한다. 책 제목『걷기 속 인문학』은 유사한 제목을 억지로 피해 간 듯한 느낌을 준다. 필자는 프롤로그에서 이 책은 걷기의 안내서가 아니라 길 자체가 열어주는 사색의 단서들을 확장하는 일종의 '걷기 속 인문학'이라고 밝혔지만 모호하다.

'걷기'를 주제로 한 에세이집으로 해석한다. 걷기에 대한 전문성이 드러나는 것도 아니고 매일 1만보를 걷는 사람이 걸으면서 얻은 것들을 소개하고 있는 책이라고 보는 것이 이 책의 성격을 바로 보는 것이라는 생각이 든다. 3부로 나누어진 이 책은 프롤로그인 '이 책은 걷기 안내서가 아니다'로 시작해서 1부 호모 비아토르, 2부 길 위의 묵상, 3부 때때로 걸으니 즐겁지 아니한가, 에필로그 '걷기에 관한 질문 세 가지'로 짜여 있다.

1부「호모 비아토르Homo Viator」는 '걷는 인간'을 뜻하는 또하나의 인류 속성을 말한다. "인류는 시간이 지남에 따라 Homo Sapiens(합리적 생각을 하는 사람)에서 Homo Faber(물건을 만들어 내는 인간)로 변모하고 진화했으며, 생각하기와 만들어내기에서 한 발 더 나아가 제3의 기능에 주목하면서 Homo Ludens(놀이

하는 인간)를 인류 지칭 새 용어로 등재시켰다."(39쪽)는 주장을 펴면서 "걷기는 문명의 저항이며 동시에 걷기 사색은 풍요와 행복으로 이르는 문명의 견인차일 수도 있다."(46쪽)는 견해를 피력한다.

1부의 마지막에서 도시 걷기와 관련하여 "도시에서는 아무도 가만히 있지 않지만 많은 사람들이 외롭고, 시골에서는 다들 가만히 있는 것 같아도 외로운 사람이 별로 없다."고 파악하며 "이제 현상학적 공간으로서 개별적 정체성을 갖는 도시 걷기를 통해 인문학적으로 접근하려는 시도들이 다양하게 전개되고 있다. 이런 추세라면 도시 걷기(City Walk)는 걷기에서 읽기, 나아가 기억의 장소로 재해석될 날이 멀지 않다."고 주장한다.

2부 「길 위의 묵상」은 걷기를 종교와 결부시킨 장이다. 철학자이자 목사 폴 틸리히Paul Tillich는 혼자 있는 상태를 외로움과 고독으로 구분하고, 혼자 있는 것의 고통을 나타내는 상태가 외로움이라면, 고독은 혼자 있는 것의 자유와 찬란함을 즐기는 것이라고 구분하고 있음을 알려준다. 그리고 임마누엘 칸트가 쾨니히스베르크의 철학자의 길을 오후 5시에는 날씨에 관계없이 매일 걸었다는 얘기, 데이비드 소로는 랄프 왈도 에머슨이 빌려준 땅에서 1845년 여름부터 2년 동안 그곳에서 살면서 야생 체험을 기록해 『월든』을, 니체는 에즈 마을의 오솔길을 거닐며 사색을 즐겼고, 떠오르는 영감은 훗날 불후의 명저 『차라투스트라는 이렇게 말했다』라는 창조물로 내어놓았다는 사실들을 통해 걷기와 창조를 단단하게 묶고 있다.

3부 「때때로 걸으니 즐겁지 아니한가」는 부 제목이 내용의 전부라고 볼 수 있다. 그런 가운데 로마 시인 유베날리스가 "건강한 육체에 건전한 정신이 깃들면 바람직할 것이다."라고 했고, 장 자크 루소는 "나의 정신은 오직 나의 다리와 함께 움직인다."고 전한다. 에필로그에서 걷기에 좋은 길은 걷는 자에 달렸고, 왜 걷는가는 운동, 감사, 묵상으로, '걷기의 노하우는?'에서 "사유도 앉아만 있으면 가라앉는다. 다리가 정신을 흔들어야 사유가 살아 움직인다."(208쪽)고 썼고, "걷기란 육체적 탄탄함은 물론 정신적으로 풍성한 사고의 토양이 된다."고 썼는데 사유와 걷기의 관계를 적절하게 표현한 것으로 보인다.

책 제목이 주는 기대에 미치지 못한다는 생각은 버릴 수 없지만, 건강한 걷기가 건강한 사색을 하게 하고 그 건강한 사색은 인류의 위대한 보고로 인정받는 저작물로 이어진다는 사실을 다시 깨닫게 해준다. 뒤표지에 인용한 루소의 말을 읽으며 걷기의 위대함을 느낀다. "내 생애에서 이토록 깊이 생각하고, 살아있음을 느끼고, 본연의 내 모습을 되찾은 적은 없었다. 도보 여행을 통해 이 모든 것을 경험할 수 있었다."

10) 『옛사람들의 걷기』는 문화 콘텐츠학을 전공한 언론인인 이상국이 썼다. 저자는 '길 내기 - 신발 끈을 매며'에서 "요

즘 유행처럼 번지는 '걷기'에 대한 관심이 뜨거운데 그 속을 가만히 들여다보면 뜻밖에 이렇다 할 '문화콘텐츠'가 없다는 걸 느낀다."고 썼다. 그래서 옛사람들의 걷기에서 문화콘텐츠를 찾아내겠다는 의도를 가지고 쓴 글이라는 짐작이 간다.

'길 내기 - 신발 끈을 매며'라는 서문에서 시작하여, '다시, 길 위에서 길을 묻다 - 그들은 왜 그 길을 달려갔나'라는 물음으로 끝냈다. 그 사이를 4부로 나누어 1부에 겸재 정선과 여헌 장현광의 삶을 다루면서 '예술과 철학의 길을 걷다'를 앉혔다. 겸재 정선이 진경산수를 쫓아간 길, 여헌 장현광(1554~1637)이 선바위 마을을 스토리텔링한 이야기를 쓰고 있다. 정선은 걸어서 진경산수를 그렸고, '나그네 집'을 호로 삼은 여헌旅軒은 많이 걸은 사람이다.

제2부는 '착한 여자 나쁜 여자, 갈림길에 서다'라는 제목으로 먼저 홍랑과 이옥봉을 다루며 16세기 조선의 사랑과 시라는 제목을 붙였다. 이어서 '어우동과 나함 - 나쁜 여자 둘, 성性과 권력의 미로를 걷다'로 그들의 삶을 요약하고 있는데 사색과 연결시키려는 의도와는 멀고, 삶을 길에 비유한 것이다.

3부는 '젊은 조선, 고려를 거닐다', '15세기 한양지식인들은 왜 개성에 갔을까?'란 제목으로 성종이 1476년 세종 대에 있었던 사가독서賜暇讀書 제도에 관심을 가지고 신예들을 키우기 위해 채수를 비롯해, 허침, 양희지, 유호인, 조위, 권전 등 여섯 명에게 사가독서를 명한다. 이들은 단체로 무너진 고려를 보러갔다. 이때 채수가 장포, 적전, 보정문과 만부교 등을 둘러본 기행문을 중심으로 스토리텔링을 한다.

4부는 '고려 콤플렉스 탈출 여행'이란 제목으로 '개성을 걸을수록 전前왕조가 다시 살아나는 역설'을 맛본다. 고려 500년, 박연폭포, 화담, 서경덕, 여러 인물과 장소가 논해지는데 박연폭포에서 "조물주의 경지가 이런 경지까지 이른 줄은 몰랐다. 여기 와 보지 않았더라면 단지 속의 초파리를 면하지 못했으리라."는 채수의 시가 인상적이다. 조선의 젊은 선비들이 무너진 고려에서 길을 찾는 것이다.

마지막에 '다시, 길 위에서 길을 묻다-그들은 왜 그 길을 걸어갔나'로 끝나는데, 저자는 독자를 이 책을 읽기 전의 어느 곳으로 데려간다. 그렇다. 우리는 왜 걷는가. 저자는 분명히 말해주지 않았다. 다만 걸어서 이룬 삶의 모습을 보여주었을 뿐이다. 그 답은 독자가 찾아야 한다. 걷기에 스토리텔링이 없다고 하면서 그것을 불식시키고 싶은 목적을 가진 책이었지만, 다시 물을 수밖에 없다는 저자의 결론은 명쾌하지 않다. 그렇다. 걷기는 그냥 걷는 것이 처음이고 끝이다.

11) 『**30분 산책 기술**』은 산책에도 기술이 있는가 하는 의문을 갖게 된다. 이 책의 저자 사이토 다카시는 메이지대 문학부 교수로 교육에 관한 여러 글들을 발표하는 사람이다. 그가 쓴 이 책은 프롤로그 '걷기는 내 삶의 구원이었다'로 시작해서

'챕터 1, 왜 걷기가 마음에도 좋은 것일까? 챕터 2, 30분 걷기로 에너지를 얻는다. 챕터 3, 산책으로 상상력과 사고력을 높인다. 챕터 4, 함께 걸으면 인간관계가 좋아진다. 챕터 5, 걸어서 마음의 에너지를 높인다.' 에필로그 '아이의 마음으로 돌아가는 걷기'로 구성되었다.

저자는 걷고 있으면 이상하게도 마음이 가라앉고 아이디어가 샘솟는다. 그래서 '왜 걸으면 이렇게 좋아지지?' 하는 의문을 늘 품었다. 이 책은 그런 의문에 대한 생각을 펼치면서 나온 결과들을 정리한 것이라고 에필로그에 쓰고 있다. 이 책의 저자는 산책할 때 늘 동반하는 친구는 삼색 볼펜, 수첩, 애견 누피라고 하는데, 빨강, 파랑, 초록 볼펜으로 칸을 나누어 '아주 중요한 일', '보통 중요한 일', '스트레스 해소 시간'을 구분해 기록한다고 한다. 에너지를 동양식으로 풀면 '기氣의 힘'이라고 풀면서 동양식 특히 일본식 걷기에 관한 여러 조언을 하고 있다.

챕터 4에 보면 '장소를 옮기면 대화가 잘 풀린다.'는 항이 있다. 여기서 스티브 잡스와 빌 게이츠의 관계가 떠올랐다. "잡스는 진지한 대화를 하고 싶을 때 종종 그러는 것처럼 긴 산책을 하자고 제안했다. 그들은 디엔자 대학교까지 왔다 갔다 하며 쿠퍼티노의 거리를 걸었다. 중간에 식당에 들러 허기를 좀 채우고는 좀 더 걸었다.", "산책을 했어요. 제가 즐겨 사용하던 경영 기법은 아니었지요." 게이츠가 말한다. "그때부터 잡스는 태도가 조금 누그러졌고 이런 얘기를 시작했어요, '좋아, 좋아하지만 우리가 하는 거랑 너무 똑같이 만들진 마요.'"[89]라고 산책이 대화나 설득에 미칠 수 있는 영향을 잘 보여주는 것이다.

산책에 관한 책 몰아 읽기를 하는 것은 책을 읽고 서평을 쓰기 위해 산책하면서 사색하는 것이 좋다는 말을 하고 싶은 것이다. 이 책 32쪽에 그에 맞는 말이 나온다. "걸을 때는 목적의식을 가진다"라는 제목으로 쓴 글이 가장 직접적으로 연관된다. "산책의 좋은 점은 그냥 걷는 것만으로도 기분이 상쾌해진다는 데 있다. 하지만 걸을 때 어떤 목적의식을 가지고 걷는 습관을 들이면 또 다른 산책 효과를 기대할 수 있다. 이것이 내가 늘 목적의식을 가지고 걸으려고 노력하는 이유다."라고 했다.

이 한마디만으로 이 책을 읽은 시간은 아깝지 않았다. 그리고 작은 산책의 기술은 덤으로 받는 기분이다. 꼭 무엇을 얻기 위하여 걷는 것이 아니라 이런저런 이유 다 버리고 걷기만 하면 많은 것이 이루어질 수 있다는 사실은 삶을 매우 건강하게 하는 것이다. 나의 산보는 이제 그냥 걷는 것이 아니라 목적의식을 가진 산책으로 바뀌게 될 것이다. 이미 산책을 통해서 책의 내용을 생각하고 마음속으로 정리해서 서평을 써 본 적도 있고, 산책을 통해 사색하며 쓴 시는 한두 편이 아니지만, 그냥

---

89) 월터 아이작슨, 안진환 옮김, 『스티브 잡스』, 민음사, 2011, 295쪽.

걸어도 괜찮지만 이왕이면 하는 마음으로 내 발걸음에 목적이
란 장식 하나 걸 것이다.

「보步로써 보保하다」란 이 장의 공부는 두 가지 목표가 있었
다. 그 첫째가 걷기가 사색과 어떻게 연결되며, 그 사색은 또
우리가 공부하고자 하는 서평과 어떻게 연결되는가 하는 것이
고, 다음으로는 어떤 일이 생기면 그 사안에 대한 책을 "5권쯤
읽으면 윤곽이 보이고 이해도 따르며, 10권쯤 읽으면 그 분야
전문가의 어깨쯤으로 수준이 높아진다."는 말이 사실인가를
따져보는 것이었다.

열한 권의 걷기 관련 책을 읽고 보니, 걷기가 단순히 서평 쓰
는 데에 큰 도움을 준다는 그 작은 것에 그치지 않고, 걷기는
세상을 바꾸는 힘을 가졌다는 사실을 알게 되었다. 걷기의 역
사와 철학, 글쓰기와의 관계를 파악할 수 있었다. 다음으로 11
권의 책은 전문가가 되기에는 부족하지만 어깨쯤의 수준에 이
른다는 말도 틀리지 않은 말이었다. 내가 알고 있는 걷기에 11
배 이상의 걷기 지식을 담을 수 있었다.

장章으로 장裝하다

남글 심어두고 뿌리부터 가꾸는 뜻은

천지만엽千枝萬葉이 이 뿌리로 좇아 인다

하물며 만사근본萬事根本을 아니 닦고 어찌하료.

- 高應陟(1531~1605)[90]

'장章으로 장裝하다' 라는 말은 '글을 꾸민다.' 는 뜻이다. '장章' 자는 문채 장, 법 장, 글 장, 장 장(문장, 시가의 한 단락), 도장 장, 그루 장, 열아홉 해 장, 갓 장, 밝을 장, 나타날 장, 나타낼 장의 의미를 갖는다. '장裝' 자는 차릴 장, 꾸밀 장, 넣을 장, 차

---

90) 조선 중기 문인, 학자. 19세 사마시(생원진사시)에 합격해 31살에 문과에 급제, 이듬해 함흥교수에 올랐다. 그 다음해 사직, 고향(구미)으로 귀향, 학문에 전념했고 대학(유교경전, 논어 맹자 중용과 사서)의 내용을 여러 편의 시조로 옮겼다.(2019년 1월 구미에서 발견된 400년 전 미라의 주인공으로 확인됨)

림 장, 옷 장의 의미를 갖는다. 이 중 '글 장'과 '꾸밀 장'을 끌어와서 제목을 붙인 것이다. 낱말과 문장 그리고 문단을 다룬다.

1. 낱말

1) 낱말이란?

한글은 소리글자다. 소리글자는 혀가 입 안의 그 어디에 닿아서 소리 나는 닿소리子音와 홀로 소리 나는 홀소리母音로 이루어진다. 우리글은 자음 19개, 모음 21개 모두 40개[91], 한글은 이 소리들이 모여서 낱말을 만든다. '낱말'을 국어사전[92]에서 찾아보면 '단어單語'라고 풀고 있다. 우리말의 뜻을 알아보려고 하는데 한자로 설명하고 있다. 우리 국어사전의 현실이 이렇다. 글을 쓰는 데 있어 낱말이 어떻게 이루어지고 무엇인가를 안다는 것은 분명히 기본에 속한다. 기본을 알아야만 넓게 활용하고 창의적으로 쓸 수 있다.

그 '단어'의 풀이를 보면 "분리하여 자립적으로 쓸 수 있는

---

91) 우리말에서 글자로 표기하는 자음과 모음은 40개다. 기본 글자는 자음 14개, 단모음 10개, 이렇게 24개다. 나머지 16개의 자음과 모음은 기본이 되는 자음이나 모음을 결합해서 만든 글자다. 컴퓨터 자판엔 자음 19개, 모음 14개가 있다.

92) 국립국어연구원, 『표준국어대사전』, 두산동아, 1999.

말이나 이에 준하는 말, 또는 그 말의 뒤에 붙어 문법적 기능을 나타내는 말. '철수가 영희의 일기를 읽은 것 같다.' 에서 자립적으로 쓸 수 있는 '철수', '영희', '일기', '읽은', '같다' 와 조사 '가', '의', '를', 의존 명사 '것' 따위"라고 설명하고 있다. 낱말은 우리의 생각과 말을 담을 수 있는 기본 단위이다. 즉 말을 이루는 것들 중 의미를 지니는 최소 단위인 것이다. 독해력을 높이기 위해서 낱말에 대한 정확한 이해가 요구되지만 좋은 글을 쓰기 위해서도 낱말에 대한 이해가 깊어야 한다. 낱말을 습득하고 보유하여 그것을 잘 활용하는 것이 글쓰기의 처음이자 마지막이다.

낱말의 습득은 일상생활 속의 대화나 매스컴, 그리고 독서를 통해서 이루어지는 것이 보편적이다. 그러나 좋은 글을 쓰려면 단어를 습득하는데 더욱 적극적인 방법[93])을 개발할 필요가 있다. 낱말 습득의 가장 넓은 지름길은 독서고, 낱말 활용의 가장 곧고 빠른 길은 글을 많이 써보는 것이다. 그 외, 바른 문장을

---

93) 사전 찢기, 자기 사전 만들기, 스티븐 킹은 "어휘력을 키우려고 의식적으로 노력할 필요는 없다."고도 한다. 스티븐 킹, 『유혹하는 글쓰기』, 김영사, 2002, 141쪽.

94) 송숙희, 『마음을 움직이는 단어 사용법』, 유노북스, 2018. 300~302쪽. "많이 읽으면 맞춤법이 저절로 좋아지는 건 분명합니다. 문제는 무조건 많이 읽는 게 아니라 제대로 잘 읽어야 한다는 것입니다. 따라서 잘 읽는 기술이 곧 맞춤법을 저절로 잘 하게 되는 기술인 셈입니다. 잘 읽는 습관을 들이는 데는 베껴 쓰기가 그만입니다. 베껴 쓰기를 지속적으로 하다 보면 대체로 구사된 맞춤법을 뇌가 사진 찍듯 입력해 들입니다. 그런 상태에서 맞춤법에 맞지 않는 엉터리 글을 쓰면 뇌가 낯설어하겠지요? 이때 사전을 찾아 확인하면 두 번 다시 같은 잘못을 하지 않게 됩니다. 그러니, 베껴 쓰기 하세요.

쓰고 낱말을 바르게 익히기 위해서는 6장 57항과 부록으로 된 한글 맞춤법을 숙지할 필요[94]가 있다.

2) 낱말의 종류

우리말은 고유어, 한자어, 외래어로 구성된다.[95] 낱말은 크게 단일어와 복합어로 나누어진다.

단일어는 형태소 분석이 더 이상 안 되는 단어로 하늘, 노을, 길, 책, 가다, 먹다 등이다. 복합어는 파생어와 합성어로, 파생어는 접두 파생어와 접미 파생어로 나누어진다. 파생어는 단일어에 접사를 붙여서 만드는 복합어다. 접사는 단일어에 의미를 더해 주거나 품사를 바꾸어 주는 형태소로, 단일어 앞에 붙는 접두사와 뒤에 붙는 접미사로 나눈다. 접두사는 주로 단일어에 새로운 뜻을 더해 주지만, 접미사는 뜻을 더해 주거나 품사를 바꿔준다. 합성어는 단일어 두 개가 결합된 단어다.[96] 이런 언어를 다루는 세 가지 목적[97]이 있는데 전달이 중심인 산문적 표현, 정확성이 생명인 과학적 표현, 개인의 직접 경험 표출인

잘 쓴 글을 한 줄 한 줄 베껴 쓰기 하세요."
95) 이재성, 『4천만의 국어책』, 들녘, 2014, 339~341쪽.
96) 접두 파생어: 개나리, 한겨울, 맨손 : 치솟다. 짓밟다.…
　　접미 파생어: 놀이, 일찍이, 선생님 : 깨뜨리다, 먹이다, 먹히다.…
　　합성어: 산돼지, 밤낮, 봄비, 소나무, 어린이(어리(다)와 이를 합한 것) 늦잠, 가로막다, 뛰놀다.…
97) 박목월, 『문장의 기술』, 현암사, 1977(5쇄), 209~213쪽.

시적 표현이 그것이다.

3) 낱말 근육 붙이기

낱말 근육 붙이기란 말을 만들어 본다. 우리 몸의 근육 기능은 운동이다. 운동하지 않으면 건강할 수 없듯이 낱말 근육이 없으면 좋은 글을 쓰기 어렵다. 많은 낱말을 아는 것이 첫째지만, 자기가 아는 범위 내에서 적절한 말을 골라내는 것[98]도 중요하다. 낱말을 많이 아는 것을 튼튼한 근육이라 한다면 그것을 잘 활용하는 것을 단어의 감수성을 기르는 것이라고 할 수 있다. 단어와 글쓰기의 관계[99]를 송숙희는 다음과 같이 정리하고 있다.

"글 쓰는 이는 단어에 집착해야 합니다. 단어에 집착하는 방법으로 사전을 가까이 하기를 권합니다. 종이 사전이면 찾는 단어 외에도 이웃한 단어를 발견하는 재미가 있어 좋고, 포털 사이트에서 제공하는 웹 사전은 스마트폰으로 그때그때 활용하기 편해서 좋습니다. 사전은 아이디어가 떠오르지 않을 때나 아이디어를 담아낼 표현이 궁색할 때 찾아가면 오아시스처럼 '답'을 갖추고 기다리고 있습니다. 이럴 땐 사전의 아무 페이

---

98) 프랑스 자연주의 작가 Flaubert는 그의 제자 Maupassant에게 '一物一語說'을 강조하였다.
99) 송숙희, 앞의 책, 300~302쪽. 저자는 파워 단어 사용 팁에서 단어에 대한 감수성을 높이는 방법으로 시 가까이 하기를 추천한다.

지나 펼치고 단어의 뜻을 읽고 동의어와 반대어를 읽어보세요, 반드시 어떤 단어 하나가 말을 걸어 올 것이고, 그러면 어떤 문제든 술술 풀리게 됩니다."

2. 문장文章

1) 문장이란?

생각이나 감정을 말로 표현할 때 완결된 내용을 나타내는 최소의 의미 단위를 가리킨다. 주어와 술어를 갖추고 있는 것이 원칙이나 때로 이런 것이 생략될 수도 있다. 문장 끝에 '.', '?', '!' 따위의 문장 부호[100]를 찍는다.

2) 국어 문장의 기본 구조

국어 문장의 기본 구조[101]는 문장 구성에서 문장이 하나의

---

100) 송숙희, 앞의 책, 183~185쪽. 『레미제라블』 원고를 완성하여 출판사에 보낸 빅토르 위고는 반응이 궁금하여 전보를 쳤다. 내용은 "?" 출판사에서도 전보로 답했다. "!" 번역하면 이렇다. "내 원고 어때요?", "좋아요, 아주 좋아요!" 밀란 쿤데라는 세미콜론을 마침표로 바꾸어야 한다고 고집하던 한 출판업자와 단번에 헤어지고, 마르셀 프루스트는 세미콜론에 중독됐었고, 조지 오웰은 세미콜론 없이도 거뜬하게 잘만 썼다고 한다.

101) 윤용식 외 4 공저, 『글쓰기의 기초』, 한국방송통신대학출판부, 2001, 34~36쪽.

102) 참이나 거짓을 가리기 위해 어떤 논리적 판단의 내용을 언어, 기호 등으로 나타낸 것.

명제[102]를 나타낸다고 한다면, 주어와 서술어가 하나씩 사용되어 단일 명제를 나타내는 문장 형식을 단문이라고 하고, 주어와 서술어의 관계가 둘 이상 출현하여 둘 이상의 명제가 이어지거나, 하나가 다른 하나의 일부가 되는 문장을 복문이라 한다. 그런데 복문 역시 하나의 단문에, 다른 단문이 이어지거나 안겨 들어간 것이므로 모든 문장은 단문이 바탕이 된다.

국어의 기본 문형은 다음과 같다.

   (1) 가. 무엇이 무엇이다. 예 : 꿩이(은) 날짐승이다. **명사문**
      나. 무엇이 어떠하다. 예 : 날씨가 맑다. **형용사문**
      다. 무엇이 어찌한다. 예 : 토끼가 달린다. **자동사문**
      라. 무엇이 무엇을 어찌한다. 예 : 철수가 밥을 먹는다.
      타동사문

위의 문장들은 모두 단문을 구성하는데 필수적인 성분들로만 이루어져 있다. 주어, 서술어, 목적어 등이 그것이다.

   (2) 가. 물이 얼음이(으로) 되었다.
      나. 물이(은) 얼음이 아니다.
      다. 물이 얼음과 같다.

이 문장들은 '보어' 라고 불리는 성분을 포함하고 있다. 학교 문법에서는 '되다, 아니다' 가 서술어가 되었을 때 필수적으로 요구되는 '이/가'가 붙은 성분만을 보어로 인정하고 있다. (2) 가, 나의 '얼음이'가 바로 그것이다. (2) 다의 '같다'는 주어 외에 조사 '와/과'가 붙은 성분을 필수적으로 요구한다.

(3) 나는 책을 영희에게 주었다.

목적어 외에 '영희에게'라는 부사어를 포함하고 있다. 이 성분의 필수성을 인정할 수 있는가가 문제이긴 하지만 동사 '주다'가 의미적으로 요구하는 성분임엔 분명하다.

(4) 가. 나는 철수를 친구로 생각한다.

　　나. 그는 영희를 양녀로 삼았다.

이 문장들은 동사가 목적어 외에 조사 '-(으)로'가 붙은 성분을 필수적으로 요구하는 것들이다.

(5) 가. 토끼는 꾀가 많다.

　　나. 언니가 셈이 바르다.

　　다. 나는 가슴이 뛴다.

(5) 가~다는 표면상 주어가 두 개인 문장들이다. (5) 가의 '토끼는'이나 '꾀가'는 모두 주격 조사인 '가'를 포함하고 있으므로 그렇게 간주할 수 있다. 그렇기 때문에 이런 문장을 이른바 '이중 주어문' 혹은 '주격 충돌문'이라 부르기도 한다. 국어에는 이렇게 표면적으로 주어로 볼 수 있는 성분이 둘 이

상 나오는 문장들이 다수 존재한다.

    (6) 가. 그는 수철이가 어제 떠났음을 알고 있다.

        나. 그녀는 어제 만났던 남자를 오늘 또 만났다.

    (7) 가. 철수는 밥을 먹고, 영수는 빵을 먹는다.

        나. 그는 죄를 지었으므로 마땅히 벌을 받아야 한다.

        다. 내가 10년만 젊었다면 무슨 일이든 할 수 있을 텐데.

  위의 문장들은 모두 복문으로 (6)은 내포문, (7)은 접속문이
다. (6) 가에서는 '수철이가 어제 떠났다'는 문장이 다른 문장
에 명사절로 내포되어 있고, (6) 나에서는 '(그녀가) 어제 남자를
만났다' 정도의 문장이 관형절로 다른 문장에 내포되어 있다.

  (7)의 문장들은 연결 어미의 기능에 따라 병렬, 이유, 가장 등
의 의미로 앞 문장과 뒤문장이 접속되어 있다. 복문은 위에 든
몇 가지 외에도 많은 유형이 존재한다. 더욱이 접속과 내포가
두 번 이상 이루어진 문장까지 고려하면 그 유형과 수효는 이
루 셀 수 없을 정도로 많다.

  문제는 실제로 글을 쓸 때 이렇게 다양한 복문이나 단문의 유
형 중에 어떤 것을 선택하느냐 하는 것인데, 일반적으로 단문
은 간결하고 명확한 의미 전달에 유리하고, 복문은 논리적인
인과 관계의 확보에 유리하다. 그러므로 단문만 주로 사용하면
오히려 논리적 연결 관계를 파악하기 어려워지고, 지나치게 긴

복문을 사용하면 접속 구조의 일치라든지 각 문장 성분 사이의 호응 관계가 깨져 버리기 쉽게 되므로 주의해야 한다.

일반적으로 장문의 결점을 강조하는 경우가 더 많은데 그 한 예[103]를 보자,

(1) 표현이 길면 주제를 흐린다.

(2) 선택(소재 어휘 서술)의 과정이 없어 산만한 인상을 준다.

(3) 문법의 잘못이 으레껏(거의 틀림없이 언제나, 두말할 것도 없이 마땅히) 도사린다.

(4) 많은 폐활량을 요구하면 도중 하차한다.

(5) 읽을 이에게 짐스러움을 안기고, 싫증, 어질증을 일으키게 하여 낭비적이다.

3) 문장의 수사법

수사법은 문장을 다듬는 일이다. 글쓰기에서 필자가 의도를 잘 드러내기 위해서 쓰는 어휘 문장, 어조 차원에서의 독특한 표현방법이다. 따라서 매우 다양하다. 그러나 그것을 크게 묶으면 세 가지가 된다. 비유법과 강조법 그리고 변화법이다.

(1) 비유법

유사성에 근거해서 세계와 사물을 인식하는 방법이다. 직유

---

103) 장재성, 『악문의 진단과 치료』, 문장연구사, 1993, 5쪽.

법, 은유법, 의인법, 활유법, 의성법, 의태법, 풍유법, 대유법 등이 있다. 이 중 풍유법과 대유법을 살펴본다. 풍유법은 원관념을 완전히 은폐시키고 보조관념만을 드러내 숨겨진 본뜻을 암시하는 표현법으로 '뱁새가 황새 따라가다 가랑이가 찢어진다', '개구리 올챙이 적 생각 못 한다', '빈 수레가 더 요란하다'와 같은 속담과 격언처럼 널리 알려진 것을 이끌어 쓰는 방법이다.

대유법은 어떤 사물을 표현하는데, 그것의 한 종류(또는 일부)로 대신하여 표현하거나 그것과 긴밀한 연관을 맺고 있는 다른 것을 대신 제시함으로써 본래 표현하고자 하는 사물의 특징적 국면을 부각시키는 것이다. 이를 다시 어떤 것의 한 종류 혹은 부분으로 나머지 전체를 환기시키는 수사를 제유법(약주 한잔)이라 하고, 어떤 것을 그것과 논리적 공간적으로 인접하고 있는 것으로 바꾸어 표현하는 것을 환유법(간호사를 백의의 천사)이라 한다.

(2) 강조법

강조법은 자신의 생각이나 감정을 강조하여 표현하는 방법으로 과장법, 반복법, 점층법, 점강법, 대조법, 대구법, 비교법, 미화법, 열거법, 연쇄법, 억양법 등이 있다. 영탄법은 '천하에 수목이 이렇게 지천으로 많던가!'와 같은 표현이며, 점층법은 하나의 대상이나 현상에 대하여 한 단계 한 단계 높아지거나 낮아지는 말들을 거듭해 가는 표현법이다. 단진법段進法은 "한 사람이 죽음을 두려워하지 않으면 열 사람을 당하리라. 열은 백을 당하고 백은 천을 당하며, 천은 만을 당하여, 만으로서 천하를 얻으리라." 의 예에서 보듯 점점 표현의 힘을 강하게 높게, 깊게 고조시키게 한다. 점강법은 점층법의 반대로 이해하면 된다.

대조법은 어떤 사건이나 사물을 묘사할 때 직접적으로 강조하는 것이 아니라 그에 반대되는 것 또는 주위의 모든 것을 묘사함으로써 상대적으로 묘사 대상을 돋보이게 하는 수사법이다. 소설이나 희곡에서 선량한 성격과 악한 성격, 평화로운 장면과 처참한 장면 등을 대립시켜 미적 효과를 높이기도 한다. "인생은 짧고 예술은 길다" 라는 문장은 절의 의미를 대립시킨 예이다. 억양법은 처음에는 올렸다가 다음에 내리거나, 먼저 낮추었다가 나중에 올리는 방법으로 두 사실을 분명하게 대조시킴으로써 강조하는 수사법이다.

(3) 변화법

변화법은 표현하려는 문장에 변화를 주어 단조로움을 피하고 흥미를 돋우며 주의를 끄는 표현방법이다. 도치법, 생략법, 인용법, 설의법, 반어법(Irony), 명령법, 현재법, 문답법, 돈호법 등이 있다. 설의법은 결론이 뻔한 것을 의문문으로 만들어 독자가 판단을 내리는 것처럼 하는 형식으로 "나라사랑과 겨레 사랑은 똑같은 것이 아닌가?" 처럼 만드는 것이다. 사람이나 사물의 이름을 불러 주의를 환기시키는 돈호법도 있고, 평범하게 서술을 해도 좋을 것을 문답 형식으로 하여 관심을 돋우는 문답법도 있다.

'인색하다' 는 표현을 '참 많이도 준다.' 로 표현하는 것처럼 의도에 반대되는 표현을 함으로써 관심을 모으는 반어법도 있다. 역설법(Paradox)은, 상식적으로 틀린 것 같으면서도 잘 음미해 보면 그곳에 더욱 깊은 진리가 담겨 있도록 표현하는 수사법으로, '바쁠수록 돌아가라', '늦었다고 생각할 때가 가장 빠른 때다', '가장 민족적인 것이 가장 세계적이다' 등으로 쓰인다. 강조법과 구별하기가 쉽지 않은 경우도 적지 않다.

4) 좋은 문장이란?

단어가 결합되어 문장이 된다. 단어를 의미의 최소 단위로, 문장을 의미 전달의 최소 단위로 본다. 문장을 만들 때 의미의 최소 단위인 단어는 정확한 선택이 가장 중요하다. 플로베르가 주장했던 일물일어설一物一語說과 같이 가장 적합한 말이 반드시 있게 마련이다. 그렇다면 전달의 최소단위인 문장에서는 무엇이 가장 중요할까? 그것은 올바른 구성이다. 단어와 단어가 좋게 만나야 한다. 잘못된 만남은 제대로 된 의미를 생성하지 못하기 때문이다.

그 잘못된 만남을 피하기 위해서 문법이 있다. 그러나 문법이

틀리지 않아도 의미 전달이 제대로 되지 않는 경우가 있다. 모든 일에는 법칙만으로 해결되지 않는 경우가 있는데 문장에서도 그런 경우가 생긴다. 그것은 우리말이 가진 특수성에서 기인하는 경우가 많다. 문자의 만남이 제대로 되었느냐 아니냐는 부르고 답하는 것처럼 호응呼應이 제대로 되어야 한다.

최상규는 "호응이란 문장의 성분들이 전체적 의미 통일을 위해 서로 모순되지 않도록 짜여짐을 의미한다. 이것은 짧은 문장에서도 문제가 되지만 문장이 길어지거나 여러 문장이 합해져 복문이 될 때, 또, 그렇게 만들기 위해 복잡하게 조사나 접속사가 사용될 때는, 자칫하면, 호응관계가 깨어져 문장이 이루어지지 않는 경우가 많다."[104]고 지적하며, 주술의 호응, 주격 조사 중심의 호응, 접속사 중심의 호응, 수식어와 피수식어의 호응을 중요하게 생각했다.

박목월은 좋은 문장의 네 가지 조건[105]으로 내용의 진실성, 명쾌한 전달성, 효과적인 표현, 자연스러운 개성을 들기도 했다.

5) 좋지 않은 문장의 유형

좋지 않은 문장은 이규보의 견해[106]를 옮겨 문장에 대해 넓

---

104) 최상규, 『글, 어떻게 쓸 것인가』, 예림기획, 1999, 62~63쪽.
105) 박목월, 앞의 책, 44~54쪽.
106) 이규보, 『동국이상국집』

게 바라보도록 한다.

載鬼盈車體 재귀영거체: 옛사람의 이름을 잔뜩 나열한 글.

　　　　(귀신을 수레에 가득 실은 체)

拙盜易擒體 졸도이금체: 옛사람의 뜻을 훔쳐 쓰는 글.

　　　　(서투른 도둑이 쉽게 잡히는 체)

挽弩不勝體 만노불승체: 힘겨운 주제를 선택하는 것.

　　　　(활시위를 당겨 이기지 못하는 체)

飮酒過量體 음주과량체: 차분한 설명 없이 주장만 하는 글.

　　　　(술을 지나치게 마신 문체)

設坑導盲體 설갱도맹체: 어려운 글자를 써서 미혹하게 하는 체.

　　　　(굴을 만들어 놓고 장님을 인도하는 체)

强人從己體 강인종기체: 무슨 글인지 잘 알 수 없는데 읽는
사람에게 잘 이해하라고 강요하는 체.

　　　　(남에게 억지로 자신을 따르게 하는 문체)

村夫會談體 촌부회담체: 그저 그런 상투적인 글.

　　　　(시골사람 이야기 체)

凌犯尊貴體 능범존귀체: 옛 성인들이나 남들을 깔보는 글.

　　　　(존귀한 사람을 범하는 체)

良莠滿田體 양유만전체: 매우 거친 글, 다듬어지지 않은 글.

　　　　(잡풀이 밭에 가득한 체)

3. 문단

1) 문단의 의미와 필요성

사람의 생각은 언어로 이루어지며, 이 언어적인 생각의 묶음들은 먼저 하나의 문장 단위에서 만들어진다. 그러므로 문장은 생각의 기본적인 단위라고 할 수 있다. 그렇지만 이러한 문장 단위를 무한정 늘어놓는다고 해서 한 편의 글이 이루어지지는 않는다. 문장의 단위만으로는 생각이 정연하고 논리적으로 전개되기 힘들기 때문이다.

이때 필요한 것이 문장 사이의 연결이다. 생각의 단위로 나타난 문장들을 그대로 놓아두면 논리적이지 못하고 표현하고 싶은 주제를 구현할 수도 없는 상태가 되는데, 이것을 해결하는 방법이 문장들 사이의 관계를 명확하게 만드는 것이다. 즉, 작은 생각의 단위들인 문장을 나름의 원칙과 방법들에 의해 연결하고 배열하는 것이 그 해결책이다. 논리적인 방법에 따라 문장을 연결하고 배열하는 것이 바로 문단 쓰기이다.

글을 쓸 때 문단을 나누는 이유는 필자의 생각을 매듭짓고 다른 단위의 생각들과 구분을 짓기 위해서다. 문장 단위에서 단편적이고 파편적인 생각들이 표현되었다면, 이러한 문장들을 소주제와 문장들 사이의 논리적인 연결 관계 등을 고려해서 하나의 문단으로 나타내게 되는 것이다. 문단을 '작가의 의도를 보여주는 지도' [107]라고 표현하기도 한다.

따라서 문단을 나누어 놓으면 독자는 필자의 생각을 보다 쉽고 분명하게 이해할 수 있다. 그러므로 한 편의 글에서 문단을 정확하게 구성하고 표현할 수 있다면 그만큼 깔끔하고 아름다운 글을 쓸 수 있게 된다. 이런 까닭에 좋은 문단 쓰기는 좋은 글쓰기의 출발점이 된다.

2) 문단의 형식

문단은 여러 개의 문장으로 이루어진 글의 기본 단위이다. 문단은 형식적으로 볼 때, 시작 부분에서 행을 바꾸고 한 글자 들여쓰기를 함으로써 새로운 문단이 시작되었음을 알리고, 그 문단에 포함된 모든 문장들은 모두 붙여 쓰는 것을 원칙으로 한다. 내용적으로는 하나의 문단은 소주제를 중심으로 몇 개의 뒷받침 문장을 이어놓음으로써 형성된다. 문단 쓰기에서 실패하는 것은 형식적인 측면에서보다는 내용적인 측면에서 발생한다.

문단은 적절한 크기로 구분해 주는 것이 매우 중요하다. 문단 구분 없이 행도 바꾸지 않고 길게 늘어놓으면 글을 읽는 독자는 지루함을 느끼게 된다. 적당한 길이로 구분한 문단을 통해 글을 전개함으로써 필자는 자신의 생각을 분명하게 정리하면서 글을 쓸 수 있고, 독자는 그 글을 보다 명확하게 이해할 수

---

107) 스티븐 킹, 앞의 책, 158쪽.

있게 된다.

문단은 글의 성격과 종류에 따라 방식이나 모양이 다르다. 소설 문단과 학술 논문의 문단, 수필 문단, 동화 문단 같은 것들이 모두 같을 수는 없다. 그러므로 내용의 쉽고 어려움, 글의 성격, 독자의 성격과 같은 것을 종합적으로 고려해서 문단을 나눈다. 보통 소설과 같은 서사문은 장면, 사건이나 인물이 바뀔 때 문단을 바꾸고, 묘사문의 경우에는 대상의 분위기나 글 쓰는 사람의 입장이나 관점 등이 바뀔 때 문단을 바꾸기도 한다. 학술 논문과 같은 논리적이고 무거운 글의 경우에는 이러한 문단의 의미가 더욱 중요해진다. 글을 얼마나 논리적이고 체계적으로 쓰고 있는지를 직접적으로 보여주는 것이 문단이기 때문이다.

3) 문단의 구조

(1) 소주제문과 뒷받침 문장

한 편의 글이 표현하고자 하는 전체적인 내용을 주제라고 한다면, 한 문단의 주제는 이것과 대비해서 소주제 혹은 화제라고 한다. 문단의 성격에 따라 차이는 있겠지만 이러한 소주제는 보다 구체적이고 분명할 것이 요구된다. 문단의 주제, 즉 소주제는 필자가 표현하고자 하는 생각이 표현되는 기본적인 단위다. 문단은 이러한 소주제를 중심으로 이를 뒷받침하는 문장들이 모여서 만들어진다. 소주제를 문장 단위로 표현한 것을 소주제문이라고 한다.

이 소주제문만으로는 글 쓰는 사람이 전달하고 싶은 내용을 독자에게 제대로 전달할 수 없다. 그것을 구체적으로 증명하거나 설명하고 논증하는 과정이 있어야 한다. 이를 위해 소주제문을 위한 문장들이 따라오게 된다. 이들 문장들은 하나의 주제를 위해 동원된 것이므로 소주제문을 위한 '뒷받침 문장'이라 하고, 소주제문과 이 뒷받침 문장을 묶어 하나의 단위를 만들게 된다. 이렇게 모인 것, 즉 하나의 소주제를 설명하고 논증하고 증명하는 여러 가지 목적을 위해 동원된 뒷받침 문장들을 하나로 모아 놓은 것이 바로 문단이다.

(2) 소주제문의 성격

첫째, 소주제문은 먼저 적절한 범위의 추상적 진술이어야 한다. 소주제문이 너무 광범위해지면 하나의 문단에서 그것을 다 설명할 수 없다. 설명해야 할 내용이 광범위할 경우 또 다른 문단을 설정해야 하는 경우가 생긴다. 이와 함께 소주제문은 어느 정도의 추상적 진술일 필요가 있다. 소주제문이 지나치게 구체적이고 세부적인 진술이 되어버리면 그것을 뒷받침할 수 있는 문장들이 필요 없어지기 때문이다.

둘째, 소주제문은 단일한 내용이어야 한다. 주제문의 경우는 어느 정도 신축성이 인정되는 데 비해 소주제문의 경우에는 이것이 보다 분명히 요구되는 것이다. 소주제문이 단일한 내용이어야 한다는 사실은 문단의 성격을 결정하는 매우 중요한 역할을 한다. 아울러 하나의 문단에서는 한 가지 내용만을 다루어야 한다. 문단의 초점을 만들어내는 작업을 소주제문이 감당하게 되므로 소주제문은 반드시 단일한 내용이어야 한다.

셋째, 소주제문은 명료하고 간결할 필요가 있다. 소주제문은 대부분 해당 문단 내에서 사용하는 경우가 대부분이므로 이 문장이 독자들에게 어떠한 인상으로 다가오느냐에 따라 그 문단에 대한 이해의 정도가 달라질 수 있다. 필자가 그 문단에서 무슨 말을 하고 싶어 하는지를 보다 분명히 전달하기 위해서는 소주제문을 보다 명료하고 간결하게 제시하여 독자들이 그것을 쉽게 알아볼 수 있게 만들어야 한다.

4) 문단의 구성 방식

한 문단에서 가장 핵심적인 내용이라고 할 수 있는 소주제문이 문단에 직접 드러나는 경우도 있지만, 정확하게 어떤 문장인지 꼬집어 말할 수 없거나 아예 소주제문이 숨어버린 문단도 있을 수 있다. 이럴 경우는 문단을 구성하는 각각의 문장들은 그 자체의 내적인 논리나 배열 방식에 따라 적절히 배치되어야 한다.

소주제문이 표면적으로 드러난 경우, 소주제문이 어디에 위치하는가에 따라 그 문단이 두괄식인가 미괄식인가 양괄식[108]인가 하는 문단의 성격이 구분되기도 한다. 소주제문을 그 문단의 첫 부분에 두는 것이 두괄식 문단이다. 이 방법은 중심 사상을 문단의 첫머리에 제시해 놓기 때문에 독자들이 그 문단의 초점을 파악하고 내용을 이해하는 데 유리하다.

소주제문을 문단의 끝 부분에 두면 미괄식 문단이다. 이 문단은 뒷받침 문장으로 문단을 시작하게 되므로 독자의 흥미를 지속적으로 유지할 수 있다. 그러나 글이 엉뚱한 내용으로 전개될 가능성이 높다. 소주제문을 첫 부분과 끝 부분에 두는 것이 양괄식 문단이다. 이 경우 소주제문은 앞과 뒤에 두 번 나타나고 뒷받침 문장은 그 사이에 위치하게 된다. 뒷받침 문장이 많아서 논의가 초점에서 벗어날 우려가 있는 경우나, 소주제문을 강조하여 독자에게 보다 뚜렷하게 각인시키고 싶을 때 사용한다. 그 외에 소주제문이 문단의 중간에 놓이는 중괄식 문단도 있을 수 있지만, 이것은 글쓰기에 있어서 위험 부담이 많기 때문에 거의 사용하지 않는다.

문단의 배열 방식은 ① 시간적 순서와 공간적 순서 ② 일반에서 특수의 순서 또는 특수에서 일반의 순서 ③ 원인에서 결과의 순서 또는 결과에서 원인의 순서 ④ 구체에서 추상의 순서 또는 추상에서 구체의 순서 ⑤ 점층적 순서 또는 점강적 순서 ⑥ 내부에서 외부의 순서 또는 외부에서 내부의 순서 등이 있다.

---

108) 이때 괄(括)은 '묶을 괄'의 의미를 갖는다.

5) 문단의 요건과 유형

여러 개의 문장들이 모여 이루어지는 문단이 제대로 성립하기 위해서는 문장들이 모이는 나름의 질서가 있어야 한다. 그것이 바로 통일성과 긴밀성이다. 통일성은 하나의 문단 내에 사용된 문장 사이의 의미상 통일을 말하는 것이며, 긴밀성은 이러한 문장들이 얼마나 긴밀하게 서로 연결되는가를 말하는 것이다.

문단의 유형은 여러 기준으로 나누어질 수 있다. 내용 전개에 따른 분류로 도입 문단, 전개 문단, 정리 문단, 전환 문단, 결미 문단으로, 문단의 성격에 따라 분류하면 묘사 문단, 서사 문단, 설명 문단, 논증 문단으로 나눌 수 있다. 한 문단 내에서 다루고 있는 내용의 중요도에 따라 주지 문단과 보충 문단으로, 표현 방식에 따른 분류로는 일반 문단과 특수 문단으로 나눌수 있는데, 특수 문단은 특수한 방식으로 특수한 목적을 위해 사용되는 문단으로, 강조 문단, 진행 문단, 인용 문단, 대화 문단 등으로 나눌 수 있다.

6) 문단의 길이

절대적인 기준은 없다. 소주제를 충분히 해명할 수 있으면 된다. 쉽고 가벼운 글은 대개 200자 원고지 2~3장 분량이 좋고, 어렵고 무거운 글은 200자 원고지 3~4장 분량이 적당하다. 한 편의 글에서 단락의 길이가 들쑥날쑥하거나 균형이 맞추어지

지 않으면 짜임새가 없어 보이기 때문에 문단의 길이를 비슷하
게 하는 것이 좋다.

작作은 작嚼이다

踰大關嶺望親庭[109]

慈親鶴髮在臨瀛

身向長安獨去時

回首北村時一望

白雲飛下暮山靑

- 신사임당

---

109) 유(踰)는 '넘을 유'로 넘다, 지나가다, 건너다 등의 뜻이 있다.

자친학발재임영: 늙으신 어머님을 고향에 두고
신향장안독거시: 서울 가는 이 마음을 어떻다 하랴
회수북촌시일망: 돌아보니 고향 길은 아득히 멀고
백운비하모산청: 푸른 산에 흰 구름 날도 저무오

신사임당이 강릉의 친정집을 떠나며 대관령 고개 위에서 어머니를 그리워
하며 읊은 7언 절구다. 기, 승 부분에선 인간사와 심경을, 전에서는 가까운
경치로, 결에서는 먼 경치로 마무리하고 있다.

'작作은 작嚼110)이다' 라는 말은 '글짓기는 음식을 씹는 것' 이란 의미를 가진다. '작作' 자는 '지을 작' 을 비롯하여 여덟 가지의 의미가 더 있다. '작嚼' 은 ① 씹을 작 ㉠ 저작함 ㉡ 맛봄 등의 의미가 있다. 이 중 '지을 작' 과 '씹을 작' 을 결합시켰다. 음식을 씹지 않으면 영양소가 되지 않는다. 글쓰기도 바르게 쓰인 문장들이 연결되어야 한 편의 글이 된다. 그 과정은 '무엇을, 무엇으로, 어떻게 짜고, 써서 고치는가.' 가 된다.

1. 무엇을(주제)

주제란 '무엇에 대하여 쓴 글인가?' 라는 질문에 대한 대답으로, 글의 핵심적 내용, 또는 중심 생각과 표현 의도다. 주제는 가주제假主題와 진주제眞主題로 나누어진다. 가주제는 핵심적인 내용임에는 틀림없으나 그 범위가 넓고 막연한 주제로서, '무엇에 대하여 쓴 글인가?' 라는 질문의 대답으로서 미흡한 것이다. 진주제는 중심 사상, 또는 근본이 되는 진술로 범위가 좁고 구체적인 주제로서 '무엇에 대하여 쓴 글인가?' 라는 질문에 분

---

110) 嚼은 ① 씹을 작 ㉠ 저작함 ㉡ 맛 봄 ㉢ 뜻을 음미하여 깨달음, ② 술 강권할 작. '씹다' : ① 사람이나 동물이 음식 따위를 입에 넣고 윗니와 아랫니를 움직여 잘게 부르거나 부드럽게 갈다. ② 다른 사람의 행동이나 말을 의도적으로 꼬집거나 공개적으로 비난하다. ③ 다른 사람이 한 말의 뜻을 곰곰이 여러 번 생각하다.

명한 대답이 되는 것을 말한다. 주제를 설정하는 데는 기준이 있다. 그 기준은 작고, 쉽고, 재미있는 것이라고 할 수 있다. 이를 한정성, 평이성, 보편성이라고 한다. '작고'는 진주제를 생각하면 되고, '쉽고'는 글 쓰는 이의 능력에 맞는 것, 가장 많이 알고 있는 것을 선정한다는 것이다. 그래야만 글을 잘 쓸 수 있다. '재미있는 것'은 필자와 독자의 흥미와 관심을 끌 수 있는 것을 말하고, 논설의 경우에는 전달할 만한 가치가 있는가가 선정의 기준이 된다.

진주제의 설정 방식은 먼저 가주제를 설정하고, 문제를 드러내어 가급적 의문문으로 정리한다. 정리된 것을 다시 뺄 것은 빼고 보탤 것은 보태서 범위를 한정한 다음 진주제를 설정한다. 진주제가 설정되면 주제문을 작성한다. 주제문은 주제에 대한 필자의 의견이나 태도를 밝힌 글로 글 전체의 방향성, 통일성, 긴밀성을 유지하게 하는 데 크게 관여한다.

주제문의 작성 원칙은 첫째, 주제문은 하나의 완전한 문장이 되어야 한다. 이때 의문문의 경우는 하나의 완전한 문장이 되어도 다음의 원칙에 반한다. 둘째, 주제문에는 나의 의견이나 관점이 명확하게 드러나야 한다. 셋째, 주제문은 그 표현이 정확하고 구체적이어야 한다. 애매모호해서는 안 된다. 넷째, 주제문의 내용은 확실한 근거에 의해 증명될 수 있는 것이어야 한다. 주제문이 개인적인 체험이나 주관적 판단만으로 작성되어서는 안 된다.

2. 무엇으로(소재)

소재란 주제를 살리기 위한 얘깃거리로, 곧 글감을 말한다. 소재素材와 제재題材는 같은 뜻으로 쓰기도 하지만 엄격하게 구분하면, 작품의 재료로서 선택되거나 가공되지 않은 상태의 것으로 소재, 주제를 뒷받침할 수 있는 것을 제재라 한다. 예를 들어,

> 국화야 너는 어이 삼월 동풍 다 보내고
> 낙목한천落木寒天에 너 홀로 피었는다
> 아마도 오상고절傲霜孤節은 너뿐인가 하노라

라는 이정보의 시조에서 소재는 국화, 제재는 국화의 고고함과 강인함이 된다. 이 작품의 주제는 지조 있고 절개 있는 삶을 살아야 한다는 충고가 된다. 논문과 같은 학술적인 글에서는 자료資料라는 말을 쓴다. 이런 소재는 주제를 정확하고도 효과적으로 쉽게 독자들에게 전달할 수 있어야 한다. 그러기 위해서 소재가 갖추어야 할 요건이 있다.

첫째, 풍부하고 다양해야 한다. 소재가 다양해야 문장이 다채로워진다. 주제를 뒷받침하는 데 적절한 자료를 찾으려면 우선은 소재가 많아야 한다. 좋은 글을 쓰려면 실제 사용하는 소재의 세 배를 모으는 것이 이상적이다. 소재를 찾는 방법은 ① 감

각 기관을 개방하라.(視, 聽, 味, 嗅, 觸) ② 뚫어지게 바라보라.[111] ③ 지난 일을 떠올려 보라. ④ 여행을 많이 하라. ⑤ 마음의 지도(mind map)를 그려보라. ⑥ 감정을 이입시켜 보라. ⑦ Brain storming을 활용하라.(기본적인 말로 짧게, 질보다는 양의 입장에서, 머리에 떠오르는 것은 모두, 선입관이나 틀에 얽매이지 않고) ⑧ 인터뷰 혹은 대화. ⑨ 책을 통한 정보 입수. ⑩ 인터넷 서핑 등이 있다.

둘째, 소재는 확실해야 한다. 주제를 뒷받침하는 소재는 출처가 명백해야 하고, 사실과 추론이 구별되어야 한다. 그리고 합리적이고 공정하게 해석된 소재라야 한다.

셋째, 소재는 주제를 뒷받침할 수 있어야 한다. 어떤 글에서나 주제를 뒷받침하지 못하는 소재는 소재로서의 의미가 없다. 논설문의 경우를 예로 들면 여러 가지 예증의 방법이 있다. 설명을 한다든가, 유추를 한다든가, 실화나 예를 들거나 통계 숫자를 제시하는 방법 등이다. 인용이나 반복도 논점을 강조하는 좋은 방법이 된다.

넷째, 소재는 관심거리여야 한다. 필자나 독자 모두가 흥미를 느낄 수 있는 소재여야 한다. 독창성, 구체성, 필요성, 친근

---

111) 관찰을 말한다. 단기 4286년 계몽사에서 나온 박목월의 신판 『문장강화』 96~98쪽에, 관찰의 3요점으로 '첫째, 치밀해야 한다. 둘째, 종합적이어야 한다. 사물의 미묘함은 互相關係에서 나타나기 때문이다. 셋째, 인상적이라야 한다. 관찰한 것의 모든 것을 망라함은, 우둔한 관찰에 지나지 않는다. 그중에 특징있는 점을 취하고, 중복을 피해야, 긴축미 있고 생동하는 문장을 이룰 수 있다.' 고 설명했다.

성, 긴장성, 극적 요소, 해학성이 드러날 때 관심도가 높아진다.

이와 같은 요건에 부합하는 자료를 모으면 소재를 일목요연하게 정리하는 절차를 거쳐야 한다. ① 내용이 동일한 사항, 동일한 논점이냐 아니냐에 따라 구분하고, ② 주요 사항, 주요 논점에 관한 것과 종속 사항, 종속 논점에 관한 것으로 분류한다. ③ 소재가 어느 한쪽에 편중되지 않도록 하고 ④ 제재를 너무 넓게 잡는 경향이 많은데 제재를 한정해야 한다.

3. 어떻게 짜고(구성)

구성構成 혹은 개요概要다. 건축에서의 설계도와 같다. 구상構想은 생각을 얽는 것이고, 구성은 구상의 결과로 글에다 통일된 맥락을 부여하는 글의 피 돌리기며, 개요(Out Line)는 구성을 문서화한 것이다. 이 구성에는 중中, 요要, 관貫이란 구성의 3원칙이 있다. 중은 중심이 없는 산만한 글이 되지 않게, 요는 중요한 점만 들어서 지루한 글이 되지 않게 한다는 것, 관은 처음 쓰고자 했던 바를 도중에 변경시키는 일이 없이 일관되도록 한다는 뜻이다.

글의 구성은 크게 전개적 구성(자연적 구성)과 종합적 구성(논리적 구성)으로 나눌 수 있다. 전개적 구성은 다시 시간적 질서에 따르는 구성과 공간적 질서에 따르는 구성으로 나누어지고, 종합적 구성은 단계적 구성(3단, 4단, 5단 구성), 포괄식 구성(두괄 구성, 미괄 구성, 쌍괄 구성), 열거식 구성, 점층식 구성 등이 있다. 중요한 몇 가지를 살펴보자.

1) 4단 구성: 기승전결起承轉結로 구성되는데 '전'에 묘미가 있고, 한시에 많이 쓰였다.

2) 5단 구성 112)

    1단 : 화제에 주의를 모으는 단계

    2단 : 흥미를 느낀 독자가 제시된 문제에 이끌리는 단계

    3단 : 대두된 문제의 해결법을 제시하는 단계

    4단 : 해결법을 구체화하고, 그 유효성을 실증하는 단계

    5단 : 독자의 결심을 촉구하여 행동으로 유도하는 단계

위에 열거한 여러 구성 방법 중 하나를 선택했다면 개요를 작성한다. 개요는 여러 가지로 분류되는데, 형식상의 분류로 약식 개요, 형식이 정리된 개요, 항목 표현상의 분류로 예비 개요, 최종 개요, 작성 순서상의 분류로 예비적 개요, 최종적 개

---

112) 광고학에서 말하는 AIDMA 이론과 흡사하다.
113) 層位(층 층, 자리 위) ① 지층이 형성된 순서 ② (언어)언어의 분석과 기술을 간결하게 하기 위해서 고안된 개념의 하나 ③ 아래쪽의 오래된 지층에서 위쪽의 새로운 지층으로 층을 이루어 겹쳐진 상태를 이른다.

요로 나눈다. 개요 작성에서 가장 중요한 것은 층위層位113)를 갖추는 것이다. 층위를 나누는 숫자나 부호는 여러 가지로 바꾸어 쓸 수 있다. 그러나 괄호가 없는 것이 상위에 쓰인다.

층위를 분류할 때 주의해야 할 일은 어느 층위에 한 항목 밖에 없을 때 그 층위는 설정하지 않는다는 것이다. 즉 I 밑에 A 밖에 없을 때는 A는 설정할 필요가 없으며, A 밑에 1밖에 없을 때 1은 설정하지 말아야 한다. 대등한 A, B, C가 있을 때 A가 설 수 있고, 대등한 2, 3이 있을 때 1이 설 수 있는 것이다. 그리고 항목 개요보다는 문장 개요가 글을 쓰는 데에는 직접적인 도움을 준다.

개요 작성에서 가장 중요한 것은 층위적으로 짜야 한다는 것이다. 예를 들어 '대구광역시의 산천' 이란 글을 쓴다고 하면, 글의 개요를 다음과 같이 짤 수 있다.

Ⅰ. 서론
Ⅱ. 대구광역시의 산
 1. 팔공산
  A. 동봉
  B. 서봉
 2. 비슬산
  A. 관기봉
  B. 조화봉

Ⅲ. 대구광역시의 하천

  1. 낙동강

    A. 발원지

    B. 강의 흐름

  2. 금호강

    A. 발원지

    B. 강의 흐름

Ⅳ. 결론

위를 보면 Ⅰ, Ⅱ, Ⅲ, Ⅳ가 같은 층위, 1, 2, 3, 4가 같은 층위, A, B, C, D는 그것대로 같은 층위의 하위 류下位類를 이루고 있다. 위의 개요는 약식 개요, 항목 개요, 예비적 개요에 해당한다. 완결된 개요에는 제목과 주제문이 있는 것이 원칙이다. 다음의 개요는 형식이 정리된 개요이며 최종적 개요라고 할 수 있는 개요다.

제목: 술의 장점과 단점

주제문: 술은 부분적으로 효용이 있으나 대체로 우리에게 해롭다.

개요:

Ⅰ. 서론(술과 인간과의 관계)

Ⅱ. 술의 장점

A. 정신면

  1. 괴로움의 망각

  2. 상상력의 촉진

B. 생활면

  1. 기분 전환

  2. 사교 및 향연의 흥취

  3. 노동자의 작업 능률 향상

C. 생리면

  1. 혈액 순환의 촉진

  2. 긴장된 신경의 이완 - 피로 회복

III. 술의 단점

A. 정신면

  1. 의지 박약자의 도구화

  2. 기억력의 감퇴

B. 생활면

  1. 과용, 시간 낭비

  2. 주벽의 발생

  3. 관련된 사무의 지연

C. 생리면

  1. 중독의 우려

  2. 다른 질병과의 연쇄 우려

IV. 결론(술에 대한 우리의 태도와 실천 방안)

논문과 같이 긴 글일 경우는 세목들이 더 많이 늘어날 수도 있다. 층위를 나누는 방법은 제1장 제1절처럼 나누는 장 절식, 위와 같이 로마자, 알파벳, 아리비아 숫자 등을 섞어 쓰는 수문자식, 1.1.1. 1.1.2. 등으로 쓰는 숫자식이 있다. 개요의 분류에서 문장 개요라고 한 것은 개요를 문장으로 쓰는 것을 말한다. 예를 들어 위 개요에서 술의 장점 1. 괴로움의 망각을 '1. 술은 괴로움을 망각하게 해주기도 한다.' 는 식으로 쓰는 것을 말한다.

4. 써서(기술)

기술 양식 가운데 가장 두드러진 것은 문체상의 특징을 분명하게 드러내는 운문과 산문이다. 그 차이는 역사적으로 운문이 먼저며 산문이 후後고, 운문은 운율, 산문은 의미 중심이다. 또한 운문은 정서적 효과, 산문은 논리적 효과를 드러내는 데 유

---

114) 영국 Moulton은 운문을 창작 문학(기존의 세계에 새로운 창조로서 플러스), 산문을 토의문학(의미 있는 세계에 대한 논의)으로 프랑스 Valery는 운문을 무용(비실제적 효용성), 산문을 보행(실제적 효용성), Sartre는 운문을 사물로서의 언어, 산문을 도구로서의 언어로 분류했다. 영국의 Reade는 운문을 색이 있는 유리창, 산문을 투명한 유리창으로 그 외 운문과 산문을 맛으로 먹는 음식, 영양분으로 먹는 음식, 쾌락의 문학(비실용성의 문학), 교시적 문학(실용성의 문학), 노래, 이야기, 마디 글, 줄글, 느낌으로 표현되며 설명이 필요 없는 것, 묘사로서 서술되고 설명되는 것으로 대비시키기도 한다.

리하다.[114] 글쓰기를 산문에 한정시키면 지식을 전달하느냐, 경험을 전달하느냐 하는 관점에서 나눌 수 있다. 기술 양식은 묘사描寫, 서사敍事, 설명說明, 논증論證의 네 가지로 구분한다.

1) 묘사描寫

(1) 묘사의 의미와 종류

묘사는 대상의 형태, 색채, 감촉, 향기, 소리, 맛 등을 그려내는 기술 방법이다. 그림에 가장 가깝다. 설명적 묘사(기술적 묘사)와 암시적 묘사로 나누는데, 설명적 묘사는 사물에 대한 정보를 요구하고 이해를 확대시키는 기술 방법이다. 암시적 묘사는 사물의 직접적인 인상을 요구하며 상상을 통한 대상에 대한 경험을 부여한다. 이를 객관적 묘사와 주관적 묘사로 분류하기도 한다. 설명적 묘사와 객관적 묘사는 주로 전달 동기를 가진 글에 사용되고, 암시적 묘사와 주관적 묘사는 주로 표현 동기를 가진 글에 사용된다.

(2) 전달 동기를 가진 글에서 대상을 묘사할 때

① 잘 알려지지 않은 대상을 묘사할 때는 먼저 그 대상을 정의하여야 한다.

② 대상의 전체 구조와 주요 부분이 독자에게 분명하게 이해될 수 없을 경우에는 각 부분을 몇 개의 하위 부분으로 나누어야 한다.

③ 각 부분을 묘사하고 부분에서 부분으로 이동할 때 필

자는 전달의 순서, 즉 공간 속에서의 연속성을 준수해야 한다.

④ 부분들의 관련 위치를 나타내는 단어를 자주 사용해야 한다.

⑤ 자신이 의도하는 범위를 벗어나는 세부를 묘사, 독자의 이해를 방해해서는 안 된다.

⑥ 자료, 색깔, 무게, 크기, 거리의 묘사는 구체적인 단위를 자주 사용해야 한다.

⑦ 묘사 대상이 유정물일 경우에는 그것의 습관이나 행위에 대하여, 무정물일 경우에는 그것의 용도에 대하여 간단히 기술하고 글을 끝마쳐야 한다.

2) 서사敍事

(1) 서사의 의미와 요소

서사는 생활 속에서의 사건과 관련된 기술 양식의 하나로 '무엇이 발생하였는가?'라는 질문에 답하는 것이다. 소설[115]이 대표적이다. 서사적 사건을 다루는 데 있어 움직임, 시간, 의미의 세 가지 기본적 요소를 필수로 하는데 이를 서사의 요소라고 한다. 서사의 구성방식은 인과율因果律[116]적인 것이 많

---

115) 헤밍웨이 6단어 소설 For sale : Baby shoes, never worn. 헤밍웨이에게 6단어로 사람을 울릴 수 있느냐는 내기를 걸었을 때 헤밍웨이가 쓴 6단어 소설

116) (철) 모든 일은 원인에서 발생한 결과이며, 원인이 없이는 아무것도 생기지 아니한다는 법칙 (인과 법칙)

다. 그러나 앞뒤 사건을 바꾸어 배열하는 컷 백Cut Back의 방법, 평면적 구성 등도 있다.

(2) 서사 기술의 요령

① 상황이 복잡하거나 일반적으로 이해할 수 없을 경우에는 설명하려는 과정, 시기 또는 실험을 정의한다.

② 서사 내용이 길거나 복잡할 때는 전체를 몇 개의 기능 단계나 양상으로 나눈다.

③ 서술은 한 번에 한 단계, 한 양상씩 한다.

④ 서술 관계를 명확히 하기 위하여 자주 시간 표시 부사 어구를 사용한다. (예: '~하는 동안에', '~한 후에', '~하기 전에', '~다음에' 등)

⑤ 특별한 이유가 없는 한 시제를 바꾸지 않는다. 일반적으로 과정은 현재 시제로, 실험, 연구, 역사는 과거 시제로 한다.

3) 설명說明

(1) 설명이란?

독자들에게 필자가 말하고자 하는 것이 무엇인가를 알리는 역할을 하는 기술 양식이다.

(2) 설명의 방법

① 정의 - 어떤 술어(단어나 구)에 대하여 필자가 의도하고 있는 뜻이 무엇인가를 알려주는 것이다. 정의는 특별한 표

현 양식을 갖는데, 피정의항과 정의항으로 이루어진다. 정의항은 다시 종차와 유개념으로 나누어지는데, 종차는 피정의항을 그 유나 범주 속의 다른 구성원을 구별시키는 특징이나 성질이고, 유개념은 정의항이 속하는 유나 범주다.

'사람'을 '사람은 이성적 동물이다.'라고 정의할 때 이성적이라고 하는 것이 종차(하위개념)이고, 동물은 유개념(상위개념)이된다. 그러나 모든 술어가 위의 공식에 의해 다 정의되는 것은 아니다. 피정의항 중에는 크게 범주화할 수 없는 것이 많기 때문이다. 그래서 설명의 다른 방법을 동원하여 이루어지는 정의를 확대된 정의, 또는 설명적 정의라고 한다.

② 예시例示 - 예를 들어서 설명하는 기법이다. 예시를 하면 추상적인 내용이 구체화되고, 이해할 수 없던 것을 이해할 수 있게 된다. 예시는 독자가 잘 아는 것이 효과적이다.

③ 비교와 대조 그리고 유추 - 비교는 대상들 간의 유사점을 강조하고, 대조는 차이점을 강조하지만 비교는 유사점뿐만 아니라 차이점에 대해서도 관심을 가지므로 비교는 대조를 포함한다. 유추는 잘 알려지지 않은 것이 잘 알려져 있는 것과 비교되는 매우 특별한 비유다.

④ 분류와 구분 - 분류와 구분은 여러 대상을 일정한 원리에 따라서 나누어 대상들 상호 간의 관계나 각 대상이 전체에서 차지하는 위치를 드러내는 기술 방법이다. 이때 계층적인 부류 조직의 상위에서 하위로 이행하는 방식을 구분이라 하고,

그 반대의 경우를 분류라고 한다. 구분은 나누기만 하면 되고, 분류는 전체와 부분의 관계가 잘 드러나게 하는 작업이다.

4) 논증論證

(1) 논증의 의의와 요소

논증은 아직 명쾌하지 않은 사실이나 원칙에 대하여 그 진실 여부를 증명하는 것이다. 뿐만 아니라 한 걸음 더 나아가 독자로 하여금 필자가 증명한 바를 옳다고 믿게 하고 그 증명하는 바에 따라 행동하도록 하는 기술방법이다.

논증에는 세 가지의 요소가 있는데 의견과 주장과 쟁점이 그 것이다. 의견은 논증의 최소 단위로 필자가 옳다고 믿지만 사실 여부가 불확실한 생각이며, 주장은 지지를 받을 수 있는 의견이다. 주장 중에서 의견 충돌을 일으킬 수 있는 명제나 생각 또는 사실이 쟁점이다.

(2) 논증의 구성

논증의 구성은 쟁점의 결정, 전체 계획의 구성, 논증의 전개 순으로 이루어진다.

① 쟁점의 결정 - 주장과 쟁점의 목록 작성

② 전체 계획의 구성 - 논증을 필요로 하는 생각들은 무한하므로, 그런 생각들을 배열하는 방법을 일반화하기는 어렵다. 그러나 한 가지 안으로서 전면적인 논쟁을 할 경우에는 언제나 다음의 물음에 답할 수 있어야 한다.

첫째, 제안된 사항이나 행위 또는 정책은 정말 필요한가?

둘째, 그 결과는 어떻게 될 것인가?

셋째, 보다 좋은 대안이 있는가?

　(3) 논증의 전개 원칙

　① 독자를 설득해야 하는 것이므로 사색적이고 감동시킬 수 있어야 한다.

　② 주 쟁점, 즉 논증의 목적을 제목이나 첫 단락에서 명시해야 한다.

　③ 혼동될 수 있는 용어를 정의해야 한다.

　④ 배제된 쟁점은 부당한 쟁점임을 정당화시켜야 한다.

　⑤ 부수 논증의 유형을 〈필요-결과-대안〉으로 한다.

　⑥ 논거를 제시한다. 논거에는 사실 논거와 의견 논거(의견을 가진 사람의 권위에 비례)가 있다.

　⑦ 논증에서의 추론으로는 귀납적 추리(인과적 추리)와 연역적 추리가 있다.

귀납적 추리는 첫째로 모든 경우가 알려져 있고, 어떤 현상이 한 가지 경우에 한하여 공통으로 발생된다면 그 공통되는 경우가 원인이다. 예를 들어 이웃한 다섯 가구가 어느 날 저녁 식사 후에 심한 식중독으로 고생하고 있는데, 다섯 가구의 식단 중 고등어 한 가지만 공통된다면 고등어가 식중독의 원인이다.

둘째로 모든 경우가 알려져 있고 어떤 현상이 발생하고 발생하지 않는 차이가 한 가지의 유무에 있다면, 그 구별되는 경우가 원인이거나 결과다. 예를 들면, 과학자 넷이 같은 밤에 동일한 화공 약품을 섞었는데 둘은 황산을 넣고, 다른 둘은 황산을 넣지 않았다면, 그리고 황산이 포함된 두 혼합물은 반응을 보이는 반면, 황산이 포함되지 않은 두 혼합물은 반응을 보이지 않는다면, 황산이 그 반응의 원인이다.

셋째로 모든 조건이 알려져 있고, 한 가지를 제외한 모든 것은 원인이 아님이 밝혀진다면, 제외된 한 가지가 원인이다. 예컨대 갑, 을, 병이 분명히 강도질을 했는데 갑과 병이 무죄임이 입증될 수 있다면 을이 유죄다.

넷째로 한 가지 현상이 변할 때마다 또 하나의 현상이 변한다면, 그 두 현상은 서로 원인이 된다. 그러나 다른 모든 요인이 일정하지 않다면 다른 원인이 있을 수도 있다. 또는 두 현상이 공통의 원인에 대한 동일한 결과일지도 모른다. 예를 들어 어느 회사의 경우에 판매가 증가함에 따라 그와 비슷하게 이익이 증가한다면 그 사실은 판매와 이익 간에 그럴만한 인과 관계가 있음을 말해 준다. 그러나 그것은 비용의 감소나 가격의 상승과 같은 다른 요인에 의한 결과일 수도 있다.

연역적 추리는 타당화되는 과정에서 모두가 타당해야 하는 세 단계가 있다. 그것은 대전제, 소전제, 결론의 과정을 거치는 삼단논법으로 표현된다. 대전제: 모든 사람은 심장을 갖고 있다. 소전제: 너는 사람이다. 결론: 그러므로 너는 심장을 가지고 있다. 삼단논법의 결론은 대전제와 소전제가 모두 참이고 그 결론이 두 개의 전제로부터 논리적으로 결과된 것이라면 참이다.

(4) 오류의 방지를 위한 구명究明

① 잘못된 통계, 비표준적인 통계, 옳지 않은 사실이나 의견, 편중되고 불공정하게 왜곡된 사실이나 의견에 대한 오류

② 너무 적은 예나 균형을 잃은 표본을 가지고 일반화하는 오류

③ 인과 관계에 대한 철저한 지식이 없이 이루어진 인과적 추리에 대한 오류

④ 거짓 전제로서 이루어진 연역적 추리에 의한 오류

⑤ 숨겨진 동기에 대하여 그럴 듯한 이유를 대치시키는 합리화에 의한 오류

⑥ 증명되어야 할 것을 사실로 가정하고 그것을 증명의 일부로 사용하는 오류

⑦ 불완전한 2분법에 의한 오류

⑧ 쟁점을 흐리게 하거나 주의를 산만하게 하는 엉뚱한 질문이나 비판에 의한 오류

5. 고치는가?(퇴고)

1) 推[117] 敲[118]의 어원

때는 서기 800년 경 중국 당나라의 어느 작은 읍내길. 노새의 등에 흔들리면서 무엇인가 중얼거리며 쉴 사이 없이 묘한 손짓을 하는 사나이가 있었다. 가도賈島였다. 그는 노새를 타고 가는 도중 시 한 수가 떠오른 것이었다. '李凝의 幽居에 題함'이라는 시로,

閑居隣並少 한거인병소: 한가하게 사노라니 사귄 이웃 드물고

---

117) 推: (옳을 추, 밀 추) (밀 퇴, 밀어젖힐 퇴) 추고라고 하는 것은 한자가 추자로도 읽히기 때문이다.

118) 어떤 글을 쓰든지 간에 글쓰기에서는 퇴고가 8할이다. 퇴고가 글쓰기의 진정한 맛이다. 따라서 퇴고가 중요하기 때문에 작가들이 퇴고와 관련된 명언을 남기기도 했고, 퇴고에 많은 관심을 기울여 작품을 발표하고 책을 출판했다. 몇 가지 예를 들어보면 김소월 시 『진달래꽃』은 1922년에 처음 발표되었고, 3년의 퇴고 과정을 거쳐 1925년에 시집에 실렸다. 프랑스 폴 발레리는 "작품을 완성할 수는 없다. 단지 어느 시점에서 포기하는 것뿐이다."라고 했다. 정민 교수는 쓴 글을 세 번씩 소리 내어 읽고, 그러고 나서도 아내에게 읽어달라고 해서 멈추게 되는 부분이 있으면 그곳을 수정한다고 했다.
시인 안도현은 "퇴고를 글쓰기의 마지막 단계라고 생각하면 오산이다. 퇴고는 처음이면서 중간이면서 마지막이면서 그 모든 것이다."라고 했으며, 바람의 딸로 불리는 오지 여행가 한비야는 출판할 때 "교정지가 딸기밭이 아니라 불바다"라고 했다. 그만큼 고친 것이 많다는 뜻이다. "퇴고부터가 진짜 글쓰기다."라고 말한 사람도 있고, 배상문은 "초짜는 글을 쓰기 전에 고민하고, 타짜는 글을 쓰고 나서 고민하는 시간이 길다. 초짜는 마지막 문장을 쓰고 나면 끝이라 생각해서 탄성을 내지르고, 타짜는 시작이라고 생각해서 한숨을 내쉰다"고도 말했다.

草徑入荒園 초경입황원: 풀밭 사이 오솔길은 황원으로 뻗었네

鳥宿池邊樹 조숙지변수: 저녁 새는 연못가의 보금자리 찾는데

여기까지는 줄줄 내려왔는데 결구에서

僧鼓月下門 승고월하문: 스님은 달빛 아래 절간 문을 두드린다

에 와서 결구의 둘째 글자 '鼓 두드리다'를 '推 밀다'로 고쳐야 좋을 것인지 어떨지 깊은 생각에 빠져 있었다. 이 두 자를 중얼거리면서 손을 들어 문을 두드려 보기도 하고 밀어보는 시늉도 했다. 이렇게 작품에 빠진 가도는, 저쪽에서 고관 일행이 오는 것도 모르고 가다가 급기야 노새가 그 행렬을 뚫고 들어가 부딪치고 말았다.

"무례한 놈! 어떤 놈이냐?" "비켜라! 京兆尹[119] 韓退之[120]님을 무엇으로 보는 거냐!"

위병들은 저마다 소리치며 노새 위의 가도를 한퇴지 앞에 끓

119) 중국 고대의 관직으로 전한의 수도인 장안과 주변지역인 삼보를 관할하는 특수한 지방 장관
120) 한유(韓愈) 768~824. 중국 당을 대표하는 문장가, 정치가, 사상가이다. 당송 8대가의 한사람으로 字는 퇴지, 號는 창려이며 諡號는 문공이다. (자는 주로 남자가 성인이 되었을 때에 붙이는 일종의 이름, 호는 우리나라나 중국에서 본명이나 자 외에 허물없이 부르기 위해 그 대신 쓰는 이름을 통틀어 이르는 말, 시호는 왕, 왕비를 비롯해 벼슬한 사람이나 학덕이 높은 선비들이 죽은 뒤에 그의 행적에 따라 국왕으로부터 받은 이름)
당송 8대가: 당(한유, 유종원) 송(구양수, 소순, 소식, 소철, 증공, 왕안석)

어앉혔다. 가도는 놀라서 작시에 마음이 팔려 무례함에 이르렀다는 사정을 말하고 사죄하였다. 퇴지는 말을 멈추고 잠시 생각하고 있더니 "자네, 그것은 '敲'로 하는 것이 좋겠네."라고 했다. 이 사건이 연유가 되어 한퇴지는 가도의 둘도 없는 시우가 되고 비호자가 되었다고 한다. 『湘素雜記』라는 책에 실려 전하는 이 이야기로부터 집필이 끝나고, 마무리 짓는 일을 퇴고라 한다.

2) 퇴고의 의미 - 작문을 완성시키는 최후의 작업이며, 문장에 대한 자기 평가다.

3) 퇴고의 원칙

퇴고의 원칙을 일반적으로 부가의 원칙, 삭제의 원칙, 구성의 원칙이라고 하는데, 필자는 이것을 한글로 풀어 덧붙이기, 빼기, 바꾸어 놓기라고 부른다. 이것을 작물 재배와 관련 지어 보면 북돋우기, 잡초 뽑기, 옮겨 심기라고 할 수 있다.

4) 퇴고의 순서

(1) 전체의 검토

(2) 부분의 검토

(3) 개별 문단의 검토

(4) 용어의 검토

(5) 낭독

(6) 표기법의 검토

(7) 최종적인 문장 검토

(8) 정서

5) 퇴고의 착안점

(1) 글은 평이하게 진행되었는가?

(2) 주제는 진정으로 가치가 있는 것인가?

(3) 주제의 정신이 글 속에 일관되어 흐르는가?

(4) 자료 등 세부 항목이 구체적 실증적인가?

(5) 구성이 효과적이고 논리적인가?

(6) 문단과 문단은 긴밀하게 연결되었는가?

(7) 내용이 정확하고 표현이 풍부한가?

(8) 용어는 누구나 알 수 있는 것인가?

(9) 문법, 표기, 문장 부호, 서식에 잘못이 없는가?

(10) 근본적으로 필자의 독창성이 들어 있는가?

평評으로 평平하다

승당升堂[121]도 못한 전에

입실入室을 어이 하리

모르는 곡절曲折을

물으려도 아니하고

청천靑天에

떴는 구름을

검다 희다 하는가

- 김수장 〈해동가요〉

비평의 이론을 탐구하는 이 장은 '평評으로 평平하다' 란 제

---

121) 승당: 마루 위에 오르는 것. 어떤 일을 평하려면 그것을 순서를 밟아 구명
(究明: 사물의 본질, 원인 따위를 깊이 연구하여 밝힘. 규명(糾明): 사실의
원인이나 진상을 캐고 따지어 밝힘)한 후에 하여야지 그저 제 상상으로 이
렇거니 저렇거니 하지 말라는 뜻을 읊은 것.

목을 붙인다. '평評' 자는 사물의 시비, 우열의 논평을 의미하는 '품평 평'의 의미와, '품평할 평'의 의미를 갖는다. '평枰' 자는 '고를 평', '평정할 평' 등 10개의 의미가 더 있다. 그중에서 '품평 평'과 '고를 평'을 연결하여 '품평하여 고르다'는 의미로 쓴다. 비평의 의미와 개념, 비평의 방법 등을 살펴서 비평에서 서평의 위상을 이해하려는 것이 목표다.

1. 비평의 개념

모든 글에서 쓰는 낱말의 뜻이 분명해야 하지만, 특히 평론에서 낱말의 의미를 분명하게 사용해야 한다. 말뜻을 분명히 하기 위해서는 그 말의 의미를 확실하게 알아야 한다. 먼저 비평의 의미, 그 비평을 이루는 한자 批와 評, 評의 파자破子, 비판 批判 등을 살펴서 평론이라는 말의 의미를 살펴보자.

批評: 사물의 옳고 그름, 아름다움과 추함 따위를 분석하여 가치를 논함. 남의 잘못을 드러내어 이러쿵저러쿵 좋지 아니하게 말하여 퍼뜨림.

批: 칠 비, 밀 비, 굴릴 비, 깎을 비, 찌붙일 비(부전을 달아 의견 또는 가부를 적음), 비답 비, 비답할 비(신하의 상주문 끝에 적는 임금의 대답, 또는 그 대답을 내림), 비파 비, 칠 별(떼밀며 침).

評: 품평 평(사물의 시비 우열에 관한 논평), 품평할 평.

言: 말 언, 말씀 언, 말할 언, 여쭐 언, 나 언, 높을 언, 화기애애할 은.

平: 편할 평, 바를 평, 고를 평(균등), 편안할 평, 쉬울 평, 화친할 평, 평정할 평, 평정될 평, 평야 평, 평상 평, 법관 평.

批判: 사물의 옳고 그름을 가리어 판단하거나 밝힘.

〈철〉사물을 분석하여 각각의 의미와 가치를 인정하고, 전체 의미와의 관계를 분명히 하며, 그 존재의 논리적 기초를 밝히는 일.

이와 같은 자의를 종합하여 보면 '평론' 은 사물의 가치, 우열, 선악 따위를 평가하여 논함 또는 그런 글이라고 정의할 수 있다.

비평은 가치를 판단하는 일이기 때문에 매우 신중을 기해야 한다. 가치 판단은 반드시 어떤 기준이 설정되어 있어야 한다. 무조건 좋은 것도 없고 또한 무조건 나쁜 것도 없다. 모든 것에는 장단점이 함께 있기 때문이다. 기준이 설정되지 않은 비평은 비평의 역할을 제대로 하기 어렵다. 비평은 그 작업의 특수성 때문에 다양하게 해석되는 특징을 갖는데, 다양하게 해석된다는 것은 의미망이 매우 넓다는 뜻이다. 비평의 영역에 넣을 수 있는 것은 대략 아래의 8가지로 정리할 수 있다.[122]

---

122) 이선영, 박태상 공저, 『문학비평론』, 한국방송대학교출판부, 1999, 3~4쪽.

첫째, 판단한다.(to judge)

둘째, 가치를 평가한다.(to evaluate)

셋째, 분석한다.(to analyse)

넷째, 감상한다.(to appreciate)

다섯째, 결점을 찾는다.(to fault-finding)

여섯째, 칭찬한다.(to praise)

일곱째, 종류를 나눈다.(to classify)

여덟째, 비교한다.(to compare)

그러나 이 여덟 가지 행위들은 따로따로 분명히 구분되어 행해지는 것이 아니고 복합적으로 행하게 되는 경우가 많다. 이런 비평을 좀 더 넓게 해석한 견해들을 들어보기로 하자.

하우어는 "비평이란 글을 아는 사람에게는 자연스러운 활동이다. 따라서 비평 행위를 해 온 사람은 많고 다양하다. 비평은 지적知的인 독서의 연장延長이며, 지적인 글을 쓸 때 필요한 부속물이라고 할 수 있다. 책에서 발견하는 것과 자신의 경험 내용을 비교하는 사람은 누구나 비평가가 되기 시작한 것이다. 그러나 그는 처음에는 단순한 독자였다. 문학작품을 처음 읽을 때에는 비평적으로 읽지 않는다. 초보적인 비평 활동은 책을 읽을 때에도 일어나지만, 문학작품을 읽는다는 것은 하나의 일에 참여하는 것이다. 한 걸음 물러나서 그 일에 대하여 깊이 생각해 볼 때야말로 진정으로 비평이 시작되는 것이다. 비평이란 비평 이전의 작업을 기초로 하여 성립된다. 그와 같은 많은 작업이 있은 후 의문을 제기하고, 분석하고, 정리하고 비교할 필요가 생기는 것이다. 이러한 활동을 우리는 비평(criticism)이라 부른다. 비평이 일반적인 독서의 자연스러운 연장이기는 하지만 결국 그것은 의식적인 기술技術, 과학인 체하는 티까지도 내는 기술이 된다."고 했다.

이렇게 비평 활동은 특별한 사람이나 특수한 경우에 하는 것이 아니다. 이에 대해서는 T. S. Eliot과 N. Fry가 적절한 말을 남기고 있다.

T. S. 엘리엇은 "비평하는 것이 호흡하는 것과 같이 불가피한 것이고, 한 권의 책을 읽어서 어떤 정서를 느꼈을 때 마음속에 지나가는 것을 발표하며 비평적 활동을 함으로써, 우리의 정신을 비평해서 나쁠 것이 없다는 것을 명심해도 좋을 것이" [123]라고 했다.

N. Fry는 "비평의 본령은 현재도 그렇고 앞으로도 그럴 것이

---

123) T. S. Eliot(1888 미국 출생~1965): 영국 시인 겸 평론가이자 극작가, 주요 저서 가운데 하나인 『황무지』는 일부 보수적인 시인들의 공격을 받기도 했으나 20세기 시단의 가장 중요한 작품의 하나로 자리를 굳혔다. 참신한 문예서적을 많이 간행하는 출판사 'Faber & Faber'의 중역이 되어 영국문단에서 활동했고, 1948년에는 노벨문학상을 받았다.

지만, 바로 해석"124)이라고 했다. 따라서 이런 견해들을 따르면 누구라도 독서 활동에서 자기 나름의 해석을 하지 않는 사람이 없는데 이는 결국 비평 활동을 하고 있다는 뜻이다. 따라서 우리는 비평, 평론 등 무거운 말의 무게에 눌려 지레 겁먹을 필요는 없다.

그리고 비평이 근본적으로 어떤 것이어야 하는가는 R. M. 에머슨이 그의 '일기'에서 "비평이란 칼날투성이고 뿌리째 뽑아 버리려고 하는, 불만만 가득 들어있는 황폐한 것이어서는 안 된다. 도리어 끌고 가르치고 북돋우어 주는 것이어야 하며 훈풍이 되어야지 삭풍이 되어서는 안 된다."고 쓴 글은 비평의 방향을 제시하는 정의이기도 하다.

우리나라에서 이루어진 비평의 정의로는 이광수의 견해가 있다. 그는 "비평이란 철학적 이론을 가르친 것이니, 이것은 성인의 가르치심이나 종교에 준할 것이지마는 다만 그 차이는 유지적唯知的이라는 데 있을 뿐이다. 전자는 전인격적이므로 신앙의 심리를 통하여서 오인吾人에게 영향하는 것이지만, 후자는 다만 이론뿐으로, 얼핏 보기에 산뜻하고 힘 있는 듯하나 전인격을 흔동변질撤動變質하는 힘이 없고, 또 일과성一過性인 일이

---

124) N. Fry(1912~1991), 『문학의 원형』.

많다."고 했다.

2. 비평의 분류

1) 이론비평과 실천비평

(1) 이론비평은 문학의 본질과 기능, 가치 평가의 기준 등에 대해 논의하는 비평을 말한다. 이를 강단비평이라고 하는데 주로 대학 강단에서 이루어지기 때문이다. 서양 최초의 이론비평서는 Aristoteles의 『시학』인데, 그 성격을 알아보면, 이 시학은 제1장 첫 단락을

"우리의 주제는 작시술作詩術인데, 우리는 그 일반적인 본질과, 그 여러 종류와, 그 각 종류의 기능과, 좋은 시는 그 '플롯'이 여하히 구성되어야 하는가 및 시의 구성 부분은 얼마나 되며, 어떠한 성질의 것인가, 그리고 또 이와 동일한 연구 영역에 속하는 다른 사항에 관하여, 우선 자연적 순서에 따라, 제 1차적인 사항에서부터 시작하여 논하려고 한다." [125]

"우리의 주제는 시학이므로 나는 먼저 시의 일반적 본질과 그 여러 종류와 각 종류의 기능에 관하여 말하고, 이어서 훌륭

---

[125] 아리스토텔레스, 손명현 역주, 『시학』, 박영사, 1984(중판), 33쪽. 제1장 첫 문장.

한 시가 되기 위해서 필요한 플롯의 구성과 구성 요소의 수와 성질과 그 밖에 이 연구 분야에 속하는 다른 사항에 관하여 논하고자 한다." [126)

고 서술하고 있다.

한편 동양 최초의 이론 비평서는 유협劉勰(A.D. 465~521)의 『文心雕龍』 [127)이다. 이 책에서는 "凡操千曲以後曉聲 觀千劍以後識器 故圓照之象 務先博觀 閱喬岳以形培塿 酌滄波以喩畎澮無私於輕重不偏於憎愛 然後能平理若衡 照辭如鏡矣" [128)라고 쓰고 있다.

한국 최초의 이론 비평은 1916년 11월 10일부터 23일까지 '매일신보'에 연재, 발표된 이광수의 「문학이란 하何오」라고 말할 수 있다. 이 책을 통해 이광수는 "문학이란 어의語義는 재

---

126) 아리스토텔레스, 천병희 옮김, 『시학』, 문예출판사, 2002, 25쪽. 제1장 첫 문장.

127) 작품 평가기준 1. 작품의 형체는 어떠한가? 2. 조사는 어떠한가?(말의 용법) 3.전통의 계승과 변혁은 어떠한가? 4. 정통적인가 이단적인가? 5. 내용 주장은 어떠한가? 6. 음악적 효과는 어떠한가?

128) 유협, 최신호 옮김, 『문심조룡』, 현암사, 1975(4쇄), 333쪽.
천 곡의 곡목을 연주해 본 연후에 음악을 알 수 있고, 천 개의 칼을 본 연후에 칼의 성능을 알 수 있다고 한다. 이와 마찬가지로 원만하게 문학을 관조하려면 먼저 많은 작품을 읽어야 한다. 높은 산을 본 일이 있으면 작은 구릉의 모습은 분명해지는 법이고, 대해원의 모습이 머릿속에 있다면 작은 흐름은 저절로 납득이 가는 것이다. 작품의 평가에 사심을 섞지 않고, 개인의 애중에 편벽되지 않을 때만이 거울처럼 공정하게 논리를 펼 수 있고, 거울처럼 명료히 표현을 분석할 수 있는 것이다.

래에 사용하던 것과는 다르다. 오늘날 문학이라 하는 것은 서양의 Literature라는 말을 번역한 것이다."[129]라고 설명하고 있다.

(2) 실천비평은 문학작품에 대해 그 의미를 해명하고 가치를 평가하며 작가의 기능을 논하고 그 위치를 결정하는 비평을 말한다. 문학 현장에서 이루어진다고 해서 현장 비평이라고 부르기도 한다. 현대 실천비평은 1936년 루카치의 「톨스토이와 리얼리즘의 문제」, 1949년 E. Jones의 「햄릿과 오이디푸스」를 들 수 있고 우리나라에서는 삼천리문학(1934. 12.~1935. 10. 12회 연재, 1938. 10.~1939. 6. 재수록)에 발표된 김동인 「춘원연구」를 들 수 있다.

2) M. H. Abrams의 비평의 좌표

"Meyer H. Abrams와 Hazard Adams를 비롯한 수많은 그의 추종자들의 견해는 문학론의 근본 체계를 모방론, 효용론, 표현론, 존재론으로 나눈다. 하나의 문학 작품은 외부의 사물에 대한 것이며, 또한 외부의 어떤 실용적 목적을 위해 쓰인 것이며, 또한 어떤 특수한 능력을 가진 사람이 창작한 것이며, 또한 그 스스로의 특수한 구조를 가진 존재이기도 하다."[130]

---

129) 한국민족문화대백과.
130) 이상섭, 『문학이론의 역사적 전개』, 연세대학교 출판부, 1985(5판), 4쪽.

비평은 이것을 중심으로 이루어지는 것이기 때문에 이 이론을 비평의 좌표라고 부르는 것이다.

(1) 모방비평(mimetic criticism)

작품을 세계와 인간생활의 모방, 반영, 혹은 재현으로 보며, 작품에 적용되는 기준은 그것을 재현하거나 재현해야만 하는 대상에 대한 재현의 진실성이라는 것. 이 비평양식은 플라톤과 아리스토텔레스에게서 처음 나타났으며 현대 리얼리즘 문학 이론의 특징이기도 하다.

(2) 효용비평(pragmatic criticism)

작품을 독자에게 어떤 효과(이를테면 미적 쾌감[131], 교훈[132], 혹은 감동[133])를 주기 위해 구축된 것으로 보며, 작품의 가치를 그런 목적의 성취도(효용성)에 따라 판단하려고 한다. 로마시대부터 18세기까지 문학 논의를 지배했고, 최근 구조주의자들에 의해

---

131) 청산도 절로절로 녹수도 절로절로/ 산 절로 수 절로 산수 간에 나도 절로/ 그중에 절로 자란 몸이 늙기도 절로 하리라./ (송시열) 오늘도 좋은 날이요 이곳도 좋은 곳이/ 좋은 날 좋은 곳에/ 좋은 사람 만나 있어/ 좋은 술 좋은 안주에/ 좋이 놀이 좋아라.(무명씨) 말없는 청산이요 태없는 유수로다/ 값 없는 청풍이요 임자 없는 명월이로다/ 이중에 병 없는 이 몸이 분별없이 늙으리라.(성훈)

132) 김소월의 시 '부모', 윤동주 '서시', '참회록'

133) 프랑스 대문호 빅토르 위고의 대표작 '레미제라블(불쌍한 사람들)'은 1862년에 간행되어 150년 동안 200여 개국에서 출간되었다. 우리나라에서는 1910년 육당 최남선이 〈너 참 불상타〉라는 제목으로 국내 독자들에게 처음 소개된 것을 필두로 수십 종의 책이 발간되었다.

다시 나타나고 있다.

(3) 표현비평(expressive criticism)

작품을 기본적으로 작가와의 관계 속에서 취급한다. 이것은 시를 감정의 표현, 분출, 발화로 혹은 자신의 지각, 사고, 감정에 작용하는 시인의 상상력이 만들어 낸 산물로 정의한다. 그래서 시인의 개인적 전망이나 마음 상태가 얼마나 진지하고 순수하게 또는 적절하게 표현되었는가에 따라 그 작품을 판단한다.

(4) 객관비평(objective criticism)

작품을 시인, 독자, 주위 세계 등으로부터 자유롭게 떨어져 존재하는 어떤 것으로 파악한다. 문학작품을 그 자체가 하나의 세계라고 기술하고 작품은 복잡성, 일관성, 균형, 총체성 및 구성요소들의 상호관계 등과 같은 내재적 기준에 의해 분석되고 판단되어야 한다고 본다. 1920년대 이후 많은 주요 비평가들의 접근 방법으로 신비평가 시카고학파, 유럽 형식주의 지지자들 그리고 많은 프랑스 구조주의자들이 이런 노선을 취하고 있다.

그런데 이런 비평 유형들은 그것들이 완전히 따로따로 구별되어 작품의 분석에 적용되지는 않는다.

3. 비평의 방법[134)]

1) 역사·전기적 비평

크게 두 가지 축을 이루는 방법론의 합성으로 그 한 축은 서지 주석적 작업에 바탕한 원전비평이고, 다른 한 축은 작가의 전기적 생애 조사와 작품의 역사성을 규명하는데 치중하는 전기적 비평이다.

2) 마르크스[135)]주의[136)] 비평

문학을 경제 구조와의 관계에서 고찰하는 비평으로 리얼리즘을 옹호하는 20세기의 주요 비평 방법이다.

3) 형식주의 비평(Formalism Criticism)

작품 자체의 형식적 요건들, 작품 각 부분들의 배열 관계 및 전체와의 관계 등을 분석하고 평가하는데 중점을 둔다.

---

134) 비평의 방법은 이선영, 박태상의 '앞의 책'을 요약한 것임.
135) Karl narx(1818~1883) 독일. 과학적 사회주의-공산주의 창시자.
136) 마르크스가 엥겔스의 협력으로 만들어낸 사상과 이론의 체계. 마르크스주의는 19세기 이 3가지 정신적 주조(主潮), 즉 독일의 고전 철학, 영국의 고전경제학 및 프랑스의 혁명적 학설과 결합된 프랑스 사회주의를 그 원천 또는 구성 부분으로 하고 있다.(Lenin-러시아 및 국제노동운동 지도자, 마르크스 엥겔의 후계자)

형식주의 비평의 특수 용어들

* 낯설게 하기(defamiliarization): 새로운 예술 형식의 창조만이 세계에 대한 인간의 인식을 치유할 수 있고, 사물을 되살릴 수 있으며, 비관론을 물리칠 수 있다.(시클롭스키)

* 의도의 오류: 작품 창작에 임하는 작가의 창작의도가 곧 그 작품의 의미와 직결되는 것이 아니라는 이론

* 감동의 오류: 작품의 의미나 가치를 그 작품에 대한 독자들의 정서적 반응의 강렬성에서 찾으려는 것이 오류임을 지적한 이론

* 모호성(Ambiguity): 작품에 쓰인 하나의 어휘가 둘 또는 그 이상의 의미를 함께 내포하거나 혹은 서로 다른 태도나 감정을 나타내게 되는 경우를 지칭

* 모순Irony: 표면적 의미와 내면적 의미에 차이가 생기는 경우를 지칭할 때 쓰임

* 역설(Paradox)[137]: 표면상으로 볼 때 자기 모순적이고 부조리한 진술처럼 보이지만 깊이 생각해 보면 그 말의 의미가 올바르게 나타나는 경우에 씀

---

137) '바쁠수록 돌아가라', '늦었다고 생각할 때가 가장 빠른 때다', '가장 민족적인 것이 세계적이다', '사람은 무지할수록 세상에 모르는 것이 없어진다'

4) 구조주의 비평

구조주의는 사물의 진정한 본질이 사물 그 자체에 있는 것이 아니라, 합리적이고 이상적인 인간이 사물들 상호 간에 수립하는 관계들로 이루어진다고 보는 관점에서 문학 작품을 해석하는 방법을 가리킨다.

5) 탈구조주의 비평

해체주의라는 말과 함께 쓰인다. 탈구조주의의 방법적 전략이 기존의 권위적이고 억압적인 이론 체계를 해체시키는 것에 맞춰져 있기 때문이다. 그러나 포스트 모더니즘과는 다른 위상을 갖는다. 포스트 모더니즘은 문학, 예술을 비롯한 정치 경제 사회 문화 등의 영역에서 나타나고 있는 후기 현대적 현상을 총칭하여 부르는 개념이다.

6) 정신분석비평

Sigmund Freud의 정신분석학을 텍스트 해석에 적용하는 것이다. 프로이트는 인간의 성격 구조를 ID(무의식), SUPER EGO(초자아), EGO(의식)로 구분하였다. id는 성적이고 공격적인 본능적 충동을 말하며 항상 쾌락원칙에 따라 작동하며 충동의 완전하고 즉각적인 만족을 요구한다. 또 결과나 이성 또는 선악에 개의치 않으며 타인의 복지에 대해서도 관심이 없다. super ego는 양심이다. 사회의 기준과 금지사항 등을 우리가 받아들여 마음속에 간직한 것이다.

원래 우리는 id의 충동을 분출할 경우 부모로부터 사랑과 보호를 잃을까 두려워한다. 일단 우리가 받아들인 기준과 금기사항을 거스르게 되면 죄책감이라고 하는 super ego를 공격받는다. super ego의 일부는 의식적이다. 양심이 허락하고 금지하는 많은 부분은 무의식적이어서 무의식적 죄책감같이 가장 어렵고 파괴적인 문제를 야기하기도 한다.

ego는 실행기능이다. id와 super ego 그리고 외부 세계 사이를 중재하는 악역을 맡고 있다. 이차과정138)의 법칙과 현실 원칙에 따라 작동한다. id와 반대로 ego는 결과에 대해 염려하고 말썽을 일으키지 않으며 나중에 더 큰 만족을 얻기 위해 즉각적인 만족을 지연시키는데 최선을 다한다. "id는 길들여지지 않은 열정을 의미하는 반면, ego는 이성과 분별을 따른다." 라고 주장하면서 이러한 과정을 통해서 ego는 id와 super ego를 적절히 융합할 때 인간이 사회적 기능을 제대로 수용할 수 있다고 주장한다.

7) 신화원형비평

신화비평은 문학을 하나의 신화 체계에 따라 존재하는 것으

---

138) Secondary process, 二次過程. 이성적 사고를 지배하고 현실원리에 따라 작용하며 높은 수준의 심리적 처리를 가능하게 하는 자아의 의식적 사고 과정.

로 보고, 문학은 인류의 기본 신화를 이야기하는 역할을 맡은 것으로 본다. 따라서 진정한 문학 연구는 문학 속에 있는 신화적 요소들을 분석하여 그것이 기본 신화 요소의 어떠한 변형인가를 밝히는데 있다고 신화비평가들은 주장한다.

8) 독자중심비평(受容미학이론)

문학에서 독자의 역할을 살피며 그런 측면에서 발전된 이론이다. 사실상 그간 독자는 문학의 범주에서 가장 특권이 없는 존재로 머물고 있었다. 그러나 문학 텍스트는 책장 속에 존재하는 것이 아니다. 그것은 독서행위의 실천 속에서만 구현되는 의미작용의 과정이다. 이제 문학이 생기는 곳에서는 독자도 작가만큼이나 불가결한 존재로 떠오르게 된 것이다.

독서행위를 할 때 독자는 암암리에 부분들을 연관 짓고 간극들을 메우며 추론[139]을 하고 예감을 시험해 보는데, 이렇게 한다는 것은 넓게는 세계 전체를, 좁게는 문학 관습에 대한 암묵적인 지식에 의존하는 것을 의미한다. 텍스트 자체는 실제로 독자에게 주어진 일련의 '단서들', 즉 한 무더기의 언어에서 의미를 구성해 낼 것을 권유하는 초대장에 지나지 않는다.

독자중심비평이론의 용어를 쓰자면 독자는 종이 위에 찍혀진 일련의 조직된 검은 표들에 불과한 문학 작품을 '구체화'

---

139) 어떤 일을 이치에 따라 미루어 생각하여 논급함.

한다. 독자 쪽에서의 이러한 지속적이고 활발한 참여가 없으면 문학작품은 존재하지 않을 것이다. 독자 중심 비평에 있어서 독서의 과정은 항상 역동적이며, 시각을 따라 펼쳐지는 복잡한 운동이다.

문학작품 자체는 폴란드의 이론가 로만 잉가르덴Roman Ingarden이 일단의 도식들(Schemeta)이라고 칭한 것으로서, 즉 독자가 현실화하여야 하는 일반적 지시들로서 존재할 뿐이다. 이 현실화를 위하여 독자는 어떤 '선이해들'을 작품에 적용하게 된다. 즉 확신과 예상들로 이루어진 어렴풋한 맥락 속에서 작품의 다양한 측면들을 평가하게 된다.

그러나 독서 과정이 진행됨에 따라 이 예상들 자체도 우리가 작품에서 알게 된 것에 의해 수정되며, 해석적 순환 - 부분에서 전체로, 전체에서 다시 부분으로 움직이는 순환 - 이 작동하기 시작한다. 텍스트로부터 일관성 있는 의미를 구성해 내려고 노력하는 가운데 독자는 텍스트의 요소들을 선별하고 조직하여 수미일관한 총체들로 만들게 되며, 어떤 요소들은 제외하고 어떤 요소들은 전면에 부각시키며, 어떤 항목들은 특정한 방식에 의해 '구체화' 한다.

독자중심비평에서 독서는 직선 운동, 즉 단순히 누가적인 운동이 아니다. 우리가 처음 추측한 것들은 다음에 올 것을 해석하는데 적용될 준거 틀을 생성해 내지만, 다음에 오는 것이 거꾸로 우리가 처음에 이해한 것을 변형할 수 있으며, 그 어떤 측면들은 부각시키고 다른 어떤 측면들은 뒷전으로 밀어버릴 수도 있다. 읽어 나감에 따라 우리는 추측한 것을 포기하고 확신한 바를 수정하며, 더욱더 복잡한 추론과 예상을 한다.

각 문장은 하나의 지평을 열며, 그 지평은 다음 문장에 의해 확충되거나 도전받거나 침해된다. 즉, 예견과 회상을 병행시키며, 우리의 해석에서는 배제된 그 텍스트의 다른 가능한 실태들을 알고 있기도 한다. 더군다나 이 모든 복잡한 활동은 여러 층위에서 동시에 수행된다.

한스 로베르트 야우스Hans Robert Jauss [140]의 이론

야우스는 '작가-작품-독자'의 삼각관계에서 독자는 수동적인 대상이나 단순한 연쇄반응이 아니라 역사를 형성하는 원동력이라고 주장한다. 야우스는 작품 수용에서 '기대 지평'의 재구성을 전제로 하였다. 여기에서 '기대'는 우선 상식적인 의미에서 창작 작품에 대한 독자의 기대를 말하는데 야우스는 사회학적 분석에서 사용한 칼 만하임Karl Mannheim[141]의 '기대 지평'이란 용어를 빌려 수용자가 지니고 있는 바람, 선입견, 이해 등 작품에 관계된 전체를 총망라해 이야기하고 있다.

---

140) 독일의 문학이론가, 프랑스 문학자, 하이델베르크, 윈스터, 기센대학을 거쳐, 1966년부터 콘스탄츠대학의 문예학 교수. 본래 중세 프랑스 문학 연구자이지만 동료인 이저와 함께 수용미학을 제창하여 현대 독일 문학 연구에 중대한 영향을 주었다.
141) 독일의 사회학자. 아돌프 히틀러가 집권하기 전에는 독일에서 활동했으나 그 후 영국으로 망명했다.

지평은 철학 영역에서 인식, 이해, 사고의 범주를 지적하듯이 수용자가 지닌 기대의 범주(차원)를 나타내고 있다. 즉 기대지평은 수용자가 지닌 창작 작품에 대한 이해의 범주 및 한계를 가리킨다. 보편적으로 수용자의 기대 지평이 작품의 기대지평과 일치할 때 작품은 수용자에 의해서 받아들여질 것이다.

한편 작품의 수용은 '지평의 전환'을 통해서 이루어지게 된다. 예컨대 새로운 작품을 수용한다는 것은 수용자의 '친숙한 지평'이 새로운 작품의 지평에 부딪쳐 변화함으로써 가능해진다. 만일 어떤 작품이 전혀 수용자가 없을 정도로 기대 지평을 벗어나는 경우, 이것은 새로운 기대 지평이 유효하게 될 때 비로소 수용될 수 있을 것이다.

즉 지평의 전환이 작품의 그때그때의 수용을 결정하는 것이다. 야우스는 이미 주어진 기대 지평과 새로운 작품의 출현에서 생겨나는 거리감이 인식됨으로써, 즉 새로운 작품이 일단 이루어져 있는 경험을 부정하거나 의식화함으로써 지평의 전환을 초래하게 된다고 보며, 이때의 거리감을 심미적 차이라고 표시한다.

9) 문화 연구(Cultural Studies)

문화 현상의 객관적인 분석을 넘어서 여러 형태의 문화들이 갈등하는 '문화전쟁'의 상태에 대한 실천적 연구를 지칭한다. 이제 문화는 삶의 표현 방식일 뿐만 아니라 생존의 수단이 되고 있다.

10) Feminism 비평

페미니즘은 여성 억압의 원인과 상태를 기술하고 여성 해방을 궁극적 목표로 하는 운동 또는 그 이론을 뜻하는데, 페미니즘 비평이란 그 이론을 문학에 적용하는 것을 말한다.

이러한 방법들을 적용하여 문학 작품을 평가한다. 작품 평가 방법에 있어 절대적인 기준은 있을 수 없으나, 평가 기준은 반드시 있어야 한다. 이 같은 평가 작업을 전문적으로 하는 사람을 문학평론가라고 부르고 일반적으로 비평가로 부르기도 한다. 그러나 이들은 언제나 칭찬하기보다는 단점을 지적하는 경우가 많아서 창작자들과 매우 불편한 관계를 이루기도 한다.

그래서 S. T. 콜리지는 "비평가들 - 그들은 살인귀다"라는 험담을 퍼부었고, "일반적으로 말해서 비평가들은 시인, 역사가, 전기 작가가 되려고 했던 사람들로서, 자기의 재능을 시험해 보고 실패했기 때문에 비평가로 전향한 것"이라고 했다. 이 견해에 B. 디지레일리는 "비평가란 문학이나 예술 면에서 실패한 무리들"이라고 동조했다.

유명한 앰브로스 비어스의 『악마의 사전』에서는 비평가(Critic)를 누구도 그를 만족시키려 들지 않기 때문에, 자신을 만족시키기란 힘들다는 점을 자랑하는 사람이라고 정의하고 다음의 시를 덧붙였다. "요단강의 홍수 너머에는/ 순수한 기쁨의 땅이 있다네./ 거기에서 성자들은 흰옷을 걸치고/ 비평가의 진흙덩이를 되퍼붓지.// 이리저리 피하느라 애쓰면서/ 가죽에 덕지덕지 검은 칠을 한 비평가는/ 자신이 던졌던 바로 그 미사일들을 알아보고/ 아픈 비탄에 젖는다.[142]

그러나 "인간이 숲을 나와 문화생활을 하게 된 것은 비평을 통해서였다. 모두가 나체인 것에 이의를 제기하고 옷 입을 것을 권고한 사람은 최초의 비평가였다."[143]고 평가되기도 한다. 비평가에 대한 작가들의 입장은 그들에게 분노를 사지만, 비평 없는 사회는 발전이 있을 수 없다. 이것은 한 개인의 행동도 마찬가지이지만 조직이나 모든 분야에서 필요한 것이다. 비평이 필요 없는 곳은 없고 비평은 내일로 향하는 에너지가 되는 것이다.

그러기 위해서 비평가들에게 요구되는 사항이 있다. J. 에디슨은 "진정한 비평가는 세상 사람들이 관찰할만한 가치가 있는 것과 숨겨진 미점을 발견하기 위해서 한 작가의 결핍보다는 오히려 장점에 더 유의해야 한다."[144]고 주장했다.

---

142) 미국의 신문기자, 풍자 작가, 단편 작가. 그의 최고의 걸작은 1906년에 나온 『The Devil's Dictionary』(악마의 사전)이다.
143) E. L. 고드킨, 『현대 민주주의의 제 문제』
144) J. 에디슨, 『방관자』

어떤 의미에서도 비평은 문학에 영향력이 큰 작업이므로 신중하고 올바르게 이루어져야 한다. 그래서 I. A. 리처즈는 훌륭한 비평가가 갖추어야 할 조건을 세 가지로 정리 제시하였다.

　"첫째로, 그는 자신이 판단하려 하는 예술 작품과 관련 있는 정신의 상태를 아무 기교 없이 체험하는 데에 숙달된 사람이 아니면 안 된다.

　둘째로, 그는 여러 가지의 체험을 각각 구분함에 있어 그 체험의 내면적인 특징을 살피지 않으면 안 된다.

　셋째로 그는 여러 가지의 가치들에 대해서 건전한 판단을 내리는 사람이 아니면 안 된다."[145]는 것이다.

　이 조건을 살펴보면 비평을 하는 비평가는 비평의 기술을 갖는 것도 중요하지만 인격을 갖추어야 한다는 것으로 이해할 수 있다. 비평은 결국 작가를 해치려는 것이 아니고 작가의 발전을 돕고 문학의 방향을 바르게 제시하는 기능도 하는 것이다.

---

145) I. A. 리처즈, 『시의 분석』

서書를 서序하다

자세히 살펴보면 뉘 아니 감격하리

문자는 졸拙[146]하되 성경誠敬[147]을 새겼으니

진실로 숙독상미熟讀詳味[148]하면 불무일조不無一助하리라.

- 박인로

'서書를 서序하다'는 서평 쓰는 차례를 정하는 것이다. '서書'는 '글 서', '편지 서', '장부 서', '서경 서', '글씨 서', '쓸 서'의 의미가 있다. '서序'는 '차례 서', '차례 매길 서', '실마리 서' 등의 뜻을 가지는데 '쓸 서'와 '차례 매길 서'의 의미를 결합시켰다. 서평을 하는 이유, 서평과 독후감과의 차이, 그리

---

149) 拙 : 졸할 졸 ㉠ 서툼 ㉡ 옹졸함 또는 옹졸한 일.

150) 정성을 다하여 공경함, 정성과 공경을 아울러 이르는 말.

151) 자세히 읽고 음미함.

고 서평을 어떤 차례로 써야 하는가를 살펴보는 장이다.

1. 왜 서평을 해야 하는가?

서평을 하는 가장 궁극적인 이유는 책을 읽고, 내가 있는 삶을 살기 위해서다. 처음에는 문턱이 높아 보이겠지만 조금씩 연습하다 보면 서평만큼 의미 있고 재미있는 일이 그리 흔치 않다는 것을 경험하게 될 것이다. '양질 전환의 법칙'이란 말이 있는데 양이 질을 결정한다는 뜻이다. 어떤 일이라도 많이 하면 어느 순간 질적으로 도약하게 마련이다. 지금 내가 잘하고 있는 그 어떤 일도 처음부터 잘한 것은 아니었다. 서평은 자기 입장과 주관을 뚜렷이 하는 습관을 길러준다. 삶이라는 게 매사에 명쾌할 수는 없지만, 자기 입장만큼은 분명하게 드러내며 살 수 있어야 한다. 그래야 내 삶에 내가 있게 된다.

서평은 읽은 책의 내용을 기억하고 자신의 생각을 정리하기 위해서 한다. 왜 기억해야 하는가? 활용하기 위해서다. 기억하지 않으면 활용이 되지 않는다. 책 읽기를 가장 중요한 간접 경험의 기회로 보는데 기억하지 못하면 경험으로서의 가치를 가지지 못하는 것이다. 그래서 서평 쓰기 전의 독서를 '휘발되는 독서', 서평 쓰기 이후의 독서를 '남는 독서'라고 부르기도 한다. 책을 통한 간접 경험의 획득도 정리해 보지 않으면 의미가 사라지는 것이다. 그래서 진정한 독서의 끝은 책을 덮을 때가 아니라 책을 읽고 서평을 쓴 그다음이다. "책을 오래 기억하고 싶다면 옮겨 적어라." [149)]고 권하기도 한다.

글쓰기는 처음부터 끝까지 내가 만드는 세상이다. 서평을 쓴다는 것은 이런 관점에서 한 권의 책을 읽고 그와 관련된 혹은 그와 유사하거나 상반되는 세상을 만드는 것이다. 자기가 하나의 세상을 만들려면 책을 제대로 읽어야 한다. 독해 능력은 모든 지적 활동의 출발점이다. 그 독해력은 다름 아닌 독서와 글쓰기를 통해서 얻을 수 있다. 이해력(독서)과 표현력(독후감, 서평)은 두 개의 바퀴처럼 함께 굴러가야 한다. 서평은 정독 중의 정독을 요구하며 자존감을 높이는 성숙한 글쓰기다. 책 읽기와 글쓰기를 함께 하는 서평 쓰기는 인터넷 시대(문자, 블로그, 트위터, 카카오 톡)에 살아남을 수 있는 무기를 닦는 것이다.

2. 서평과 독후감

서평과 독후감은 서로 다른 것 같지만 같고, 같은 것 같지만 또 서로 다른 게 있다. 같은 점은 모두 책을 읽고 난 다음에 글을 쓰는 것이라는 점이다. 그런데 독후감은 책을 읽은 느낌을

---

149) 사이토 다카시, 김효진 옮김, 『독서는 절대 나를 배신하지 않는다』, 걷는 나무, 2015, 190쪽.

쓰는 것이고 서평은 책을 읽고 그 책을 평한다는 것이 다르다. 평이 어떤 것인가는 앞 장에서 살펴보았다. 책을 읽고 그 책에 대해서 좋은 느낌을 받았으면 그 책에 대한 칭찬이 독후감에 쓰일 수밖에 없을 것이며, 반대로 그 책에 대한 느낌이 좋지 않았다면 흠을 잡을 수밖에 없을 것이다. 칭찬하거나 흠을 잡게 될 경우 독후감은 느낌이니까 굳이 그 까닭을 밝히지 않아도 괜찮지만 서평은 반드시 그 까닭을 밝혀야 한다.

따라서 독후감과 서평은 독후감이 주관적인 글이고, 서평은 객관적인 것이라는 구분이 가능하다. 이렇게 차이가 나니까 독후감은 나를 위한 글쓰기가 되는 것이고, 서평은 소통을 위한 글쓰기가 된다. 독후감은 책을 읽은 소감이 주가 되어 나의 느낌이나 생각을 여과 없이 표현하면 된다. 사람마다 생각이 다르고 가치관이 달라서 같은 책을 읽어도 전혀 다른 느낌이 나온다. 그래서 독후감의 주어는 '나는 혹은 필자는'이 되어야 한다.

서평은 객관적인 정보나 책 내용이 주가 되어서 반 이상 객관적 정보, 반에 가까운 정도의 양이 주관적 평가가 되면 이상적이다. 내용을 요약 정리하여 자신의 생각을 추가하면 된다. 자신의 생각을 추가할 때 서평은 반드시 왜 그렇게 생각하는가가 밝혀져야 한다. 이것이 독후감과 분명히 다른 점이다. 소통을 위한 글쓰기이기 때문에 서평의 주어는 '책은(작품은, 소설은)', '작가는(저자는)', '독자는(읽는 이는)', '주인공은(주요 인물은, 등장인물은)' 이 되는 것이다.

이 논의를 요약하면 아래와 같다.

독후감	서평
주관적	객관적
나를 위한 글쓰기	소통을 위한 글쓰기
책 읽은 소감	객관적인 정보나 책 내용이 주
나의 느낌이나 생각, 여과 없이 표현	3분의 2는 객관적 정보, 3분의 1은 주관적 평가 책 내용을 잘 요약 정리 + 자신의 생각 추가
독후감의 주어 나는 필자는	서평의 주어 책은(작품은, 소설은) 작가는(저자는) 독자는(읽는 이는) 주인공은(주요인물은, 등장인물은)

3. 서평을 위한 독서법

책은 원래 책장에 진열되어 보관되기 위해서 만들어진 것이
아니라 읽기 위해서 만든 것이다. 책 읽기는 책의 내용을 내 삶
의 현장으로 끄집어내는 것이다. 그렇게 책 내용이 이끌려 나

오다 보면 책은 찢어질 수도 있다. 기억하기 위해서 밑줄을 치고, 포스트잇을 붙이고, 책장을 접기도 한다. 어려운 삶을 산 사람의 몸에 생채기가 많듯이 제대로 읽힌 책은 상처가 많을 수밖에 없다. 그 상처는 그 책을 읽은 사람의 가슴에 가서 따뜻함을 키우고 있을 것이다. 그래서 책을 제대로 대접하는 것은 잘 보관하는 것이 아니라 그를 읽어주면서 괴롭히는 것이다.

그런데 서평을 쓰기 위한 독서는 읽고 마는 휘발성 독서와는 다르게 책을 읽기 시작할 때부터 달라야 한다. 책을 읽기 전에 저자에 관해 살펴보기도 하고, 특히 비문학도서의 경우 차례를 통하여 책의 내용을 어느 정도 파악해야 한다. 차례가 곧 요약이라고 보아도 틀리지 않기 때문이다. 서평을 위한 독서에는 다음과 같은 방법들이 있다.

1) 출력독서법(OutPut Reading)

출력독서법은 단순히 읽기만 하는 것이 아니라 책의 내용을 다시 출력할 수 있도록 하는 독서방법이다. 1차 독서에서 의미 있는 문장에 밑줄을 긋는 등 출력할 수 있도록 한다. 작품의 배경이나 작가연구, 작품 해석, 언론이나 독자 서평을 참고하는 것이 좋다. 2차 독서는 그 책의 키워드와 개요를 파악하는 것이다. 서평에 담고자 하는 주제 키워드를 찾아내야 한다.

---

150) 사이토 다카시, 김효진 옮김, 앞의 책, 180~186쪽.

또 최소한의 분량으로 최대한의 효과를 내는 독서 노트[150] 기록 방법이 있다. 독서 노트 기록 방법은 중국의 정치가 마오 쩌둥이 좋은 사례를 남기고 있다. 그는 "붓을 움직이지 않는 독서는 독서가 아니"라는 말을 남겼다. 그의 독서법은 반복해서 읽고 써서 정리하는 것으로 유명하다. 즉 책을 읽는 동안에는 중요한 부분에 체크를 하거나 의문이 가는 부분에 반론을 적어 놓는 식으로 메모를 하고, 다 읽은 후에는 요점을 정리하면서 중요한 문장을 베껴 쓰고 자신의 생각을 함께 정리하는 식으로 다시 한번 정리했다. 내용 정리, 의문 제기, 내 의견 정리, 이렇게 3단계를 거쳐 가면서 책을 심도 있게 읽기 위해 노력했다. 마치 책과 대화하는 것처럼 느껴지는 능동적인 독서법이다.

그리고 책의 핵심을 내 것으로 만드는 기록법으로 '인용구 베스트 3 노트'가 있다. 책을 읽는 동안 제일 좋았던 문장을 3개 뽑아 정리하는 것이다. 여기서 포인트는 좋은 부분을 적어 두고, 왜 그 부분이 좋았는지, 혹은 어떤 점을 느꼈는지를 함께 적는 것이다. 그러면 서평 쓰기가 훨씬 수월해진다. 이렇게 해야 독서로 얻은 지식을 자신과 연결해서 생각하는 훈련을 할 수 있고, 온전히 자기 것으로 만들 수 있다.

2) 도서 10자 평 노트

간결하지만 핵심을 찌르는 정리법으로 '도서 10자 평 노트'가 있다. 책을 읽고 금방 떠오르는 감정을 아래와 같이 10자 정도로 간결하게 정리하는 것이다.

*『산다는 것의 의미』, 고사명, 지쿠마문고(양철북, 2007. 옮긴이 주)

서른이 넘어 읽고, 감동의 눈물을 흘렸다.

*『슬픈 미나마타』, 이시무레 미치코, 고단샤문고(달팽이, 2007. 옮긴이 주)

가슴을 울리는 문장력, 미나마타병의 기록에만 그쳤다면 범작이었겠지만 삶을 살아가는 사람들의 모습을 그려 수작이 된 반드시 읽어야 할 책.

*『밤과 안개』, 빅터 프랭클, 미스즈쇼보(종합출판범우, 2008. 옮긴이 주)

유대인 강제수용소에서 살아남은 한 심리학자의 감동적 체험 기록, 현대사의 생생한 단면에 할 말을 잃었다. 삶에 대한 의지와 희망은 어떻게 인간을 구원하는가에 대한 답.

3) 더 깊은 통찰을 얻게 하는 질문 독서

다시 내용을 출력하기 위해서는 내용을 충분히 이해해야 한다. 따라서 책을 읽으며 다음과 같은 질문을 스스로에게 하다 보면 더 깊이 이해할 수 있다.

- 저자가 잘 모르는 부분이 어디인가?

- 저자가 잘못 알고 있는 부분, 틀린 부분은 무엇인가?

- 저자가 주장하는 논리에 오류는 없는가?

- 저자의 생각에 동의하는 점, 동의할 수 없다는 점이 있다면 무엇인가?

- 저자와 내 생각이 다르다면 어떻게 다른가?

- 이 책으로 인해 내 생각이 달라졌다면 어디가 어떻게 달라졌는가?

- 다른 책에서는 동일한 주제에 대해 어떻게 다루고 있는가?

4) 서평의 비평 요소를 염두에 둔 책 읽기

서평을 위한 책 읽기는 서평을 이루게 될 비평의 요소를 염두에 두고 읽어야 한다. 이를테면 집필 의도, 주제, 근거, 설득력 등을 들 수 있고 작가의 가치관, 문제의식, 문체까지 살피면 더욱 좋다. 어느 정도 책 읽기에 숙달되면 이런 분야가 저절로 이루어지기도 한다. 이런 것이 어렴풋이라도 잡히지 않으면 책 읽기에 대해 스스로 점검해 봐야 한다. 그리고 독후감과는 달리 가독성, 편집, 구성 등도 서평의 요소가 된다. 특히 삽화가 들어있다면 그 그림의 구도, 색상, 명암까지도 서평의 대상이 된다.

4. 서평의 분야

책을 읽고 서평을 쓰는 경우의 도서 분류는 크게 세 가지로 나눈다. 문학과 비문학으로 나누어 두 갈래가 되고, 하나는 연령층에 맞추어 어린이와 청소년을 한 분야로 묶는 것이다.

문학 분야를 먼저 살펴보면 최우선적으로 고려할 사항이 줄거리 요약이다. 앞에서 논의한 바 있지만 객관적으로 요약해야 하고, 발췌문과 메모, 작가의 문체 등을 따지며 명언 명구를 소개하고 추천한다면 추천의 이유를 분명히 밝혀야 한다.

비문학 분야는 문학보다 요약이 쉬운 편이다. 책의 차례를 요약으로 활용할 수 있기 때문이다. 차례를 연결하기만 해도 거친 요약이 될 수 있다. 나머지 부분은 문학 분야와 비슷하지만 전공 서적의 경우는 의문과 견해차가 많이 있을 수 있어 책을 읽을 때 메모를 많이 하게 될 수 있고 그것이 옳게 읽는 방법이다.

어린이 책의 서평은 성인 책 서평보다 구체적이고 친절한 설명이 필요하다. 성인 책은 책의 완성도를 따지고, 이견을 내는데 집중하지만, 어린이 책은 읽을 가치에 대해 보다 상세히 설명해야 한다. 분량도 400~1000자 이내로 짧게 쓴다. 추천 연령대를 분명히 하고 교육 효과, 독후 활동까지 써주면 활용 가치가 높다.

청소년 도서는 다양한 분야를 고려하여 흥미를 느낄 책을 추천하는 것이 좋다. 청소년들에게는 시야의 확장과 생각거리가 많은 책은 책을 추천하고 따져 읽기에 다가설 수 있도록 도와주어야 하고, 사회, 문화, 역사적 맥락을 고려해 다양한 화제를 다루는 것이 좋다.

5. 서평의 과정

서평은 책을 읽고 쓰는 글이다. 책 읽은 느낌이나 서평을 쓴다는 소재는 정해져 있지만 그 세부적 제재는 정해져 있지 않다. 서평은 서평 나름대로의 과정이 있다. 첫째 단계가 앞의 출력도서에서 밑줄 그은 부분이나 포스트잇 표시를 한 부분을 발췌하는 것이다. 그 다음 책의 여백에 한 메모, 요약 등을 정리하여 개요를 작성하고, 이 개요에 따라 초고를 쓰고, 퇴고하는 과정을 거치게 된다.

1) 발췌拔萃
발췌란? 책이나 글 따위에서 필요하거나 중요한 부분을 가려 뽑아냄, 또는 그런 내용을 말한다. 책을 읽으면서 인상 깊은 부분을 옮겨오는 것인데 발췌되는 것은 여러 가지 이유가 있다. 일반적으로 그 문장이 막연히 좋아서일 수도 있고, 재미가 있어서, 크게 공감이 가서, 감동적이어서 등의 까닭이 있는 것이다.

그러나 반드시 긍정적 느낌만으로 발췌되는 것은 아니다. 지금까지 경험해보지 못한 어떤 특이함이 있다든지, 아니면 이해가 되지 않아서 발췌하는 경우도 없지 않다. 또한 부정적인 느낌을 주는 문장이 발췌될 수도 있다.

(1) 발췌 방법

발췌의 방법은 크게 두 가지로 나눌 수 있다. 주관적 발췌와 객관적 발췌가 그것인데, 주관적 발췌는 내가 감동적으로 느낀 부분, 내가 재미있게 읽은 부분, 내가 유익하다고 느낀 부분, 내가 의문점이 드는 부분을 발췌하는 것이다. 이런 발췌는 독후감 쓰기에 유용한 발췌라고 할 수 있다.

객관적 발췌는 작품의 주제가 드러난 부분, 작가가 강조하는 메시지, 작가의 개성이 드러난 부분(작가의 다른 책과 비교하며 찾기), 독자나 전문가들이 높게 평가하는 부분들을 발췌하는 것인데 서평 쓰기에 적합한 발췌다. 독자에 따라서 주관적 발췌와 객관적 발췌가 다를 수도 있고, 또 비슷할 수도 있다. 이상적인 발췌는 주관과 객관이 적절한 균형을 이루는 것이다.

(2) 발췌의 유의점

발췌되는 내용이 요약될 수 있으면 요약하는 것이 좋다. 요약되면 서평을 쓰는 사람이 내용을 완전히 이해한 것이 되어 서평 쓰기에 여러모로 편리해진다. 발췌는 꼭 필요할 때 하는 것이고, 내가 하고 싶은 말이 표현되어 있거나, 내가 생각하고 있는 관점을 뒷받침하기 위해 꼭 필요할 때 한다. 그리고 요약해서 전할 수 있으면 좋은데 그것이 불가능할 경우 발췌를 한다.

2) 메모MEMO

메모는 다른 사람에게 말을 전하거나, 자신의 기억을 돕기 위하여 짤막하게 남김 또는 그 글을 가리킨다. 따라서 발췌와 혼동을 일으키면 안 된다. 발췌는 내 생각이 아닌 책의 내용이고, 메모는 내 생각이다. 메모는 저자가 아닌 읽는 사람의 생각(단상, 밑줄에 대한 생각, 의문점)이다.

책을 읽어가다가 단상이나 밑줄 그은 부분에 대한 생각, 저자에게 묻고 싶은 것 등을 기록하는 것이다. 그 방법은 책 귀퉁이에 포스트잇을 붙이는 것이 편리한 방법이 되기도 하고 책의 여백에 하는 것도 괜찮다. 서평을 쓰기 위해서는 1차적인 메모로, 단상, 밑줄에 대한 생각, 의문점을 적고, 2차적인 메모로는 글감 정리, 소재의 분류 구분 등을 할 수 있다.

3) 요약하기

책을 읽고 독후 활동을 하는 방법이 독후감이나 서평을 쓰는 것인데, 독후감이나 서평이나 반드시 들어가야 하는 것이 책 전체를 요약하는 요약문이다. 이 요약이 대단히 어렵게 생각되는 경우가 많다. 그 원인을 살펴보면, ① 다 중요하다고 생각된다. ② 책의 핵심이 무엇인지 모르겠다. ③ 책의 개괄을 이해하지 못하겠다. ④ 자신의 생각을 표현할 어휘력, 문장력이 부족하다. ⑤ 자신의 요약 실력에 회의를 느낀다 등이다. 이 모두는 따지고 보면 독해력의 문제다. 그것을 해결하는 방법은 쉬운 책이나 즐겨 읽던 책부터 요약해 보는 것이다.

독후감과 서평 쓰기에서 요약의 우선순위가 조금 다를 수도 있는데 독후감을 쓰기 위한 요약의 우선순위는 ① 내가 가장 인상 깊게 읽은 부분 ② 내가 다음으로 인상 깊게 읽은 부분 ③ 저자의 의도나 핵심이고, 서평을 위한 요약의 우선순위는 ① 저자의 의도와 책의 핵심 ② 내가 가장 중요하다고 느낀 부분 ③ 내가 다음으로 중요하다고 느낀 부분이 된다. 독후감이 주관적이고 서평은 객관적이라는 사실을 기억하면 쉽게 이해할 수 있다.

4) 개요槪要

(1) 개요란?

개요는 중요한 내용의 요점을 간추린 것이다. 서평에 무엇을 쓸 것인가를 문서로 작성하는 것이다. 바로 서평의 얼개가 되는 것이다. 이 얼개가 잘못 짜이면 올바른 서평이 되기 어렵다. 개요를 바르게 작성하기 위해서는 다음과 같은 과정을 거치는 것이 좋다.

① 책을 읽은 후 충분히 생각할 시간을 갖는다.

② 생각의 시간을 통해 서평에 무엇을 담고 싶은지 정리한다.

③ 서평에 담고 싶은 키워드를 백지에 정리해 본다.

④ 이 중 가장 하고 싶은 말 한 가지를 고른다. 나머지 키워드는 과감하게 축소한다.

⑤ 몇 단락으로 쓸 것인지, 단락 구성은 어떻게 할 것인지 계획한다.

⑥ 단락 순서가 유기적으로 연결되는지 살펴본다.

⑦ 작성한 개요가 서평의 주제를 잘 전달하고 있는지를 점검한다.

(2) 서평의 개요

서평의 개요는 논리적인 글쓰기의 필수적인 과정이지만 그것이 하나의 틀로 고정될 수 있는 것은 아니다. 몇 가지의 유형으로 만드는 경우도 있지만 원론적으로는 서평에 담겨야 할 요소들을 적절히 고려해서 어떤 면을 부각시키고, 또 어떤 면을 생략할 것인지, 또 양을 어느 정도 할 것인지 정하면 된다. 원론적으로는 서평을 쓰는 사람의 마음에 따라서 얼마든지 달라질 수 있는 것이다.

그러면 서평에 포함되어야 할 것들이 어떤 것들이 있는가?

먼저 책이니까 그 책을 쓴 사람이 있다. 그 사람이 어떤 사람인가를 살펴보는 것이 필요하다. 서평에서 작자가 어떤 사람인가를 살피는 것은 사람의 됨됨이를 살피는 것이 아니라 전문성, 즉, 책을 쓸 능력이 있는가를 살피는 것이다. 저자가 유명해서 누구라도 그 이름을 들으면 그 사람이 누구인가 알 정도라면 서평에 쓸 필요가 없다.

그 다음 읽으려고 하는 책에 대한 비평의 정보가 있다. 이것은 책 속에 있는 작품 해설에서 얻을 수도 있고, 인터넷이나 읽은 사람의 평판 등을 통해서 정보를 얻을 수 있다. 이런 정보를 얻어야 할 이유는 서평 쓰기에 도움을 주는 것도 있지만 책을 깊이 이해하게 한다. 특히 고전의 경우에는 그 작품이 쓰인 시대에 대한 고찰이 매우 중요하다.

그리고 그 사람이 한 이야기가 무엇인가? 즉 작품은 어떤 줄거리를 가지고 있는가? 가 있어야 한다. 문학 도서는 줄거리로, 비문학 도서는 내용 요약으로 표현된다. 그리고 책을 읽으면서 중요하거나 강한 느낌을 주는 문장, 마음에 드는 문장 등 발췌한 것은 무엇이며 그것을 왜 발췌했으며, 그것은 어떤 의미를 가지고 있는가를 쓰는 것이다. 그리고 책을 읽은 전체적인 느낌, 그 느낌이 어떤데 이 책을 누구에게 권할 것인가 말 것인가, 권한다면 무슨 이유로, 권하지 않는다면 또 무슨 이유로 그런가를 쓰면 될 것이다. 따라서 그 순서를 어떻게 배열하든 서평이 갖추어야 할 요소만 빠뜨리지 않으면 된다. 유형 중의 줄거리는 문학 도서, 요약은 비문학 도서로 이해하면 되겠다.

① 책의 기본 정보(작가, 비평)

② 작품 줄거리(내용 요약)

③ 발췌 및 해석

④ 전체적인 느낌(메모 사항, 평가)

⑤ 추천의 말(대상과 이유)

서평의 개요에 반드시 포함되어야 할 내용은 위와 같다. 이것이 어떤 차례로, 어느 만큼의 무게로 다루어져야 할 것인가는 전적으로 서평을 쓰는 사람에 달려 있다. 얼마든지 창의성을 발휘할 수 있는 영역이다.

이를 몇 가지 유형[151]으로 나눈 경우도 있는데 그것을 살펴보면

가형 - 작가 및 작품 소개 (20%)/ 줄거리, 내용 요약(20%)/ 발췌 및 해석 (30%)/ 전체 느낌/ 추천 대상/ 추천 이유(20~30%)

나형 - 발췌 및 해석/ 작가 및 작품 소개/ 줄거리, 내용 요약 / 전체 느낌/ 추천 대상/ 추천 이유

다형 - 줄거리, 내용 요약/ 작가 및 작품 소개/ 발췌 및 해석/ 전체 느낌/ 추천 대상/ 추천 이유

라형 - 읽게 된 배경/ 단상/ 줄거리, 내용 요약/ 발췌 및 해석/

---

151) 김민영, 황선애, 『서평 글쓰기 특강』, 북바이북, 2015, 131쪽.

전체 느낌/ 추천 대상/ 추천 이유

마형 - 전체 느낌 또는 평/ 간단한 작가 및 작품 소개/ 주요 내용 요약/ 발췌 및 해석 추천 대상/ 추천 이유 /마무리

등이 있을 수 있다.

그 외 정형화한 서평 양식도 있다. 국민독서문화진흥회의 김을호 회장이 개발한 서평 양식(W. W. H./ 1. 3. 1. A4 서평)152)은 Why(작가는 왜 이 책을 썼을까?), What(작가는 무엇을 말하는가?), How(나에게 어떻게 적용할 것인가?), 생각 하나(나는 ~라고 생각한다/주장·평가), 이유 셋(왜냐하면/내 생각에 대한 이유 3가지), 결론(그래서 나는 ~라고 생각한다/2% 평가) 그리고 내 마음속에 남는 한 문장을 A4 한 장에 요약하는 방법이다.

서평 쓰기를 어려워하는 사람들에게 도움을 줄 수 있지만 서평을 이렇게 쓰는 것은 좋은 방법으로 보기는 어렵다. 처음 서평을 쓰는 사람들이 서평을 잘 쓰기 위한 학습 방법의 일환으로 활용하는 것이 바람직할 것이다.

5) 초고 쓰기

초고는 한자로 草稿라고 쓰기도 하고 礎稿로 쓰기도 한다. 앞의 것은 '초벌로 쓴 원고'라는 뜻이고, 뒤에 것은 '퇴고를 하

---

152) 김기태, 『서평의 이론과 실제』, 이채, 2017, 400쪽, 재인용.

는 바탕이 된 원고'를 말한다. 따라서 초고는 퇴고를 전제로 한 글이다. 그래서 처음부터 완벽하게 쓰겠다는 생각은 접어두고 꼭 써야 할 것을 빠트리지 않는다는 생각으로 써나가면 된다. 쓰면서 고치겠다고 생각하지 말고 다 쓰고 고친다는 생각을 갖는 것이 좋다.

6) 퇴고(문을 문하다 참조)

어떤 글을 쓰든지 간에 글쓰기에서는 퇴고가 8할이다. 퇴고가 글쓰기의 진정한 맛이다. 따라서 퇴고가 중요하기 때문에 작가들이 퇴고와 관련된 명언을 남기기도 했고, 퇴고에 많은 관심을 기울여 작품을 발표하고 책을 출판한다.

문文을 문聞하다

산중에 폐호閉戶하고 한가히 앉아 있어

만권서萬卷書로 생애生涯하니 즐거움이 그지없다.

행여나 날 볼 님 오셔든 날 없다고 살와라.

- 무명씨

　'문文을 문聞하다'는 문학 분야 책의 서평 쓰는 방법을 공부하는 장이다. '문文'은 글이란 뜻이고 '문聞'은 묻다, 물음, 질문, 알리다, 고하다의 의미를 갖는 글자다. 그중 글이란 의미와 '묻다'의 의미를 연결하여 글을 묻는다는 의미를 담는다. 서평은 책이 무엇을 담고 있느냐 하는 것을 따지게 되는데 그것은 글을 묻는 것의 다름아니다. 그런 의미로 이 장章의 제목을 '문을 문하다'로 정한 것이다. 문학 분야 서평의 방법을 익히는 것이 목표다.

1. 문학 도서의 서평

성인 문학 분야의 서평을 쓸 때 관심을 많이 두어야 할 것은 줄거리를 파악하는 것이다. 우리는 초등학교 다닐 때부터 국어의 어느 단원에 들어가면 제일 먼저 전체 줄거리 쓰는 공부를 했다. 그렇지만 성인이 되어서도 줄거리를 쓰는 것이 만만하게 여겨지지 않는다. 줄거리가 중요한 이유는 책을 읽고자 하는 사람들이 가장 궁금해하는 것이기 때문이다.

줄거리의 양을 어느 정도 하는 것이 좋을까 하는 것은 서평 전체 길이에 영향을 미치기 때문에 미리 고려해야 하는데, 이야기가 어떻게 돌아가는지 파악할 수 있는 정도면 된다. 어느 정도가 알맞은가에 대해서는 잘라 말하기 어렵다. 대체로 서평 전체의 25%~30%가 정도가 적당하지 않을까 생각한다. 이때 줄거리는 객관적으로 정리되어야 한다.

줄거리를 썼으면 어떤 특징이 있는가를 알려주면 좋다. 이때 가능하면 이 책을 읽고 싶다는 생각을 갖게 해주면 더 좋은 서평이 될 수 있다. 한 권의 책이 갖는 특징은 여러 면에서 검토해 볼 수 있는데, 그 특징이 책의 내용이 되는 것이 대부분이다. 그렇지만 책 내용이 아닌 것도 특징이 될 수 있는데, 책의 판형이나 장정 등에서도 찾을 수 있기 때문이다.

문학 서평에서는 작가의 문체에 관심을 기울일 필요가 있다. 그 문체를 독자가 직접 느껴볼 수 있도록 발췌를 통해서 서평에 드러내면 좋다. 명대사나 명장면을 소개해주는 것이다. 문학 작품은 명대사나 명장면이 그 작품을 대표하는 경우가 없지 않다. 예를 들면 셰익스피어의 '햄릿'은 "사느냐 죽느냐, 그것이 문제로다."라는 대사가 더 많이 알려져 있다.

다음으로 서평을 쓰는 사람의 관점이 분명히 드러나야 한다. 서평 쓰는 사람의 개성이 드러나고 가치관이 드러나는 부분이다. 왜 이 작품을 추천하는지, 구체적으로 밝히는 것이 좋다. 그 구체성이 책에 대한 이해와 서평자의 감각을 드러내는 것이기도 하지만 구체적이지 않으면 독자가 흥미를 가지기 어렵다.

문학 도서 서평의 각 부분별 예를 들어본다.

1) 작가 소개 문장 예

"저자인 서성란은 1967년 익산 출생으로 국어국문학을 전공하고 1996년 중편소설 『할머니의 평화』로 실천문학 신인상을 받고 등단했다. 이 책의 마지막에 있는 작가의 말에 '「파프리카」의 츄엔, 그녀는 쓰엉이 되어 내게로 왔다.'고 쓰고 있듯이 이 소설을 쓰기 전에도 베트남 여성에 대해 관심을 가졌다."[153]

- 서성란, 『쓰엉』, 산지니, 2016.

"김영갑은 제주도를 사랑해 제주도에서 사진과 자연을 벗삼

---

[153] 배태만, 「우리도 어디선가는 이방인이다」, 서평모음집 『문을 문하다』, 학이사, 2018, 70쪽.

아 살다간 이 시대(?)의 천재 사진작가이다. 1957년 충남 부여에서 태어나 서울에 주소지를 두고 1982년부터 제주를 오르내리며 사진작업을 하다가 1985년 아예 제주에 눌러 앉았다. 오로지 사진에만 몰두하며 섬사람으로 살면서 제주의 자연을 담아내기에 온 열정을 바쳤다.

1999년 루게릭병이라는 불치병 판정을 받고 일주일 동안 식음을 전폐하고 자리보전하다가 털고 일어나 사진에 미쳐들기 시작했다. 생의 마지막에 자신의 사진을 남기기 위한 방법을 찾다가 남제주군 삼달리의 폐교를 구입하여 갤러리를 만드는 일에 열중했다."[154]

 - 김영갑, 『그 섬에 내가 있었네』, 휴먼 앤 북스, 2013.

2) 줄거리 쓰기의 예

"37세가 된 주인공 와타나베는 독일 함부르크공항을 착륙하는 비행기 안에서 흘러나오는 음악 비틀즈의 '노르웨이의 숲'을 들으며 문득 18년 전의 나오코를 기억해 낸다. 당시 나오코는 고등학생이었고 기즈키라는 친구의 여자 친구였다. 와타나베는 이들과 자주 만나 시간을 보냈다. 그러던 어느 날 기즈키가 자살을 하고, 이 일로 나오코와 와타나베는 경찰서로 불려다니며 조사를 받는 등 감흥 없는 고교 시절을 마감한다.

---

154) 이웅현, 「나는 이어도를 보았다」, 서평모음집 『평으로 평하다』, 학이사, 2019, 75쪽.

도쿄 인근 사립대학에 입학한 와타나베는 기즈키의 여자 친구 나오코와 사랑에 빠진다. 그러나 나오코는 자살한 기즈키에 대한 기억 때문에 심리 상태가 많이 나빠져 교토 북쪽 외곽에 있는 요양원에 들어가게 된다. 와타나베는 요양원에서 나오코와 함께 지낸 레이코를 만나게 되고, 나오코가 안정이 되어가는 것을 보고 돌아온다. 그리고는 나오코에게 자주 편지를 쓰며 일상의 삶을 살아간다.

그후 나오코의 상태는 와타나베의 편지에 답장을 할 수 없을 정도로 나빠진다. 그래서 다른 병원으로 옮겨졌고, 나오코는 결국 죽음을 택했다. 와타나베는 그 충격으로 여행을 감행한다. 노숙에 끼니를 거르기도 하고 막노동으로 돈을 벌기도 한다. 그냥 발걸음과 세월에 그를 맡겨버린다. 그리고 그에게 남겨진 슬픔을 울음으로, 노동으로, 자기학대로 날려 버리려고 한다. '죽음은 삶의 반대편 끝에 있는 것이 아니라 우리 삶 속에 내재해 있는 것이다.' 라며 도쿄로 돌아와 자취방에 칩거한다. 그때 나오코와 요양원에서 함께 지낸 레이코가 찾아와 슬픔과 삶의 무게를 교감하고 위로한다. 레이코는 나오코의 몫까지 행복하라는 말을 남기고 떠난다." 155)

- 무라카미 하루키, 유유정 옮김, 『상실의 시대』, 문학사상,

1989.

---

155) 남지민, 「순실의 시대, 절망 속에 뽑아든 쿠키 통 속 쿠키」, 서평모음집 『토론을 토론하다』, 학이사, 2017, 37~38쪽.

"희곡의 배경은 뉴올리언스의 빈민가. 가난한 사람들이 살기는 하지만 안온함과 서정성이 느껴지는 곳이다. 미군 특무 상사 출신의 외판원 스탠리와 남부 귀족 집안 출신의 스텔라가 살고 있다. 어느 5월 연락도 없이 찾아온 스텔라의 언니 블랑시에 의해서 두 남녀가 살던 작은 집의 평온이 깨어진다. 사사건건 과거 자신 집안의 영광을 들먹이며 동생이 사는 방식과 제부의 행동거지를 비판하는 블랑시는 환영받지 못하는 귀찮은 친척일 뿐이다.

중반부터 귀부인인 척하던 블랑시의 정체가 밝혀진다. 동성애자 남편의 자살 이후 낯선 사람들과 잠자리를 같이하고 고등학생까지 유혹해 직장인 학교와 고향에서 추방되었다. 스탠리의 폭로로 미치와 헤어지게 되고 극도의 혼란 상태에서 스탠리에게 겁탈당한다. 결국 현실과의 연결고리를 놓아버린 블랑시는 정신병원으로 끌려가고 아이를 낳은 스텔라는 언니가 떠나는 것을 애통해하면서도 스탠리에게 남는 것으로 11장의 막이 내린다."

- 테네시 윌리엄스, 김소임 옮김, 『A Streetcar Named Desire』, 민음사, 2017(1판 27쇄).

3) 발췌문 해석 문장의 예

봄날, 해묵은 김치 통을 비운다
곳곳에 얼룩덜룩 피멍을 곁들여서

이력서 찬찬히 썼다, 이름 없는 낙관들.

- 정화섭,「먼 날의 무늬」부분.

"한낱 김치 통도, 얼룩덜룩 피멍의 날들 살아낸 상처의 흔적을 햇살과 바람에 힘입어 노을처럼 그려놓고 있음을 포착한 표제작이다. 만만치 않은 세상의 우여곡절을 겪는 가운데서도 한 줄기 청량한 바람이나 햇살 같은 내면의 환기로 아름다운 인생의 무늬를 그리고 싶은 시인의 속내가 보인다. 이는 미투 운동이 점점 확산되는 이즈음의 세태가 반영된 독법만은 아닐 것이다. 시인이 그리고 싶어 하는 삶의 무늬가 시집 전체를 관통하는 까닭이다."156)

비루하고, 치사하고, 던적스러웠다.

- 김훈,『공무도하』, 문학동네, 2009, 35쪽.

"작가는 인간 삶의 진면목을 담담하게 진술하며 낱낱이 까발린다. 작가의 글에서 진한 연대감과 공통분모를 느낀다. 육하원칙에 의해 메모해둔 취재 수첩을 모자이크처럼 잇고 배열한다. 인간의 왜소한 존재감과 삶의 물질성에 대해 있는 그대로

---

156) 김남이,「내면의 환기창으로 밀려드는 햇살」, 서평모음집 『평으로 평하다』, 학이사, 2019, 40쪽.
157) 김정숙,「나와 내 이웃의 사실화」, 서평모음집 『문을 문하다』, 학이사, 2018, 59~60쪽.

의 날것을 보여준다."157)

"브람스를 좋아하세요?"

그녀가 이제껏 잊고 있던 모든 것, 의도적으로 피하고 있던 모든 질문을 환기시키는 것처럼 여겨졌다. 자기 자신 이외의 것, 자기 생활 너머의 것을 좋아할 여유를 그녀는 여전히 갖고 있기는 할까?

　　　- 프랑수아즈 사강, 김남주 옮김, 『브람스를 좋아하세요』,
　　　　　　　　　　　　　　　　　　민음사, 2010, 57쪽.

"시몽이 폴에게 데이트를 하기 위해 던진 이 한마디는 폴을 눈뜨게 했다.

이제까지 자신이 알고 있는 자신의 모습이 한낱 허상처럼 느껴졌다. 어쩌면 로제를 사랑하는 자신도 실제의 자신의 모습은 아닐 거라는…

폴은 실제로 자신이 브람스를 좋아하는지 알지 못한다. 하지만 자신이 모르는 자신을 찾아가는 길이라 생각하고 그 질문을 좇아 자신을 알아가고 싶었는지 모른다. 지금 이 순간 느슨해진 사랑 앞에서 습관처럼 이루어지는 사랑 앞에서…"158)

---

158) 권영희, 「누군가에게는」, 앞의 책, 2018, 15~16쪽.

4) 전체 느낌 및 평

"『남한산성』은 주전파, 주화파 관료들의 끝없는 언쟁이었고, 민초와 군병들의 춥고 배고픔 그리고 이를 가엾게 여기는 인조의 내적갈등을 보여준다. 모든 것은 힘없는 나라의 슬픔이고 고통이었다."[159]

- 김훈, 『남한산성』, 학고재, 2017.

"아버지의 참말과 거짓말을 구별할 수 없었던 다섯 살, 처음 맛본 매운 고추처럼 『홑』은 영혼의 오감을 자극한다. 그 여운이 길다. 열다섯 자 내외의 글자들로 버무린 시들이 싱싱하다. 바람과 비와 햇볕이 안으로 스며든 듯 얼얼하게 쏘아대는 따가운 속맛이 있다. 씹을수록 오지게 맵다. - 시시한 맛 다 잊게 한다."[160]

- 문무학 시집, 『홑』, 학이사, 2016.

5) 추천하는 문장의 예

"함께 읽기 좋은 책으로 『아리랑』(님 웨일즈, 김산, 송영인 옮김)을 권한다. 숨 가쁘게 돌아가는 20세기 초 동북아시아, 혼란한 시대를 꿋꿋하게 살다 간 혁명가 김산(본명: 장지락)의 이야기다.

---

159) 강종진, 「힘없는 나라의 슬픈 노래」, 서평모음집 『토론을 토론하다』, 학이사, 2017, 20쪽.
160) 강여울, 「맵다」, 서평모음집 『평으로 평하다』, 학이사, 2019, 15쪽.

자기 삶에 뜻을 세우고 나아가려는 독자는 김산을 만나 보시라." 161)

"둔탁한 현실이 버거워서 자신의 등속으로 숨어들어간 많은 이들에게 혼자가 아님을, 볼 수는 없지만 여러 빛으로 우리 모두 연결되어 있음을 속삭이고 있다.

'그대의 별은 지지 않아요!' 162)"

"누구나 한 번은 자신을 둘러싼 모든 것이 멀어지고 삶에서 어떤 의미도 찾지 못하는 순간을 맞이하게 된다. 마음은 갈피를 못 잡고, 지금 이곳에 없는 것만을 꿈꾸는 순간, 그래서 지금 당신이 지독히 슬프거나 외롭다면 당신의 삶이 '행복' 이란 말과는 한참 멀어져 있다면, 추운 겨울이 오기 전에 이 소설을 만나보기 바란다. 소리 없이 곁에 다가오는 느긋한 고양이 같은 행복과 지혜, 삶의 기적을 당신의 가슴에 듬뿍 선물할 것이다." 163)

161) 김준현, 「생명은 자라고 싶다」, 서평모음집 『문을 묻하다』, 학이사, 2018, 67쪽.
162) 하승미, 「달팽이의 별은 지지 않는다」, 위의 책, 143쪽.
163) 에두아르도 하우레가, 『고양이는 내게 행복하라고 말했다』, 다산책방, 광고, 조선일보 2016. 11. 15.

6) 제목 붙이기의 예

(1) 읽은 책의 소재에서 찾기

① 두 개의 자아, 규명이 불가능한…

로버트 루이스 스티븐슨, 마도경 옮김, 『지킬 박사와 하이드』, 더클래식, 2018.

② 마당보다 더 깊은 가난

김원일, 『마당 깊은 집』, 문학과 지성사, 2004, 1988.(9쇄)

(2) 읽은 책의 주제에서 찾기

① 다시 안개 속으로

김승옥, 『무진기행』, 민음사, 2018.(2판 38쇄)

② 예술과 사랑

서머싯 몸, 『달과 6펜스』, 송무 옮김, 민음사, 2016.(1판 65쇄)

③ 관계없음으로 더 강하게 관계되는

조지 오웰, 도정일 옮김, 『동물농장』, 민음사, 2016.(1판 98쇄)

(3) 발췌문에서 찾기

① "음악의 씨앗을 허리춤에서 분수처럼 쏟아 내놓"는 악기

파트리크 쥐스킨트, 유혜자 옮김, 『콘트라베이스』, 열린책들, 2015, 12쪽.

② "눈 내리는 밤에 문을 잠그고 금서를 읽는다"

이광주, 『아름다운 지상의 책 한권』, 한길아트, 2002, 256쪽.

(4) 책을 읽은 느낌에서 찾기
① 그냥 씨익 웃음이 나왔다
김만중, 송성욱 옮김, 『구운몽』, 민음사, 세계문학전집 72, 2016.(1판 53쇄)
② 조르바, 나는 무엇을 남겨야 하나요.
니코스 카잔차키스, 베스트트랜스 옮김, 『그리스인 조르바』, 더클래식, 2018.
③ 먼 천둥
가와바타 야스나리, 유숙자 옮김, 『설국』, 민음사, 2018.(1판 65쇄)

(5) 책 제목과 연결시켜
① 눈길은 '눈물의 길'이었다
이청준, 『눈길』, 열림원, 2005.
② 나쁜 제목의 좋은 소설
제인 오스틴, 박현석 옮김, 『오만과 편견』, 동해출판, 2006.

(6) 작가명이나 장르에서 유추하기
① 異常함을 깨단하다
李箱, 『이상소설전집』, 민음사, 2016.

② 古小說은 참 '고소하다'

김광순 소장 필사본 고소설 100선, 김광순 역주, 『춘향전』, ㈜박이정, 2017.

2. 문학 도서 서평 쓰기의 실제

1) 대상도서

허먼 멜빌, 『모비 딕』, 작가정신, 2019.(초판 20쇄, 320쪽)

2) 책의 기본적인 정보 찾기

책을 읽기 전에 그 책에 대한 정보를 얻어 정리하는 것이다. 읽는 책과 관련된 정보를 가능한 한 넓게 살펴서 서평에 반영할 것이 있는가를 검토해 보면 좋다. 작품 해설, 인터넷에 오른 출판사 서평, 독자 서평, 기타 학술 논문 등이 있다. 책 제목과 관련해서도 깊이 생각해 볼 필요가 있다. 책의 제목은 내용이기도 하고 주제이기도 하면서 또 엉뚱한 멋을 부리기도 하기 때문에 많은 정보가 숨어있을 수 있다.

(1) 옮긴이의 해설에서

① "허먼 멜빌의 『모비 딕』은 19세기 미국 문학의 최고 걸작으로 꼽힐 뿐만 아니라 『리어왕』(셰익스피어), 『폭풍의 언덕』

(에밀리 브론테)과 함께 영어로 쓰인 3대 비극으로 일컬어진다." (709쪽)

② "밤의 어둠을 밝힐 불빛의 원료를 얻기 위해 끝없이 팽창해 가는 고래사냥이라는 '종족 말살', 방자하게 남획하여 결국에는 포획할 대상이 없어진다는 우스꽝스러운 공포, 그것이 미국식 공격형 자본주의를 암시한다고 말할 수 있다." (713쪽)

③ "『모비 딕』은 1851년, 멜빌이 31세 때 여섯 번째 작품으로 출간된다." (715쪽)

④ "죽은 뒤에 멜빌은 문학사에서 겨우 한 줄 언급될까 말까 한 존재가 되고 말았다. 그러다가 그의 탄생 백 주년이 지난 1920년대에 칼 반 도렌, 레이먼드 위버 같은 문학자들이 그의 생애와 작품을 연구하고 재평가하면서 극적인 부활을 하게 되었다. 그리하여 지금은 미국이 낳은 가장 위대한 작가의 한 사람으로서 세계 문학의 성좌에 찬연히 빛나는 자리를 차지하고 있다." (717쪽)

⑤ "40세 이후의 멜빌은 펜을 꺾고 세관에 취직하여 검사원으로 일하게 된다. 일당을 받는 날품팔이다. - 66세까지 계속되었고, 그로부터 6년 뒤인 1891년 9월 28일 72세의 나이로 세상을 떠났다. 그의 장례식에 참석한 사람은 아내와 두 딸뿐이었다." (717쪽)

(2) 인터넷 출판사 서평 등에서

⑥ "그동안 국내에 소개된 축약판으로는 느낄 수 없었던"

⑦ "24만 단어로 이루어진/ 문학작품 160여 종을 훌륭하게 원용/ 도서관을 누비고 대양을 편력한 결과의 소산"

⑧ "우주와 자연, 인간의 숙명을 노래한 서사시 : 고래에 대한 어원 탐구에서 시작되는 이 소설은 이어서 문헌에서 발췌한 고래에 대한 글들을 소개하고, 본격적인 줄거리가 전개되는 중에도 고래 종류와 생태, 서식 환경, 포경의 역사와 기술, 포경 방법과 장비 등의 자세한 정보를 제공한다. 고래와 포경업에 관해 인류가 탐색하고 축적해 온 지식들과 우주와 인간에 대한 철학적 명상들이 가득 담겨있다." - 북 소믈리에 한마디

⑨ "집착과 광기에 사로잡힌 한 인간의 투쟁과 파멸을 그린 전율적인 모험소설이자 최고의 해양문학, 미스터리와 공포가 충만한 미국식 고딕소설이자 상징주의문학 또는 자연주의 문학. 이처럼 다양한 각도로 해석되고 평가된다.

⑩ "적대적인 세계에서의 삶의 투쟁과 운명에 저항하는 이야기이며, 신에게 도전하고 개인을 절대화하는 거대한 망상이 몰고 오는 치명적인 결과에 대한 묘사이다."

3) 발췌

(1) 피쿼드 호의 항해 경로/ 어원/ 발췌록

(2) "목표를 향해 나를 내몬 멋진 공상 속에서 둘씩 짝을 지어 내 영혼의 깊은 곳으로 헤엄쳐 들어오는 고래의 끝없는 행렬이 보였다. 그리고 그 행렬 한복판에, 하늘로 우뚝 솟은 눈 덮인 산처럼 두건을 쓴 거대한 유령이 하나 떠다니고 있었다." (37쪽)

(3) "매트리스 속에 옥수수 속대를 채워 넣었는지 깨진 도 자기를 넣었는지 모르지만, 나는 이리저리 몸을 뒤척이며 오 랫동안 잠을 이루지 못했다." (53쪽)

(4) "모든 고통의 우현 쪽에는 확실한 기쁨이 있습니다. 그 리고 고통의 바닥이 깊은 것보다도 그 기쁨의 꼭대기가 더 높 습니다." (86쪽)

(5) "숭배란 무엇인가? 신의 뜻을 행하는 것- 그것이 숭배 다. 그러면 신의 뜻은 무엇인가? 이웃이 나에게 해주기를 바라 는 것을 이웃에게 해주는 것-그것이 신의 뜻이다." (91쪽)

(6) "우리는 모두 머리가 끔찍하게 손상되어 있어서 수리 할 필요가 있기 때문입니다." (124쪽)

(7) "영혼이란 수레의 다섯 번째 바퀴와 같은 것이니까." (136쪽)

(8) "두려움을 모르는 사람은 겁쟁이보다 훨씬 더 위험한 동료라는 뜻이다." (160쪽)

(9) "물론 완전한 것을 약속하지 않는다. 인간사에서 완전해야 하는 일은 바로 그 이유 때문에 반드시 불완전해질 수밖에 없기 때문이다."(182쪽)

(10) "그는 자기보다 위에 있는 자들에게는 민주주의자지만, 자기보다 밑에 있는 자들에게는 얼마나 위세를 부리며 떵떵거리는가, 오오! 나는 내 초라한 처지를 분명히 본다."(223쪽)

(11) "에이해브도 목적을 이루기 위해서는 도구가 필요하다. 이 세상에서 사용되는 모든 도구들 가운데 인간만큼 다루기 어려운 것은 없을 것이다."(273쪽)

(12) "그래도 새는 소리를 낼 수 있어서 구슬픈 외침으로 공포를 호소할 수 있지만, 이 거대한 벙어리 생물은 그 공포를 자신의 몸 안에 가둔 채 쏟아낼 길이 없었다."(434쪽)

(13) "인간이 동료를 사랑하기는 하지만 인간은 돈을 버는 동물이기 때문에 그 성향이 자비심을 방해하는 경우가 너무 많다는 것이었다."(500쪽)

(14) "내면에 슬픔보다 기쁨을 더 많이 가진 인간은 진실할 수 없다. 진실하지 않거나 아직 인간이 다 되지 않았거나 둘 중 하나다. 책도 마찬가지다. 모든 책 중에서 가장 진실한 책은 솔로몬의 책(이스라엘 왕 솔로몬이 지은 「전도서」, 「잠언」, 「아가」를 말한다)이며, 그중에서도 특히 「전도서」는 정교하게 단련된 비애의 강철이다. '모든 것이 헛되다.' 이 완고한 세계는 그리스도가 출현하기 이전인 솔로몬의 지혜조차 아직 파악하지 못했다."(512쪽)

(15) "고래가 주제일 때는 사정이 달라진다. 나는 그 무게에 짓눌려 비틀거릴지라도 사전에서 가장 무게 있는 낱말들만 골라 쓰면서 이 거창한 사업을 기꺼이 해낼 작정이다. (중략) 콘도르의 깃털로 만든 펜을 달라! 베수비오의 분화구 같은 잉크병을 달라! (중략) 웅대한 책을 낳으려면 웅대한 주제를 선택해야 한다."(546쪽)

(16) "불행과 행복 사이에는 불평등이 존재하는 것 같다. 지상 최고의 행복도 그 속에 무의미한 찌꺼기를 감추고 있지만, 반대로 모든 슬픔의 밑바닥에는 신비로운 의미가 숨어있고, 어떤 사람에게는 대천사 같은 장려함이 깃들어 있는 경우도 있다."(554쪽)

(17) "위엄과 위험은 손을 맞잡고 간다."(569쪽)

(18) "흰 고래를 잡겠다는 너희들의 맹세는 내 맹세만큼 구속력을 갖는다. 그리고 이 늙은 에이해브는 심장도 영혼도 육체도 허파도 생명도 모두 그 맹세에 묶여있다."(604쪽)

(19) "인간을 가장 화나게 하고 약 올리는 것은 모두 몸뚱이가 없다."(670쪽)

(20) "작살이 던져졌다. 작살에 찔린 고래는 앞으로 달아났고, 밧줄은 불이 붙을 것처럼 빠른 속도로 홈에서 미끄러져 나가다가 엉클어졌다. 에이해브는 허리를 구부려 그것을 풀려고 했다. 그래서 엉킨 밧줄을 풀기는 했지만 밧줄의 고리가 허공을 날아와 그의 목을 감았다. 때문에, 그는 터키의 벙어리들

이 희생자를 교살할 때처럼 소리 없이 보트 밖으로 날아갔다. 선원들은 그가 없어진 것을 알아차리지도 못했다."(682쪽)

＊ 발췌문이 이보다 더 많았지만 20개만 뽑았다.

4) 메모 정리하기

이 작품의 경우 낱말 자체에 대한 의문이 많이 들었지만, 그 것은 411개의 〈옮긴이의 주〉로 해결할 수 있었다. 그러나 아래 의 것들에 관심과 의문이 있었다.

(1) "사람은 영혼을 감출 수 없다. 괴상하고 무시무시한 문 신에도 불구하고 그 속에서 순박하고 정직한 마음의 그림자가 보이는 것 같았고, 크고 깊은 눈, 불타는 듯한 검고 대담한 눈 속에는 수많은 악귀와도 맞설 수 있는 기백이 드러나 있는 것 같았다."(87쪽)

(2) "야망을 품은 젊은이들이여, 명심하라, 인간의 위대함 이란 질병에 지나지 않다는 것을, 하지만 지금 우리가 다루어 야 할 사람은 그런 사람이 아니라 전혀 다른 사람이다."(115쪽)

(3) "식민지의 진정한 어머니"(156쪽)

(4) "과성추"(414쪽)

(5) "하이델베르크의 술통"(417쪽)

5) 전체적 느낌

주제뿐 아니라 소재도 웅대할뿐더러, 주인공의 집념도 웅대하고, 화자의 결심도 의지도 웅대하다. 웅대한 바다, 웅대한 고래, 웅대한 집념, 웅대한 열의가 웅대한 파도가 되어 읽는 이의 가슴을 치고 있다. 이 소설에서 웅대하지 않은 것은 오로지 책을 읽는 나뿐이다. 그래서 책을 읽는 동안 내가 왜소해서 그 웅대함에 더욱 놀란다.

6) 줄거리

항해 경로로 시작해서 어원과 발췌록, 그리고 제1장에서부터 135장에 에필로그가 덧붙고 옮긴이의 주가 411개가 붙은 718쪽짜리 책, 『모비 딕』은 거대하다. 거대하지 않은 것이 없다. 있다면 『모비 딕』을 읽는 나만 작고 초라하다. 이 소설은 거대한 모비딕을 잡으려는 집념에 사로잡혀 바다를 헤매는 에이해브 선장의 추적기다.

화자는 에이해브 선장이 이끄는 포경선 '피쿼드' 호에 승선하여 '모비 딕'을 쫓는 항해를 처음부터 끝까지 지켜보는, 그리고 유일하게 살아남은 이슈메일이다. 그가 포경선에 올라 항해의 목적을 알게 되기까지 그리고 대서양에서 희망봉을 돌아 태평양까지 이어지는 항해, 마지막으로 모비 딕과의 결투와 '피쿼드' 호의 침몰을 그린 세 부분으로 그려진다.

모비 딕에게 한쪽 다리를 빼앗긴 뒤 심장도 영혼도 육체도 허파도 생명도 모두 복수의 맹세에 묶여있다. 그런 그와 함께 배를 탄 서른 명의 선원들이 고래와 선장과 바다와 싸우는 처절한 결투를 그리고 있다. 에이해브 선장의 이런 복수심을 완화시키려는 스타벅의 노력은 수포로 돌아가고 이슈메일을 제외한 선원들은 아무도 떠났던 항구로 돌아오지 못했다.

7) 개요 작성
- 거대한 소설과 작자
- 줄거리
- 발췌문과 해석
- 전체 느낌
- 추천의 말과 이유

8) 초고를 쓰고, 퇴고를 하여 탈고한 서평

웅대한 집착의 허무한 파멸

허먼 멜빌, 김석희 옮김, 『모비 딕』, 작가정신, 2019.

"웅대한 책을 낳으려면 웅대한 주제를 선택해야 한다."고 선언한 화자는 그야말로 웅대한 소설을 썼다. 주제뿐 아니라 소재도 웅대할뿐더러, 주인공의 집념도 웅대하고, 화자의 결심도 의지도 웅대하다. 웅대한 바다, 웅대한 고래, 웅대한 집념, 웅대한 열의가 웅대한 파도가 되어 읽는 이의 가슴을 치고 있다. 이 소설에서 웅대하지 않은 것은 오로지 책을 읽는 나뿐이다. 그래서 책을 읽는 동안 내가 왜소해서 그 웅대함에 더욱 놀란다.

『모비 딕』은 멜빌이 31세 때(1851)에 쓴 여섯 번째 작품집이다. 40세 이후의 멜빌은 펜을 꺾고 일당을 받는 날품팔이로 세관에서 다년간 일하다가 72세에 세상을 떠났다. 사후는 문학사에서 겨우 한 줄 언급될까 말까 한 존재였다. 그러나 탄생 백주년이 지난 1920년대에 문학자들이 재평가하면서 부활했다. 지금은 미국이 낳은 가장 위대한 작가의 한 사람으로서 세계 문학의 성좌에 찬연히 빛나는 자리를 차지하고 있다. 작가의 부활까지 웅대하다.

항해 경로로 페이지를 열면서 어원과 발췌록, 여기까지는 소설인가 싶다. 그리고 제1장에서부터 135장에 에필로그가 덧붙고 옮긴이의 주가 411개가 붙는 718쪽짜리 책, 소설 속의 사건뿐 아니라 고래학과 포경선, 그리고 고래의 백과사전적 기록은 웅대의 맛을 더한다. 그래서 소설이라고만 말해도 괜찮을까 싶기도 하다.

『모비 딕』은 '모비 딕'에게 한쪽 다리를 빼앗긴 뒤 심장도 영혼도 육체도 허파도 생명도 모두 복수의 맹세에 묶여있는 에이해브 선장의 '모비 딕' 추적기다. 그와 함께 배를 탄 서른 명의 선원들이 고래와 선장과 바다와 싸우는 처절한 결투를 그리고 있다. 에이해브 선장의 이런 복수심을 완화하려는 스타벅의 노력은 "지상에 군림하는 신은 하나뿐이고, '피쿼드' 호에 군림하는 선장도 하나뿐이야."를 외치는 선장을 말리지 못하고 선원들은 결국 사지로 내몰린다. 선장의 무서운 독선은 이슈메일을 제외한 전 선원이 항구로 돌아오지 못하게 했다.

그 웅대한 꿈이 깨어지는 순간의 허무는 이 소설의 웅대한 충격이다. "작살이 던져졌다. 작살에 찔린 고래는 앞으로 달아났고, 밧줄은 불이 붙을 것처럼 빠른 속도로 홈에서 미끄러져 나가다가 엉클어졌다. 에이해브는 허리를 구부려 그것을 풀려고 했다. 그래서 엉킨 밧줄을 풀기는 했지만 밧줄의 고리가 허공을 날아와 그의 목을 감았다. 때문에, 그는 터키의 벙어리들이 희생자를 교살할 때처럼 소리 없이 보트 밖으로 날아갔다. 선원들은 그가 없어진 것을 알아차리지도 못했다."(682쪽)

웅대한 복수심으로 타오르던 그의 집착은 이렇게 맥없이 끝이 난다. 운명이 꼬이듯 그의 목숨은 밧줄에 꼬이고 말았다. 숨죽이며 읽어가다가 '아!' 하고 말았다. 결국 그렇게 꼬이고 마는구나 싶다. 그의 죽음은 더 이상 설명되지 않는다. 함께 탄 선원들이 그가 없어진 것도 모르게 한쪽 다리를 빼앗겼던 모비딕의 몸부림에 모든 것을 다 갖다 바쳤다. 턱없는 집념이 부른 비극에 그것을 운명이라고 말해 버리기에는 그 비극이 너무나 웅대하다.

우리는 누구나 매일매일 어디를 향해 가고 있다. 가는 곳은 사람마다 다를지라도 마지막 닿는 곳은 누구나 같을 것이다. 운명에 저항하느냐, 순응하느냐의 차이가 삶의 내용이 되고 저항도 순응도 결국은 죽음이라는 적막에 쌓인다. 그러나 개인이 아닌 공동체적 삶의 책임 있는 사람들은 순리를 존중해야 한다. 요행을 바라서는 안 된다. 개인의 삶에서 저항은 취향으로 치부할 수도 있지만, 공동체적 삶에서 무조건적 저항은 재앙이 될 수밖에 없다. 스스로 다른 사람의 삶에 크게 영향을 미친다고 생각하는 사람들은 이 책을 읽어야 한다. 일어날 가능성이 높은 웅대한 실수를 막기 위하여….

용庸을 용用하다

잇브면[164] 잠을 들고 깨었으면 글을 보세

글 보면 의리義理 있고 잠 들면 시름 잊네

백년을 이렇듯 하면 영욕榮辱이 총부운摠浮雲인가 하노라.

- 이덕함(李德涵) 숙종조 가객

비문학 분야 서평 쓰기를 '용庸을 용用하다'라는 제목을 붙인다. 두 글자 모두 (庸, 用) '쓸 용'이란 의미를 갖는다. '용庸'은 쓰다, '공功', '써', '-로써'의 의미가 있고, 용用은 '쓸 용'으로 쓰다, 베풀다, 부리다 등의 뜻을 가진다. 비문학 도서의 뿌리는 인간의 발이 닿는 땅에 있다. 그 땅에서 싹 터서, 자라고 꽃 피우고 열매를 맺는다. 그 열매의 당도를 재어보고, 맛의

---

164) '고단하다'의 옛말

유무를 가려, 나 아닌 다른 사람에게 권할 수 있는가를 따져보는 작업이 비문학 분야 서평쓰기다.

1. 비문학 도서의 서평

책을 문학과 비문학으로 분류할 경우 비문학의 범위는 아주 넓다. 문학이 아닌 책의 전부가 비문학으로 분류되기 때문이다. 비문학의 경우 가장 철저하게 살펴야 할 것은 그 책의 '목차' 다. 이를 '차례' 라고도 하고 'Contents' 라고도 한다. 어떤 내용이 어떤 순서로 담겨 있다는 것을 알려주는 것이다. 따라서 비문학은 목차 없는 책이 있을 수 없고, 목차가 책의 핵심이다. 목차를 연결하면 그것이 바로 요약문이 되는 것이다.

목차는 책의 뼈대가 되는 것이다. 그 뼈대에 붙은 살이 내용이다. 이른바 음식의 레시피Recipe, 도로에서의 내비게이션 Navigation이다. 따라서 이 목차를 살피는 것이 내용을 이해하는 지름길이 된다. 글을 쓸 때 주제를 설정하고 자료를 준비하여 올바른 개요를 작성하기 위해서 많은 애를 쓰게 되는데, 그것이 한 권의 책이라면 저자가 그 목차 짜기에 얼마나 많은 공을 들일 것인가. 목차 짜기에 글의 성공 여부가 달렸다고 해도 지나치지 않다.

그렇게 짜인 목차에는 그 책의 키워드가 들어있기 마련이다.

그 책에서 중심 말이 무엇인가를 안다면 그 책을 이해하거나, 읽고 나서 서평을 쓸 때도 크게 도움을 받을 수 있다. 비문학에서 키워드는 처음부터 끝까지 밑바탕에 깔리기 마련이다. 그래서 비문학 도서를 읽을 때 목차를 복사하여 책갈피로 쓰는 경우도 있다. 목차를 복사하여 책갈피로 쓰면 책을 읽어나가다가 이해가 어려울 때 책갈피를 펴보면 그 방향을 짐작할 수 있기 때문이다.

문학도서의 서평에서 줄거리가 중요하듯이 비문학 도서에서는 집필 의도를 분명히 파악하는 것이 중요하다. 이 책을 왜 썼는가 하는 것이다. 비문학 도서의 경우는 같은 분야의 책이 비교적 많은 편이다. 따라서 많은 견해차가 있을 수 있고, 접근 방법이 다를 수도 있다. 그런 책들이 서로 어떻게 다른가를 밝혀주는 것도 서평의 중요한 영역이다. 책 속의 사례를 스토리텔링화하는 것도 좋은 서평을 쓰는, 고급스런 방법 중의 하나가 될 수 있다.

2. 비문학 도서 서평 쓰기의 실제

1) 대상도서

설흔, 박현찬, 『연암에게 글쓰기를 배우다』, 예담, 2007.

2) 책의 기본 정보 찾아보기

(1) 저자 후기, 작품 해설 등에서

① 연암 박지원의 글쓰기 방법론을 소설 형식으로 서술한 이 책의 서사는 역사적 사실과 꼭 일치하지는 않는다.

② 사실과 허구의 결합이라는 측면에서는 요즘 유행하는 팩션Faction이라 할 수 있다.

③ 연암의 문장론을 다루는 본격 소설이면서 동시에 실용적인 글쓰기 방법을 배울 수 있다는 측면에서는 '인문실용소설'이라 부를 수 있겠다.

④ 여러 의미에서 이 책은 연암에 대한 오마주Hommage인 셈이다.

(2) 인터넷 출판사 서평, 책 제목 등과 관련해서

⑤ 이 책에서는 연암의 글을 둘러싼 표절 시비를 추적하는 과정을 통해 연암의 글쓰기 비밀을 파헤친다.

⑥ 글쓰기 방법뿐만 아니라 연암의 정신과 삶의 자세도 함께 배울 수 있다.

⑦ 이 책은 연암의 인문정신과 깊이를 제대로 담았으며 동시에 추리와 메타 소설적인 스토리텔링을 정교하게 결합했다.

⑧ 책 제목을 보면 글쓰기가 주된 목적인 것 같다.

3) 발췌문

"과거에는 정치가 세상을 바꾸었지만 이제는 문장이 세상을 바꿀 것이다. 이인로李仁老가 이런 말을 했다. '이 세상 모든 물건 가운데 귀천과 빈부를 기준으로 높낮이를 정하지 않은 것은 오직 문장뿐이다.' 문장의 미래를 정확히 예견한 말이지."(46쪽)

"자네는 앞으로 공부법부터 바꾸어야 하네, 많이 읽고 외우는 것이 능사가 아니야. 하나를 알더라도 제대로 음미하고 자세히 생각하는 것이 중요하네. 알아듣겠는가?"(67쪽)

"이유당怡愉堂 이덕수李德洙 선생은 이렇게 말했다. 독서는 푹 젖는 것을 귀하게 여긴다. 푹 젖어야 책과 내가 서로 어울려 하나가 된다. 이것이 내가 너에게 주는 첫 번째 가르침이다."(70쪽)

"연암은 그들이 좋았다. 지위나 가문이 아니라 책과 술을 식량 삼아 마시며 살아가는 그들이 싫지가 않았다. 과거 따위에 목숨을 거는 무리보다는 한량처럼 살아가는 그들이 훨씬 더 편하고 좋았다."(83쪽)

"『맹자孟子』에 '성姓은 다 같이 쓰는 것이지만 이름은 독자적인 것이다.' 라는 구절이 있네. 바로 자네 같은 사람에게 딱 맞는 구절이지. 문자는 다 같이 쓰는 것이지만 문장에는 쓰는 사람의 개성이 드러나는 법이야. 그런데 자네가 쓴 글을 보게나, 제왕의 도읍지는 다 장안이고, 역대 삼공은 다 승상일세, 그렇듯 대충대충 넘어가는 것을 두고 어찌 좋은 글이라 하겠는가. 그것은 나무를 지고 다니면서 소금을 파는 격일세." (95~96쪽)

"천지 만물이 모두 책이다." (104쪽)

"너는 글보다는 승부에 관심이 있었던 게야. '다섯 자 글귀를 완성하기 위해서는 일생의 정력을 기울여야 한다.' 는 시구가 있다. 글쓰기는 그렇듯 전심전력을 해야 하는 법, 그런데 너는 승부에만 관심을 갖고 자만했다. 그러니 네 글이 어찌 읽는 이의 마음을 흔들 수 있었겠느냐." (106~107쪽)

"문자로 된 것만이 책은 아니라는 사실을 알아야 한다. 책에 세상 사는 지혜가 담겨 있으니 정밀하게 읽을 필요가 있기는 하지만, 그렇다고 늘 책만 본다면 물고기가 물을 인식하지 못하듯 그 지혜를 제대로 보지 못한다." (111쪽)

"붓 끝을 도끼 삼아 거짓된 것들을 찍어버릴 각오로 글을 쓰게나, 알겠나?" (155쪽)

"자기만 알고 남들은 모르는 것이 이명이고, 자기만 모르고 남들은 다 아는 것이 코골이다."(159쪽)

"여러 측면들을 늘어놓았으면 이제 그것들 사이를 꿰뚫는 새 관점을 만들어야 한다. 통합적인 관점을 만들라는 것이 산술적으로 종합적인 결론을 내리라는 뜻은 아니다. 대립되는 시각과 관점을 아우르면서도 둘 사이를 꿰뚫는 새로운 제3의 시각을 제시하는 것, 그것이 바로 통합의 논리다. 아버지는 그것을 사이라는 교묘한 말로 설명한 것이다."(188쪽)

"세속의 명예나 이익이 아닌 순정한 마음으로 쓰는 글, 거짓된 소리가 아닌 진심으로 쓰는 글만이 세상과 맞설 수 있는 힘을 지니고 있음을 가르쳐주려 했던 것이다."(279쪽)

4) 메모 정리

"그들이 문장의 대가임에는 틀림없었지만 도량의 대가는 아닌 듯싶었다."(93쪽)

연암의 도량은?

"연암이 늘 내게 당부한 것이 하나 있었네, 옛글의 격식에 얽매이지 않는 것은 좋으나 너무 새것만 추구한 나머지 가끔 황당한 길로 가는 경향이 있으니 조심하라고 말이야, '전典'이라 함은 현실에 대응하여 얼마든지 변화할 수 있지만 바른 기준이 있어야 한다는 뜻이지." (148쪽)

바른 기준은?

"독서란 책을 읽는 것이다. 그런데 증자의 제자인 공명선은 책을 읽는 대신 스승의 행동을 보고 배우는 길을 택했다. 결국 스승이란 책을 읽은 공명선은 넓은 의미의 독서를 한 셈이었다. 공명선이 택한 길이야말로 독서를 창조적으로 변통한 것이었다." (158쪽)

현대에서 창조적 독서는?

5) 전체적인 느낌

『연암에게 글쓰기를 배우다』는 연암 박지원의 글쓰기 방법론을 소설 형식으로 서술한 faction이다. 저자들은 이 책을 연암의 문장론을 다루는 본격 소설이면서 동시에 실용적인 글쓰기 방법을 배울 수 있는 '인문실용서적'으로 부른다. 사실과 허구가 결합되고, 인문과 실용이 결합되는 특색을 지니고 있다.

글을 쓰는 사람이라면 누구라도 조금은 부끄러울 내용이 많다. 글쓰기의 어려움을 새삼 생각하게 하고, 좋은 글을 쓰기 위해 참으로 많은 노력을 해야 한다는 것을 느끼게 한다. 특히 "세속의 명예나 이익이 아닌 순정한 마음으로 쓰는 글, 거짓된 소리가 아닌 진심으로 쓰는 글만이 세상과 맞설 수 있는 힘을 지니고 있음을 가르쳐주려 했던"(279쪽) 연암의 글쓰기 정신이 잘 드러나 있다.

6) 요약

이 책은 서장과 6장의 본문 그리고 종장, 후기, 참고문헌으로 구성되어 있다.

그 차례를 보면

서장

1장 제비가 날다
  1. 책이 인연을 만든다
  2. 아버지를 따라 연암을 찾아가다
  3. 연암에게 가르침을 청하다

2장 붉은 까마귀를 보다
  1. 푹 젖는 것이 귀하다
  2. 글쓰기를 겨루다

각 장마다 두세 개씩의 절이 있는데, 책을 읽은 사람이 접속
사로 연결하고 내용을 조금씩만 붙여서 그 절을 연결하면 요약

문이 될 수 있다.

지문이 아버지를 따라가서 연암에게 가르침을 청해서 독서와 글쓰기에 대해서 배우고, 박제가를 만나 법고창신의 이치를 배웠다. 사이의 묘를 깨닫고 스스로를 잊지 말라는 가르침을 받는다. 이후 글쓰기를 사마천의 병법에 비유한 것을 배웠다.

'사람 사이에는 무엇이 있나?' 는 의문문이 아니고 지문이 연암을 배반하는 허무를 드러낸다. 지문과 종채가 다시 만나고 지문은 글 쓰는 이로, 종채는 연암의 행적을 글로 쓰기를 마친다.

나비 잡는 마음이란, 어린아이들이 나비 잡는 모습을 보면 앞다리를 반쯤 꿇고, 뒷다리는 비스듬히 발꿈치를 들고서 두 손가락을 집게 모양으로 만들어 다가가는데, 잡을까 말까 망설이는 사이 나비는 그만 날아가 버린다. 사방을 둘러보아도 사람이 없기에 어이없이 웃다가 얼굴을 붉히기도 하고, 성을 내기도 한다. 이것이 바로 사마천이 『사기』를 저술할 때의 마음이다. 장안에 화제가 된 『문생전』은 지문이 허목련과 함께 쓴 글이다. 이 책의 저자도 설흔과 박병천이다.

7) 개요

   (1) 책의 성격
   (2) 저자

(3) 내용 요약(줄거리)

(4) 글쓰기 법칙

(5) 발췌문 해석

(6) 메모에 대한 생각(의문점)

(7) 전체적인 느낌

(8) 추천의 말

8) 초고와 퇴고를 거쳐 탈고한 서평

"문장이 세상이 바꿀 것이다."

설흔, 박현찬, 『연암에게 글쓰기를 배우다』, 예담, 2007.

『연암에게 글쓰기를 배우다』는 연암 박지원의 글쓰기 방법론을 소설 형식으로 서술한 faction이다. 저자들은 연암의 문장론을 다루는 본격 소설이면서 동시에 실용적인 글쓰기 방법을 배울 수 있는 '인문실용서적'으로 부를 수 있다고 한다. 사실과 허구가 결합되고, 인문과 실용이 결합되는 특색을 지니고 있다. 뿐만 아니라 저자도 심리학을 전공하고 소설을 쓰는 설흔, 문학과 언어학, 철학을 공부한 박현찬 두 사람이 집필한 흔치 않은 책이다.

연암(1737~1805)은 조선 후기의 문신, 실학자이면서 사상가,

외교관, 소설가이다. 『열하일기』 등의 저서를 남겼다. 탁월한 글쓰기 이론가로 자신의 이론을 직접 글쓰기에 실천한 최고의 문장가다. 연암의 글은 논리적, 비평적 글쓰기의 한 모범을 보여준다는 점에서 현재적 가치도 매우 높은 것으로 평가된다.

픽션과 인문으로서의 이 책은 연암의 글을 둘러싼 표절 시비를 끝나게 해서, 아버지의 명예를 지키려는 종채가 아버지의 행적을 책으로 묶으려고 애쓰는 과정과, 김지문이 연암의 문생으로 들어가 글쓰기를 배우는 과정을 통해 연암의 글쓰기 비밀을 파헤치는 것으로 전개된다. 그 과정에 양반사회의 갈등, 이른바 선비들의 꼿꼿한 자존심 싸움과 시대 상황들이 픽션으로 자리한다.

소설은 지문이, 죽은 형님을 그리워하는 연암의 시를 계속 읊으며 돌아가신 스승을 그리워하는 것으로, 종채가 아버지의 행적에 쓴 서문에서 "자못 들은 대로 기록하여 신중함이 결여된 듯도 하지만, 감히 함부로 덜거나 깎아내지 않은 것은 아버지의 풍채와 정신이 오히려 이런 곳에서 잘 드러난다고 생각했기 때문이다. 읽는 사람들은 아무쪼록 너그럽게 헤아려 주길 바란다. 병자년 초가을에 불효자 종채가 울며 삼가 쓴다."고 하는 것으로 끝난다.

팩트와 실용 부분은 연암의 글쓰기 법칙 여섯 가지를 정리하고 있다.

　(1) 정밀하게 독서하라. 독서는 푹 젖는 것을 귀하게 여긴다. 푹 젖어야 세상과 내가 서로 어울려 하나가 된다.

　(2) 관찰하고 통찰[165]하라. 통찰은 결코 저절로 오지 않는다. 반드시 넓게 보고 깊게 파헤치는 절차탁마[166]의 과정이 필요하다.

　(3) 원칙을 따르되 적절하게 변통하여 뜻을 전달하라. 옛것을 모범으로 삼고 변통할 줄 알아야 한다. 바로 '법고이지변法古而知變'의 이치다. 또한 변통하되 법도를 지켜야 한다. 이것이 바로 '창신이능전創新而能典'의 이치다.

　(4) '사이'의 통합적 관점을 만들라. 대립하는 관점을 아우르면서도 둘 사이를 꿰뚫는 새로운 제3의 시각을 제시해야 한다. 그러기 위해서는 내가 서 있는 자리와 사유의 틀을 깨고 나갈 준비가 되어 있어야 한다.

　(5) 11가지 실전 수칙[167]을 실천하라. 명확한 주제의식을 가지고 제목의 의도를 파악해서 글을 쓰며 사례를 적절히 인용하고, 일관된 논리를 유지하며, 운율과 표현으로 흥미를 배가

---

165) 洞察 : 예리한 관찰력으로 사물을 훤히 꿰뚫어 봄. insight
166) 切磋琢磨 : 끊고 갈고 쪼고 갈다. 학문이나 덕행을 갈고 닦는 것을 비유하는 말.
167) 이 11가지의 수칙은 전체 틀(이치)에 주제와 제목의 2항이, 구성방식(蹊徑 : 계경 지름길)에 단락, 인과 관계, 시작과 끝 3항이, 세부표현(요령)에 6가지의 요령을 들고 있다.

하라. 인과관계에 유의하고, 참신한 비유를 사용하며 반전의 묘미를 살려서 시작과 마무리를 잘하라. 또한 함축의 묘미를 살리고 반드시 여운을 남겨라.

(6) 분발심[168]을 잊지 말라. 한 번 뱉으면 사라지고 마는 말이 아니라, 지극한 초심으로 한 자 한 자 새긴 글로써 세상에 자신의 뜻을 증명하는 것이 글 쓰는 사람의 지혜다.

이 여섯 가지 법칙 중 다섯 번째에 11가지 실전 수칙이 나온 다. 소설 속에서는 연암이 지문을 문생으로 받아들일 때 과거 에 응시하지 않는다는 약속을 받았는데 지문이 그 약속을 저버 리고 과거에 응시했다. 그러나 지문은 답지를 시험관에게 제출 하지는 않았다. 그런데 그 답지가 연암의 서안에 와 있었다.

"글을 잘 짓는 자는 아마 병법[169]을 잘 알 것이다. 비유컨대 글자는 군사요. 글 뜻은 장수요,[170]제목은 적국[171]이요, 고사故

168) 奮發心 : 마음과 힘을 돋우어 떨쳐 일어나려는 마음
169) 병법을 잘 하는 자는 버릴 만한 병졸이 없고, 글을 잘 짓는 자는 가릴만한 글자가 없다. 말이 간단하더라도 요령만 잡으면 되고, 토막말이라도 핵심 을 놓치지 않으면 험한 성이라도 정복할 수 있는 법이지, 그러므로 글쓰기 는 곧 병법이니라.
170) 군사의 수가 아무리 많아도 지휘 체계가 갖추어지지 않으면 제대로 운용 되지 않습니다. 글도 마찬가지라 생각합니다. 글자만 늘어놓는다고 해서 글이 되지는 않습니다. 명확한 주제를 가지고 글을 전개해야 제대로 된 글 이 완성됩니다.
171) 전쟁을 하는 목적이 적국에게 승리하기 위해서이듯 글을 쓰는 것 역시 결 국 제목, 즉 문제와의 대결이라 생각, 문제의 의미를 정확히 파악한 뒤에 공략할 방략을 연구해야 제대로 된 글을 쓸 수 있다는 뜻.

事의 인용은 전장의 진지를 구축하는 것이요.[172] 글자를 묶어서 구句를 만들고, 구를 모아서 장章을 이루는 것은 대오隊伍를 이루어 진을 치는 것과 같다.[173] 운韻에 맞추어 읊고 멋진 표현으로서 빛을 내는 것은 징과 북을 울리고 깃발을 휘날리는 것[174]과 같으며, 앞뒤의 조응照應이란 봉화요,[175] 비유란 유격遊擊이요[176], 억양반복抑揚反覆이란 맞붙어 싸워 서로 죽이는 것이요.[177] 파제破題한 다음 마무리하는 것은 먼저 성벽에 올라가

---

172) 진지를 구축하는 목적은 보루를 만들어 안정적으로 싸우기 위함입니다. 고사란 이미 역사적으로 드러난 사실들입니다. 그런 만큼 고사를 사용하면 사람들의 신뢰를 이끌어낼 수 있습니다.

173) 질서 정연한 군대가 전쟁에서 이기는 법입니다. 논리 정연한 글, 글자 한 자 한 자가 제자리에서 제 역할을 할 때 그 글로써 사람들을 설득할 수 있습니다.

174) 징과 북, 그리고 깃발은 군사들을 독려하는 데 꼭 필요한 것들입니다. 운율과 표현도 마찬가지입니다. 짐짓 무시하기 쉬운 요소들이지만 제대로 사용하면 글에 빛을 더해줍니다.

175) 봉화는 봉우리와 봉우리를 불빛으로 연결하는 것입니다. 조응도 마찬가지입니다. 글의 앞에서 슬쩍 제시한 것을 뒤에서 다시 잘 설명하는 것이지요. 이렇게 하면 읽는 사람은 궁금증을 가지고 글을 읽기 시작했다가 다 읽을 무렵 만족을 얻을 수 있습니다.

176) 유격은 적이 알아채지 못하게 공격하는 전술입니다. 준비를 못했으니 상대방은 당하게 마련이지요. 비유도 마찬가지입니다. 제대로 된 비유를 접했을 때 글을 읽는 사람은 감탄하게 됩니다. 전혀 생각하지 못했던 참신한 비유를 읽었을 때는 더욱 그렇지요.

177) 전장에서 상대방과 맞닥뜨리게 되면 어느 한 쪽은 죽어야 합니다. 그러므로 내가 죽지 않으려면 상대방을 완전히 죽여야 하지요. 억양이란 처음에 눌렀다가 놔주는 기법입니다. 즉 반복하되 효과를 달리하여 반복해 읽는 사람에게 강한 인상을 주는 것이지요. 읽는 사람은 그 반전의 묘미에 끌려 완전히 글에 제압되는 것입니다.

178) 전쟁을 시작했으면 반드시 성벽에 올라가 적을 사로잡아야 합니다. 파제는 글의 서두를 말하는 것입니다. 시선을 끄는 문구로 글을 쓰는 것도 중요하지만 적을 잡는 것, 글의 마무리도 중요하지요.

적을 사로잡는 것이요,[178] 함축含蓄을 귀하게 여기는 것은 늙은 이를 사로잡지 않는 것이요,[179] 여운餘韻을 남기는 것은 군대를 정돈하여 개선하는 것이다."[180](228쪽)

이 글은 박지원의 『소단적치인騷壇赤幟引』[181](제1권)에서 인용한 것이다.

이 책은 집필 의도가 그랬지만 소설로도 재미있고 실용서로도 의미 있는 장점을 가졌다. 굳이 그 비중을 따질 필요는 없지만 따지자면 글쓰기 이론에 더 무게가 주어져 있는 글이다. 그런 판단을 할 수 있는 근거는 책의 제목에서부터다. '연암에게 글쓰기를 배우다.' 라고 했으니까 말이다. 팩션은 바른 정신에서 바른 글이 나온다는 정신을 갖게 하려고 그야말로 꾸며 들

179) 전쟁터에서 노인을 잡는 것은 번거로운 일입니다. 오히려 노인을 놓아줌으로써 상대방을 교란하는 것이 더 좋습니다. 함축이란 그런 것입니다. 그냥 읽으면 모르되 자세히 읽으면 의미를 파악하고 '이것이로구나!' 무릎을 치게 되는 것입니다.
180) 군대의 개선은 사실 의미 없는 절차입니다. 전쟁은 이미 끝이 났으니까요. 하지만 개선을 통해 승리를 되새김질하게 되는 장점이 있지요. 여운도 그렇습니다. 글이 끝난 뒤에도 읽은 사람이 아쉬워하며 다시 보게 되는 것, 두 번 세 번 즐기는 것, 그것이 바로 여운입니다.
181) 소단적치인(騷壇赤幟引): 인은 문체의 명칭으로 서(序)와 마찬가지이다. 소단적치라는 책에 붙인 서문이란 뜻이다. 소단이란 원래 문단이란 뜻인데, 여기서는 문예를 겨루는 과거 시험장을 가리킨다. 적치는 한 나라의 한신이 조나라와 싸울 때 계략을 써서 조나라성의 깃발을 뽑고 거기에 한 나라를 상징하는 붉은 깃발을 세우게 하여 적의 사기를 꺾어 승리한 고사에서 나온 말로 전범이나 영수의 비유에 쓰인다. 요컨대 소단적치란 과거에서 승리를 거둔 명문장들을 모은 책이란 뜻이다.

인 것이다.

"과거를 통해 존재를 인정받고 싶다는 네 뜻은 이해한다. 그러나 지문아, 시대가 달라졌다. 네가 진정으로 배우고 본받아야 할 것은 연암 같은 문장가다. 과거에는 정치가 세상을 바꾸었지만, 이제는 문장이 세상을 바꿀 것이다. 이인로가 이런 말을 했다. '이 세상 모든 사물 가운데 귀천과 빈부를 기준으로 높낮이를 정하지 않은 것은 오직 문장뿐이다.' 문장의 미래를 정확히 예견한 말이지."(46쪽)

"연암은 글 쓰는 사람의 자세를 알려주려 했던 것이다. 세속의 명예나 이익이 아닌 순정한 마음으로 쓰는 글, 거짓된 소리가 아닌 진심으로 쓰는 글만이 세상과 맞설 수 있는 힘을 지니고 있음을 가르쳐주려 했던 것이다. 그것이야말로 연암이 과거를 포기하고 평생토록 글을 쓰고 살면서 얻고자 바랐던 가치일 터였다."(279쪽)

이 소설은 바로 위의 두 발췌문을 전하기 위해 쓴 것이라 해도 지나치지 않다. 이 인용문을 조합하면 '문장이 세상을 바꿀 수 있다. 그러나 이 세상과 맞설 수 있는 힘을 가지려면 순정한 마음과 진심으로 써야 한다.'는 것이다. 소설의 전개에서 문장이 세상을 바꿀 수 있다는 신념이, 소설의 결말 부분까지 밑바탕에 깔려 있다. 순정한 마음과 진심으로 써야 한다는 조건이 붙긴 했지만 문장이 세상을 바꿀 수 있는 힘을 가졌다는 사실을 긍정하지 않을 수 없게 하는 것이다. 이런 팩트에 픽션이 들어오는 이유가 될 것이다.

글쓰기에서 정말 중요하다고 생각되는 부분들을 저자 스스로가 밑줄을 쳐 놓기도 했다. 이렇게 책은 매우 친절하다. 글쓰기 이론을 지겹지 않게 습득할 수 있도록 하기 위하여 무척 많은 노력을 기울이고 있다. 편집과 출판에서도 페이지의 색깔을 달리하거나, 소설 내용을 그림으로 그린 페이지도 여러 장이다. 인용문들은 박스 처리해서 픽션 속에서 팩트를 분명히 하고 있으며, 팩트를 활용하기 위해서 쓴 참고문헌도 15권이나 된다.

누구라도 글을 함부로 쓰는 일은 정말로 삼가야 할 일이다. 글은 쉬이 사라지는 것이 아니기 때문이다. 문서화된, 인쇄가 된 글은 언제 어디서 어떤 사람의 눈에 뜨일지 모른다. 뿐만 아니다. 글은 사람의 순정한 마음과 진실한 마음을 담아야 하기 때문에 그렇지 않은 마음으로 글을 써서는 안 되는 것이다. 이 책은 그런 사실을 다시 한번 깨닫게 해 준다. 글쓰기는 글 쓰는 기술이 중요한 것이 아니라 글 쓰는 정신이 참으로 깨끗해야 한다는 사실을 말해주고 있다.

이 책의 155쪽에 나오는 "붓 끝을 도끼 삼아 거짓된 것들을 찍어버릴 각오로 글을 쓰게나, 알겠나?"라는 말은 소설 속에서 박제가(1750~1815)가 지문에게 하는 말인데, 글쓰기에서 '도끼'

라는 말이 나오니까 자연히 카프카(1883~1924)의 『변신』으로 연결된다.

"우리가 읽는 책이 우리 머리를 주먹으로 한 대 쳐서 우리를 잠에서 깨우지 않는다면, 도대체 왜 우리가 그 책을 읽는 거지? 책이란 무릇 우리 안에 있는 꽁꽁 얼어버린 바다를 깨뜨려 버리는 도끼가 아니면 안 되는 거야."

또 이 구절에서 박웅현의 『책은 도끼다』가 따라 붙는다. 이 구절에서 책을 도끼와 연결시킨 것은 카프카가 먼저 한 것이 아니라 박제가가 먼저 한 것이 되지만 이것은 픽션에 속하는 것이다.

그렇다. 글은 거짓된 것들을 찍어버릴 각오로 쓰는 것이고, 그런 도끼를 품은 것이 책이다. 글은 도끼다. 그리하여 책은 도끼의 집이다. 그러고 보면 이 책은 그런 도끼 하나 벼리는 방법을 아주 정직하고 올바르게 그리고 찬찬히 가르쳐주고 있다. 제 생각 가지런히 정리해 보고 싶은 사람들의 필수품이 되기에 충분한 책이다. 소설 읽고 글쓰기 공부하는, 요즘 마트에서 유행하는 1+1 같은 것이다. 그리고 사실과 허구 사이, 인문과 실용 사이를 꿰뚫거나 통합하는 제3의 시각, 이 시대가 요구하는 시각 아닌가?

9) 비문학 도서 서평 예

말의 힘, 힘의 말

윤태영
『대통령의 말하기』
위즈덤하우스, 2016.

우연히 이 책을 만났다. 2016년 10월 27일 대구 현대백화점 교보문고를 개점할 때 교보문고 본사로부터 개점 축사를 의뢰받았다. 내가 맡고 있던 문화재단 대표의 임기가 끝나 사양했다. 그런데 축사 의뢰가 자리 때문이 아니라 그해 4월에 나온 시집 『흙』의 저자 사인회에 가장 많은 독자들이 왔기 때문이라고 했다. 거절할 이유가 없어 기쁘게 수용했다. 개점식이 참 깔끔하게 진행됐다. 개점식 전체에서 말을 하게 한 사람은 나 한 사람뿐이었다. 사장도 점장에게 꽃다발 하나 전하면서 어깨를 툭툭 두드려 주는 것으로 끝내고 말을 하지 않았다.

짧은 시간에 끝났지만 여느 개점식보다 감동은 컸다. 이렇게 말하지 않음이 말 이상의 힘을 낼 때도 있구나 싶었다. 개점된 매장을 둘러보고 나오는데 책이 든 쇼핑백 하나를 주었다. 보통 거마비란 명목으로 촌지를 주는데 그게 아니었다. 쇼핑백을 열어보니 책 세 권과 필기구가 들어 있었다. 개점식에서 말하지 않음의 멋을 생각하고 나오는데『대통령의 말하기』라는 책 제목이 보였다. 오늘 내 연설이 시원찮았나 생각하며 쓴웃음을 날렸다. 그리곤 밀쳐두었는데 이른바 최순실 게이트를 보면서 대통령의 말에 대한 궁금증이 일기 시작했다.

저자 윤태영은 노무현 전 대통령의 말을 10년 이상 다듬은 사람이다. 연설문을 쓰기도 하고, 공식적인 자리에서 예정 없이 했던 말들을 기록한 사람이기도 하다. 그가 서문에서 "말이 글을 낳았고, 글은 다시 말을 다듬었다. 쓰지 않고는 살 수 있지만, 말하지 않고는 살 수 없다. 어쩌면 이 말은 의식주의 앞에 있다."는 말이 나를 한참 붙들고 있었다.

5부로 나누어 1.편법은 없다. 2. 더 빨리 통하는 말은 따로 있다. 3. 말로써 원하는 것을 얻는다. 4. 듣는 사람과 하나가 된다. 5. 생각이 곧 말이다. 로 편집되어 있다. 1부에서 4부까지는 다섯 꼭지, 5부는 세 꼭지를 실었다. 책 끝에 노무현 전 대통령의 특강 원고를 부록으로 실었다. 부의 제목이 이 책에서 말하고자 하는 내용을 아주 적절하게 정리해 주고 있다.

모두 23꼭지의 글이 실렸다. 특이한 것은 그 꼭지 끝마다, '대통령의 노하우 00' 이라는 번호를 붙인 페이지를 만들어 2~3항목으로 정리하고 있다는 것이다. 예를 들면 중간쯤인 '대통령의 노하우 13' 은 '카피를 만드는 3가지 노하우' 라는 제목아래

1. 상황을 가짓수로 정리한다. 고 쓰고 이를 설명하고, 2. 구체적인 수치를 언급한다. 고 또 설명하고, 3. 새로운 어휘, 새로운 비유를 끊임없이 찾는다. 에 대해 요약 설명을 붙이고 있다. 이 노하우라는 부분만 읽어도 핵심은 파악할 수 있는 책이다.

내가 주목한 부분은 '절묘한 비유만 써도 설득력이 배가 된다.'에서 '사람을 움직이는 공감원칙 1부터 5까지'다. 이런 제목이면 누구라도 반하지 않겠는가? 그것은 1. 쉽게 이해되는 말을 써라. 2. 겪었을 법한 이야기를 다루어라. 3. 듣는 이의 관심사를 먼저 건드려라. 4. 껄끄러운 이야기는 최대한 논리적으로 5. 공감을 사유 비유를 하라.(179~188쪽)는 것이다.

노무현 전 대통령은 연설이나 토론의 달인이라고들 했다. 그런데도 청와대에 전에 없던 '리더십비서관'과 '연설기획비서관'을 두었다. 특히 리더십비서관은 말과 글에 참고할 자료를 생산하는 역할을 했다. 그러니까 독서비서관이다. 이 책이 노무현 전 대통령의 장점만을 이야기했을 것이란 점을 전제하더라도 말 잘 하려고 애쓴 점은 인정하지 않을 수 없다.

그런데 어떤 대통령은 왜 그리도 말과 글에 신경쓰지 않았을까? 책을 덮다가 절로 펼쳐진 111쪽에 붉은 밑줄이 그어져 있는 문장이 눈길이 간다.

"독재자는 힘으로 통치하고 민주주의 지도자는 말로서 통치한다."는 글 아래…

몽夢을 몽朧하게

The rainbow

My heart leaps up I behold

A rainbow in the sky;

So was it when my life began

So is it now I am a man

So be it when I shall grow old

Or let me die!

The child is father of the man;

And I could wish my days to be

Bound each to each by natural piety.[182]

-William Wordsworth[183]

　어린이와 청소년 도서의 서평 쓰는 방법을 공부하는 강의 제목을 '몽夢을 몽朦 하게'라고 붙인다. '몽夢' 자는 꿈, '몽朦'은 '풍부할 몽', '큰 모양', '풍만한 살'의 의미를 따온 것이다. 어린이와 청소년 도서의 서평은 꿈을 풍성하게 하는 것이 첫 번째 목표가 될 수 있다는 생각을 담은 것이다. 어린이와 청소년 도서의 서평을 분석하며 그 방법을 익히는 것이 이 장에서 해야 할 일이다.

1. 어린이 책

　어린이가 읽는 책의 경우 성인의 책보다 더욱 섬세한 살핌이

---

182) 하늘의 무지개를 볼 때마다/ 내 가슴 설레느니// 나 어린 시절에 그러했고/ 다 자란 오늘에도 매한가지/ 내 나이 들어서도 그렇지 못하다면/ 차라리 죽음이 나으리라./ 어린이는 어른의 아버지/ 바라노니 나의 하루하루가/ 자연의 믿음에 매어지고자.

183) 워즈워스는 영국 시사(詩史)에서 낭만주의 운동을 일으킨 대표적인 시인으로 손꼽힌다. 특히 그의 시집 『서정 민요집』 서문은 '낭만주의의 선언문'으로 간주된다. 여기서 그는 기존 시의 가치 개념을 부정하면서 '감정을 지닌 시', 즉 '서정'의 기초를 수립하였다. 그가 이 시집의 서문에서 '모든 훌륭한 시는 힘찬 감정의 자연스런 발로'라고 말한 것은 낭만주의 시와 서정시의 정의를 단적으로 제시한 명구로 꼽는다. 그는 주로 소박한 전원생활을 시의 체험 영역으로 다루었는데, 그 이유는 바로 전원생활이 인간의 감정을 성숙시키고 아름답게 만드는 토양이 되기 때문이었다.

필요하다. 성인의 책 서평보다 쉬워야 할 것은 말할 것도 없고 아주 상세하고 친절하게 이끌어 가야 한다. 어린이 책의 서평은 그야말로 전문성이 요구되는 분야다. 어린이의 발달 단계에 대한 이해가 필요하고 독서지도에 관한 이해가 있어야 하기 때문이다. 따라서 전문성이 없다면 어린이 발달 단계에 대한 책부터 먼저 읽고 서평을 해야 할 것이다.

그런 차원에서 독서 능력 발달의 단계[184]와 독서 흥미의 발달 단계, 아동문학 도서의 서평 요소[185]를 알아본다. 독서 능력은 독서 자료를 읽을 수 있는 능력으로서 6단계 발달 과정을 거치고, 독서 흥미 발달 단계는 8단계, 어린이 책의 분류는 그림이야기책과, 문학과 비문학 세 분야로 나눈다. 각 시기와 특징을 요약해 본다.

1) 아동 발달의 일반적 단계

(1) 독서 준비기(~5.5세): 독서 교육에 필요한 심신이 성숙되는 시기로 이야기를 듣고 말한다.

(2) 독서 입문기(5세~7세): 글자의 기초 학습이 시작되는 시기로 그림책과 이야기 듣기를 좋아하고 어휘력이 증가하며 생각과 글자를 맞춘다.

(3) 기초 독서기(6세~8세): 글자의 식별을 지나 의미 파악의

184) 김효정 외 3, 『독서교육의 이론과 실제』, 한국도서관협회, 2002, 16~17쪽.
185) 한우리독서문화운동본부, 『독서지도사』, 14~15쪽.

단순한 독해가 가능한 시기로, 훑어 읽기, 대화형 독서에서 생각하는 독서로 발달하여 초기 독서 기술과 독서습관을 형성한다.

(4) 전개 독서기(8세~11세): 독서 기술이 성숙하여 다독하고 어휘력이 최고 수준에 가깝게 도달하는 시기로 독서 속도를 자유로이 가감하고 내용 평가와 감상 및 속독과 정독이 가능하다.

(5) 성숙 독서기(12세~): 독서 능력이 완숙에 이르는 시기로, 다독하는 경향은 감소되고 목적 있는 독서와 독서 자료 선택이 가능할 정도로 독서 기술이 숙달된다.

(6) 사색 독서기(15세~): 독서 목적, 독서 자료에 따라 적당한 독서 기술을 구사하여 평가, 비교, 종합하고, 사색하여 창조적 경지에 이른다.

2) 독서흥미의 발달 단계

어린이의 성장과정에 맞춘 독서 흥미의 발달 단계[186]를 보면 아래와 같다.

(1) 초현실적 반복 이야기(2세~6세): 그림책, 초현실적 이야기

(2) 옛날이야기기(4세~6세): 명확한 가치 판단이 있는 이야기

(3) 우화기(6세~8세): 이솝 우화, 그림 옛날이야기

---

186) 앞의 책, 24~25쪽.

(4) 동화기(8세~10세): 생활 동화, 신화, 전설 등

(5) 이야기기(10세~12세): 공상 이야기, 소년소녀 이야기, 모험, 탐정, 과학, 발명 이야기

(6) 전기기(12세~14세): 전기, 소년소녀 문학, 대중문학

(7) 문학기(14세~): 대중문학, 역사 이야기, 고전문학

(8) 사색기(17세~): 대중문학, 순수문학, 사색서, 종교서

3) 어린이 책의 서평 요소

어린이 도서의 경우 그림 이야기책, 문학, 비문학 도서로 나눌 수 있다. 그렇게 나누었을 때 어떤 점들이 서평의 요소가 될 수 있는지를 살펴본다.

(1) 그림 이야기책

그림 이야기책은 그림과 이야기로 구성되기 때문에 글과 그림이 갖추어야 할 조건이 있다. 그림의 첫째 조건은 글을 읽지 않고도 각 장면이 이야기로서 완벽한 연결이 가능한가를 확인해야 한다. 각 장면의 내용이 지나친 생략과 비약을 보이거나 반대로 유사한 장면이 연속되는 것은 좋지 않다. 다음으로 구체적이면서 단순하고 사실적이면서 밝고 아름다워야 한다. 모든 등장인물은 그 개성적인 성격을 잘 드러내야 하며 표정과 동작이 뚜렷해야 한다. 그림 장면에서 더 좋은 상상력을 불러일으킬수록 좋다.

글의 조건은 문학적인 측면에서 주제는 새로운 가치 창조적인 주제를 다룬 것이 바람직하고, 내용 구조는 단순 명쾌하여 복선을 복잡하게 구사하거나, 과거와 현재가 어수선하게 섞여서 혼동하게 하면 안 된다. 전개 방식은 다소 비약적이며, 장면마다 사건에 변화를 주어야 한다.

그러면서 논리적으로 분명해야 한다.(환상적인 이야기나 사실적인 이야기나 마찬가지임) 문장은 짤막짤막하고 분명하며 정확해야 한다. 쉬운 어휘를 사용하되 책을 읽거나 이야기를 들으면서 어휘를 늘려나갈 수 있어야 한다. 의태어나 의성어와 같은 재미있는 말을 반복 사용함으로써 읽거나 듣는 재미를 느끼게 하는 것이 좋다.

한 문장, 한 마디의 대화로써 등장인물의 성격이나 사건의 성격이 정확히 이해되어 이미지가 선명하게 드러나야 한다. 책의 체제는 튼튼해야 하며 다루기에 불편하지 않아야 한다. 인쇄와 장정이 미려하고 또렷하며 합리적인 편집이어야 한다. 활자는 그림과 가장 어울리는 서체를 사용하는 것이 좋다.

　(2) 아동문학 도서

문학 작품은 기본적으로 '맛보며 즐기기'(鑑賞)에 있다. 글의 종류에 따라 그 맛보는 관점에 차이가 있기 마련이다. 장편소설은 줄거리, 주제, 인물, 갈등, 사건과 배경이 나타내는 특정 장면들을 위주로 하고, 문체, 구조, 문장, 갈등 관계, 제시되는 가치관 등이 요소가 된다.

단편소설집은 책 전체의 포괄적인 소감(책의 내용 구조, 출판 의도, 내용 전체를 읽은 소감)을 쓰고 여러 작품 중에서 줄거리 또는 주제가 특이한 작품, 인상적인 인물이 등장하는 작품, 화제가 될 만한 인물이 등장하는 작품이나 갈등이 나타나는 작품 등, 다양한 요소별로 화제가 되는 작품에 대한 견해를 두루 언급한다. 작품의 소재나 주제 또는 경향에 따라 분류하고 분석해 볼 수도 있다.

시집의 경우는 인상 깊은 작품 전체 또는 특정한 연, 행, 구절과 시어들을 소개하고 이에 대한 소감과 이미지, 메시지, 메타포와 상징 등에서 감동적이거나 인상적인 작품에 대한 견해를 밝힌다.

(3) 비문학 도서

과학, 환경 도서의 경우는 수준을 고려하고 정확성, 보편타당한 견해 여부를 따져야 한다. 이때 교과서와의 관계를 살피는 것이 좋다. 동화 형식으로 내용을 전개한 경우에도 비문학 도서로 분류한다. 전기와 논픽션은 인물의 사상, 사건의 성격, 알고 있던 지식이나 인식과의 차이, 새로운 깨달음 등이 요소가 된다.

경전류의 고전은 경전의 성격과 기본 사상, 독서 전후 느낌의 차이, 터득한 진리, 새롭게 형성된 가치관, 어린이들에게 어떻게 접근시킬 수 있을까를 연구하는 자세로 읽고 견해를 나타내는 것이 중요하다. 명작 고전은 명작으로 된 이유, 번역 도서의 경우 번역의 수준과 문체가 서평의 요소가 된다.

어린이 도서의 서평에서 중요한 것은 읽을 가치가 있느냐 없느냐를 따지는 것이다. 그 가치 판단을 어른 위주로 하면 안 된다. 어린이들이 정말 재미있어 하고, 이해할 수 있을까 하는 점을 항상 염두에 두어야 한다. 어른의 생각에는 재미있지만 어린이들의 생각은 아닐 수도 있는 것이다.

어린이들은 연령대별로 그 성장 단계가 다르고 책을 이해하는 수준이 다르다. 추천하는 부모나 교사가 어른의 욕심에 따라 어린이들에게 절대적으로 이해하기도 어렵고 재미도 없는 책을 읽게 해서는 안 된다. 서평의 경우 좋다고 생각되는 책이라면 읽고 싶도록 만드는 것이 좋은데, 다음과 같은 예들은 그런 역할을 잘 하고 있는 것으로 보인다. 첫째 예는 어느 연령층에서 읽으면 좋은지도 분명히 밝히고 있다.

"아이들에게 물건의 소중함과 고마움에 대해 느끼게 해주는 책이다. 책에 나오는 난로뿐만 아니라 집 안에 있는 다양한 물건들에도 어느 날 갑자기 눈, 코, 귀가 생기고 말을 한다면 어떤 일이 생길지 상상하며 읽는 것도 재미있을 것이다." (1, 2학년용)[187]

두 번째 예는 32쪽짜리 그림책 서평의 한 부분이다. 서평의 제목에서부터 내용에 이르기까지 어린이들의 흥미를 유발할 수 있을 것으로 보인다.

　"세상에 쓸모없는 존재는 없다는 보편적 진리를 화사하면서도 정교한 벌레들의 그림과 설명으로 눈에 쏙쏙 들어오게 풀어주는 과학 그림책, 세상 모든 벌레가 다 나오는데 하나도 징그럽지가 않다."188)

세 번째 예는 책을 권하는 멋이 있는 서평189)이다. 어린이들, 특히 개구쟁이들의 행동이 떠오르게 하며 읽을 것을 권하고 있다. 그리고 서평 제목이 권하는 문장 마지막에서 나왔는데, 제목과 마지막 문장의 관계가 재미있다.

　"2017년이 다 가기 전에 동시집 『민달팽이 편지』를 읽어 보자. 나 혼자 읽고 나 혼자 이들과 친구 하고 싶었는데…. 아깝지만 슬며시 내어 놓는다."

서평의 분량은 어린이 책 자체의 분량이 적기도 하지만, 성인

---

187) 무라카미 사이코, 하세가와 요시후미 그림, 김숙 옮김, 『난로의 겨울방학』, 북뱅크. 서평, 신동흔 기자, 「스키여행 떠나는 날, 난로야 같이 갈래?」 부분, 조선일보.
188) 릴리 머레이, 브리타 테큰트럽 그림, 이한음 옮김, 『벌레는 어디에나 있지』, 보림, 2020.의 서평, 김경은 기자, 「자기보다 1141배 무거운 물건을 들어 올리는 법」, 2020. 2. 8., 조선일보, A17면.
189) 장창수, 「친구 합시다」, 서평모음집 『토론을 토론하다』, 학이사, 2017, 144쪽.

의 서평에 비해 훨씬 짧아도 괜찮다. 책에 따라서 양이 달라질 수 있지만 400자에서 1,000자 정도로 필요에 따라 길이를 조정하면 된다.

4) 어린이 책, 서평의 분석

어린이 책의 서평을 보고 분석해 보면서 서평의 요소를 이해하도록 하자.

숨은 이야기 찾기[190]

김성민, 『브이를 찾습니다』, 창비, 2017.

『브이를 찾습니다』는 짧은 글, 긴 이야기입니다. 행간에 이야기 마을이 있습니다. 호호 할아버지와 호기심 많은 아이가 산답니다. 아이는 눈만 뜨면 자기보다 먼저 일어나 반짝이는 물음표를 할아버지께 던집니다. 할아버지는 모르시는 게 없습니다. 달에 사는 토끼, 소가 되고 싶은 여자아이, 나비의 울음과 호수를 '뽀득뽀득 뽀드득' 예쁘게 닦는 오리들의 이야기로 대답하십니다. 아이는 가슴을 활짝 열어 세상의 중심으로 자라납니다.

이 동시집은 "파란 냄비에 구름 찌개 끓이고 계실 어머니, 아

---

190) 강여울, 「숨은 이야기 찾기」, 위의 책, 137~139쪽.

버지께"라는 한 줄로 문을 연다. 저자 김성민은 혜암아동문학회 회원이다. 대구문학과 창비어린이 신인문학상으로 활동을 시작한 그에게 이 책은 첫 동시집이다. '첫' 자가 붙은 모든 것들은 힘이 있다. 이 책도 첫 시를 보는 순간부터 마음을 포획한다. 얇은 책이지만 내용이 두터워 독자의 마음을 쥐락펴락한다. 56편의 동시를 4부로 나누어 실었는데 그 무게는 고르다.

고른 무게인데 첫 장부터 숨이 막힌다.

'중력분/ 뭔가를 당길 수 있을 것 같다// 예슬이한테 살짝 뿌려 보고 싶은 가루다// 그 옆에 박력분도 있다/ 이건 나한테 뿌려야 할 가루 같다'

- 「중력분과 박력분」 부분

놀랍다.

'비누가 지나간 자리/ 뽀드득이 남네// 뽀드득은/ 오리가 만드는 소리// 오리가 강물을 닦고 있네./ 쉬지도 않고 말갛게 닦네'

- 「뽀드득」 부분

재미있다. 순수하고 따뜻하다.

'지렁이야! 넌 바쁠 땐 어떡하니?// 어떡하긴/ 뛰어야지// 네가? 뛴

다고?// 그/ 럼// 뛰는 건 한 번도 못 봤는데? 정말이야?// 여태/ 바쁜
일이/ 없어서 그랬어'

- 「지렁이 달리기」 전문

웃는다. 능청스럽다. 「우리 집에 왜 왔니?」는 더 능청스럽다.
능청스러운 가운데 기성세대들의 잘못된 훈육방식을 꼬집고
있다. 「카멜레온이 사람에게」에서 '쯧쯧 안됐다…'는 끝 행을
읽노라면 웃음이 저절로 터진다.

『브이를 찾습니다』는 아이들이 공감하며 단숨에 읽을 수 있
는 책이지만, 몇 번이고 다시 펼쳐보게 하는 동시집이다. 책머
리에 '아이의 선선하던 눈빛'을 보고 괜히 서러워졌다고 한 작
가의 눈은 지금도 동심을 잃지 않고 있는 듯하다. 토끼, 나비,
지렁이, 똥, 호랑나비, 모기 등과도 소통한다. 그럼에도 사진
속 자신이 손에 들고 있던 승리의 브이를 '혹시 보셨나요?' 하
고 묻는다. 짧은 글, 행간마다 긴 이야기가 숨어 있다.

지금까지 공부한 것을 종합한다는 의미로 이 서평을 분석해
서 서평의 얼개를 알아보도록 하자. 이 서평은 첫째, 시작 부분
에서 책의 내용을 크게 묶어서 제시하고 있다. 그러면서 생각
할 수 있도록 유도하고 있다. "파란 냄비에 구름 찌개 끓이고
계실 어머니, 아버지께"라는 한 줄로 문을 연다,고 썼다. 아버
지 어머니가 돌아가셔서 하늘나라에 가셨다는 것을 시인이 이

렇게 표현했다. 어린이들이 읽으면 좋아하지 않을까. 참 슬픈 일인데 슬프지만은 않게 하는 글의 힘이 느껴진다.

다음으로 이 책을 평가했다. 평가하는 문장은 "얇은 책이지만 내용이 두터워 독자의 마음을 쥐락펴락한다. 56편의 동시를 4부로 나누어 실었는데 그 무게는 고르다. 고른 무게인데 첫 장부터 숨이 막힌다."고 한 것이다. 그리고 저자를 소개했다. "저자 김성민은 혜암아동문학회 회원이다. 대구문학과 창비어린이 신인문학상으로 활동을 시작한 그에게 이 책은 첫 동시집이다."라는 문장이 저자가 어떤 사람인지를 알게 해 준다.

그다음 동시집에서 몇 편의 동시를 인용해서 설명하고 있는데, 이것은 성인 책의 서평에서 발췌문과 그 해석이라고 보면 된다. "'지렁이야! 넌 바쁠 땐 어떡하니?// 어떡하긴/ 뛰어야지// 네가? 뛴다고?// 그/ 럼// 뛰는 건 한 번도 못 봤는데? 정말이야?// 여태/ 바쁜 일이/ 없어서 그랬어' -「지렁이 달리기」전문

웃는다. 능청스럽다. 「우리 집에 왜 왔니?」는 더 능청스럽다. 능청스러운 가운데 기성 세대들의 잘못된 훈육방식을 꼬집고 있다. 「카멜레온이 사람에게」에서 '쯧쯧 안됐다…' 는 끝 행을 읽노라면 웃음이 저절로 터진다."

마지막으로 추천하는 말과 왜 추천하는지 그 이유가 밝혀지고 있다. "토끼, 나비, 지렁이, 똥, 호랑나비, 모기 등과도 소통한다."는 말은 호기심을 북돋우기에 충분하고. 맨 마지막 문장 "짧은 글, 행간마다 긴 이야기 숨어 있다."고 마무리되는데 이

것이 추천하는 까닭이 되는 말이다.

이 서평은 위와 같은 이유로 서평이 갖추어야 할 요소를 갖춘 서평이 되었다. 그 외도 장점이 있다. 문체가 좋다. "호호 할아버지와 호기심 많은 아기가 산답니다." 등과 같이 어린이들이 좋아하는 어투 아니면 아예 어린이 말투로 접근하고 있다는 것이다. 친절하게 느껴진다.

다음으로 구성이 깔끔하다. 이른바 쌍괄식 구성이다. 이 서평은 "『브이를 찾습니다』는 짧은 글, 긴 이야기입니다."로 시작했다. 그런데 마지막 문장도 "짧은 글, 행간마다 긴 이야기 숨어 있다."로 끝난다. 이 서평의 주제가 짧은 글이지만 많은 이야기가 들어 있다는 것을 강조하고 있는 것이다.

그다음 서평의 제목이 아주 재미있다. "숨은 이야기 찾기"라고 붙였는데 동시를 읽는 것이 숨은 이야기를 찾는 것이라는 발상이 예사롭지 않다.

책 제목이 간섭한 것으로 보이긴 하지만, 어미가 경어체와 평어체가 뒤섞여 있는 것은 아쉬운 부분이다. 그러나 전체적으로, 반듯하게 쓴 서평이라고 할 수 있다.

2. 청소년 도서

　청소년 도서의 서평은 청소년기의 특성이 잘 반영되어야 한다. 청소년들이 갖는 관심과 호기심을 고려해야 한다는 것이다. 청소년들에게 좋은 책은 그들의 관심의 폭을 확장시켜 주는 책이라고 볼 수 있다. 따라서 청소년기의 발달 특징을 알아야 한다. 청소년기가 몇 세부터 몇 세까지라고 딱 잘라 말하기는 어렵지만 앞에서 살펴본 독서 능력 발달 단계로 보면 성숙 독서기, 독서 흥미 단계로 보면 전기기傳記期부터 그 이후가 될 것이다.

　청소년기는 아동기에서 성인기에 이르는 과도기이며 신체적, 정서적, 도덕적, 사회적 발달이 활발하게 이루어지는 시기다. 따라서 이 시기는 감수성이 예민하고, 주변 환경의 영향을 많이 받는 것으로 알려져 있다. 자기 정체성에 대하여 혼란을 느끼는 경우가 많고 정신적으로 불안정하기 쉬운 시기이다. 그리고 방황의 시기이기도 하다. 방황은 자신이 가지고 있는 희망과 현실 사이에서 오는 괴리감과, 자신의 주변 환경과 조화를 이루지 못하는 경우가 많은 데에서 오는 것이다.

　그러므로 청소년기에 이와 같은 특성이 잘 반영된 책을 권해야 한다. 청소년 도서의 서평에서 또 하나 강조되어야 할 부분은 토론으로, 충분한 토론이 될 수 있도록 질문거리를 많이 넣어주는 것이 좋다. 책을 읽는 것이 현실적으로 도움이 된다는 사실을 경험할 수 있게 해 주어야 한다. 그러면서 무조건 받아들이는 것이 아니라 책을 비판적으로 읽을 수 있도록 유도하는 것도 청소년 책, 서평이 놓치지 말아야 할 부분이다.

호기심이 많은 시기이기도 하지만 싫증도 잘 내는 시기고 흥미 없으면 책을 읽지 않는 시기이기도 하다. 따라서 흥미가 중시되어야 하고, 흥미를 갖게 하는 것은 청소년과의 직접적인 연결고리를 만들어 주어야 한다. 책과, 내가 몸담고 있는 가족, 학교, 사회, 나아가서 우리 역사와 세계, 또한 미래와 내가 아주 밀접하게 연결되어 있음을 이해시킬 수 있는 서평이 되어야 한다. 그래야 읽고 싶은 생각을 가지게 된다.

청소년 도서 서평[191] 한 편을 통해 서평의 요소를 다시 한번 더 점검해 보기로 하자.

나는 왔노라, 신비로운 샛별아[192]
한낙원, 『금성탐험대』,(청소년문학 56) 창비, 2013.

우주를 다루거나 미래를 다룬 공상과학 영화 속에서 우리나라 국적의 소년이나 청년이 등장하면 기분이 좋아진다. 외국 영화와 소설에 자주 등장하는 우주 개척자나 외계인과의 만남

191) 서미지, 「나는 왔노라, 신비로운 샛별아」, 서평모음집 『평으로 평하다』, 학이사, 2019, 50~53쪽.
192) 201쪽, 고진이 금성에서 아침을 맞이하며 마음으로 노래한 감회 중에서

또는 전쟁 등을 소재로 한 작품을 보면서 자라서 그런지 작지만 확실한 등장에 새롭고 뿌듯함을 느끼는 것이다.

최근 우리나라 영화계에서 떠오르는 화두도 우주인 듯하다. 내년에 개봉 예정으로 준비 중인 윤제균 감독의 '귀환'과 김용화 감독의 '더문'은 한국판 '인터스텔라'로 언급되고 있다. '귀환'과 '더문'은 '사고로 홀로 남게 된 우주인과 그를 귀환시키기 위해 사투를 벌이는 사람들의 이야기'로 알려졌다.

한국에서 SF에 대한 관심과 연구는 많이 부족하다. 한낙원은 '쉽고 간결한 문체의 과학소설을 통해 미래 세대인 어린이와 청소년에게 꿈을 심어주고자 평생을 창작에 매진한 작가'로 한국 과학소설의 개척자로 평가받고 있다. 『금성탐험대』는 그의 대표작 중 하나로 '미국과 소련이 벌이는 우주 개발 경쟁과 함께 로봇을 부리는 외계인과의 싸움을 그린 우주 활극'이다.

미래시대 우주 파일럿 고진은 사령관 홉킨스의 요청으로 금성 탐사선에 탈 목적으로 하와이 기지로 가던 중 납치를 당한다. 스미스 교관의 협박과 음모로 우주선 V.P.의 쌍둥이 우주선 C.C.C.P.호에 강제 승선하게 된다. 또한 스미스 교관이 사실은 니콜라이 중령이며, 그와 그의 일행이 우주의 살인마 집단임을 알게 된다.

『금성탐험대』가 월간 「학원」에 연재되었던 1962년은 인간의 달 착륙 이전이라 상상한 미래가 현재 우리가 생각하는 미래과학 모습과는 조금 멀다. 그러나 모니터와 키보드가 주로 사용되는 우주선 내부 모습은 당시로서는 청소년 독자들에게 놀라운 공상과학소설의 재미와 충격을 끼쳤을 것이다.

"금성의 아침도 제법 밝은 빛이 뿌연 안개 속에 퍼져 금성의 누리를 덮었다. 구름이 바다의 안개와 거의 맞닿은 금성이고 보면, 우주 공간에서처럼 그렇게 눈부신 햇빛을 바라볼 엄두를 낼 순 없지만, 지금 먼저 안개 속에 퍼진 빛은 고진이 서 있는 둘레를 그런대로 내다볼 수 있게 했다."

이런 우주인의 감회에 젖어 금성을 거닐던 고진은 곧 열에 민감한 돌에 죽음의 위기를 겪기도 하고, 이상한 공장에서 '눈과 입이 유난히 크고, 코는 구멍이 벌어졌고, 귀는 당나귀 귀처럼 양옆으로 솟아' 머리통이 커다랗고 손발이 가늘며 가슴이 큰 금성인을 만나는 남다른 모험을 한다.

과학문명이 발달한 알파 성인을 만나 협상하는 장면은 다소 억지스럽다. 지구인과 알파성인과의 문화교류 조약 셋째 조항에 '영화 필름과 영사기, 녹음기'를 통해 서로의 말과 문화를 배운다는 것인데, 텔레파시나 홀로그램이 난무하는 요즘의 우주 공상과학 요소에 비해 과학의 발전이 퇴보한 느낌이 든다.

한낙원은 "미래의 주역이 될 한국의 젊은이들에게 모험심을 기르고 어려운 난관에 부딪히더라도 이겨 낼 수 있는 지혜와 담력을 길러주기 위해" 또래의 한국 젊은이가 우주 공간에서 활약하는 과학 소설을 썼다고 말한 바 있다. 『금성탐험대』로부터 50년이 훌쩍 지난 오늘날 한국에서 청소년과학소설의 위상은 어떠한지 갑자기 궁금해진다.

이 서평은 아래와 같은 구성으로 짜여졌다.

1) 키워드를 우주로 잡고, 시사와 연결시켰다

이 같은 내용은 책을 읽기 전에 책과 관련된 정보 수집에서 얻을 수 있는 것이다.

2) 작가를 소개했다

한낙원은 '쉽고 간결한 문체의 과학소설을 통해 미래 세대인 어린이와 청소년에게 꿈을 심어주고자 평생을 창작에 매진한 작가'로 한국 과학소설의 개척자로 평가받고 있다.

3) 줄거리가 요약되었다

『금성탐험대』는 그의 대표작 중 하나로 '미국과 소련이 벌이는 우주 개발 경쟁과 함께 로봇을 부리는 외계인과의 싸움을 그린 우주 활극'이다.

미래시대 우주 파일럿 고진은 사령관 홉킨스의 요청으로 금성 탐사선에 탈 목적으로 하와이 기지로 가던 중 납치를 당한다. 스미스 교관의 협박과 음모로 우주선 V.P.의 쌍둥이 우주선

C.C.C.P. 호에 강제 승선하게 된다. 또한 스미스 교관이 사실은 니콜라이 중령이며, 그와 그의 일행이 우주의 살인마 집단임을 알게 된다.

4) 발췌문 인용과 해석이 이루어졌다

"금성의 아침도 제법 밝은 빛이 뿌연 안개 속에 퍼져 금성의 누리를 덮었다. 구름이 바다의 안개와 거의 맞닿은 금성이고 보면, 우주 공간에서처럼 그렇게 눈부신 햇빛을 바라볼 엄두를 낼 순 없지만, 지금 먼저 안개 속에 퍼진 빛은 고진이 서 있는 둘레를 그런대로 내다볼 수 있게 했다."

이런 우주인의 감회에 젖어 금성을 거닐던 고진은 곧 열에 민감한 돌에 죽음의 위기를 겪기도 하고, 이상한 공장에서 '눈과 입이 유난히 크고, 코는 구멍이 벌어졌고, 귀는 당나귀 귀처럼 양옆으로 솟아' 머리통이 커다랗고 손발이 가늘며 가슴이 큰 금성인을 만나는 남다른 모험을 한다.

5) 평가가 이루어지고 그 이유가 밝혀졌다

과학문명이 발달한 알파 성인을 만나 협상하는 장면은 다소 억지스럽다. 지구인과 알파 성인과의 문화교류 조약 셋째 조항에 '영화 필름과 영사기, 녹음기'를 통해 서로의 말과 문화를 배운다는 것인데, 텔레파시나 홀로그램이 난무하는 요즘의 우주 공상과학 요소에 비해 과학의 발전이 퇴보한 느낌이 든다.

6) 전체적 느낌이 정리되었다

『금성탐험대』로부터 50년이 훌쩍 지난 오늘날 한국에서 청소년과학소설의 위상은 어떠한지 갑자기 궁금해진다.

따라서 이 서평은 매우 단단한 구성을 갖추었다. 그리고 이 서평에서 돋보이는 부분은 다음과 같은 점을 들 수 있다.

무엇보다도 책에 관한 광범위한 정보를 수집했다는 것이다. 정보 수집이 없으면 첫 단락과 같은 글은 쓸 수가 없다. '우주'와 '영화'를 연결시켜 논의하는 것은 청소년들이 관심을 갖게 하는 데 좋은 영향을 줄 수 있다. 다음으로 저자의 생각에 대한 매우 분명한 평가를 하고 있다는 점이다. 이 부분에서 중요한 것은 평가한 내용에 대한 이유가 밝혀져야 하는데, 그것이 잘 이루어졌다. 마지막으로 제목을 본문에서 인용했다는 것이다. 본문에서 인용하면 다 좋은 것이 아니라 본문의 중심적 내용이 담기고 재미있으면 좋은데, 그런 점이 잘 반영되었다.

추천하는 말이 드러나지 않은 아쉬움은 있지만, 할 말을 아주 분명히 한 서평이 되었다.

종綜으로 종終하다

문장부호 시로 읽기 · 1
- 마침표 (.)

단호하다 가차 없다 여지없이 끝장이다 조금의 주저도 일체 허락
지 않는 도장을 꾹 눌러 찍은 결연한 확인이다.

수만 번 너를 안고 문장 끝에 뒹굴었다 다시는 쓰지 않아도 후회
않을 시편은 없고 내 삶은 너를 향해서 절뚝이며 가고 있다.

- 문무학

'종綜으로 종終하다' 는 서평 쓰기에 대해 공부한 내용을 종
합하여 검토한다는 의미를 가진다. '종綜' 자는 한데 모아 정리
한다는 '모을 종' 의 의미와 피륙을 짜는 제구의 한 가지인 '바

디 종'의 뜻이 있다. 그리고 '종終'은 '끝 종', '끝날 종', '끝낼 종'의 의미를 갖는다. 따라서 서평을 이루는 씨줄 날줄을 종합하여 검토하고자 하는 것이다. 12강의 강의 제목에 특별한 의미를 부여하는 것은 강의 핵심을 드러내어 기억에 남게 하기 위한 전략이었다. 종합하여 복습한다는 뜻에서 한번 돌아보기로 하자.

1. 책과 놀며 나를 찾아, 내가 있는 삶을 꾸리다

12주(1주 2시간)에 걸쳐서 책과 놀며 나를 찾아〔遊冊尋我〕, 내가 있는 삶〔有我之生〕을 꾸릴 수 있도록 하기 위하여 책을 읽고 서평 쓰는 방법을 공부했다.

서평 쓰기의 이론을 살펴보는 일에 끝이 있을 수는 없지만 대체적인 과정을 거쳐 왔다. 이를 기본으로 해서 더 넓은 독서를 하면 발전할 것이다. 진정한 서평 쓰기는 지금부터다. 지금까지 책을 읽고 덮어두던 습관을 과감히 벗어던지고, 다시 책장을 들추어 기억을 더듬고, 같은 책을 읽은 사람들과 토론해야한다. 그리고 걸으면서 책 내용에 대해서 깊이 생각해 보고, 누구에게 책 읽기를 권하는 서평쓰기를 시작해야 한다.

"책과 놀며 나를 찾아, 내가 있는 삶을 꾸리자."는 것이 이 책의 목표다. 이 정신을 심기 위하여 이루어졌던 강의를 돌아보자.

1) 책冊을 책責하다冊

책을 책하기 위하여 알아야 할 것이 무엇인가를 살펴보았다. 책을 꾸짖겠다는 제목을 붙였지만, 읽을 만큼 읽은 후에라야 가능한 일이다. '책責'은 '꾸짖다'의 의미뿐만 아니라 '구하다', '권하다', '재촉하다', '취하다'의 의미도 있다. 우리가 책을 책하고자 하는 것은, 책 읽는 친구를 구하는 것이고, 책 읽자고 권하는 것이고, 그다음 정말 책을 책할 수 있는 능력을 갖추자는 것이다. 그렇게 되기를 바라며 살펴본 것이다. 책에 대한 나의 정의를 갖는 것이 결론이었다.

2) 독篤하게 독讀하다讀

책을 독하게 독하는 방법을 알아보았다. '독篤'은 '독毒'이 아니다. '독篤'은 '도탑다', '두터이 하다', '진심이 깃들어 있다', '단단하다', '살피다', '감독하다', '고생하다', '매우', '몹시' 등의 의미를 품고 있다. 우리가 독하게 독하고자 하는 것은 책과 도타워지자는 것이고, 깊게 많이 읽자는 것이며, 그리하여 책에 깃든 진심을 알아내자는 것이다. 책과 친해질 수 있는 방법은 무엇일까를 탐구했다. 그러기 위해 독방4우를 갖추고, 반려도서를 갖자는 생각을 다듬었다.

3) 논論하여 논倫하다討

토론을 토론하는 방법을 살폈다. 토론은 생각을 체로 쳐서 해야 할 말을 고르는 것이다. 토론을 거치지 않는 모든 것은 아집의 형이거나 편견의 동생이다. 우리가 토론을 토론하는 것은 바른 생각을 갖기 위해서다. 그 어느 한쪽으로 기울어지지 않고 바르게 똑바르게 서자는 것이다. 독서를 하고 토론을 거치지 않으면 시간적이나 공간적으로 저 혼자만의 세계에 감금되는 것과 마찬가지다. 다른 사람의 견해를 살피도록 하는 것이 목표였다.

4) 보步로써 보保하다步

책을 읽고 생각하자는 것이 핵심이다. 그 생각이란 읽은 책이 주고자 했던 사실을 내 삶에 끌어들이는 것이다. "배우기만 하고 스스로 사색하지 않으면 학문이 체계가 없고, 사색만 하고 배우지 않으면 오류나 독단에 빠질 위험이 있다.(學而不思則罔, 思而不學則殆)" 공자의 말이다. 생각, 그 생각을 걸으면서 해보자고 권한 것이다. 온몸을 움직이면서 생각하고, 생각하면 생각에도 활기가 붙어 내가 있는 삶의 기반이 튼튼해질 것이라고 보았다.

5) 장章으로 장裝하다

'장으로 장하다' 는 것은 문장을 꾸민다는 말이다. 문장을 꾸미는 이유는 독자들과 소통을 원활히 하기 위해서, 문장의 품격을 갖추기 위해서다. 문장에 정장을 입혀야 한다는 것이다.

정장은 갖출 것 다 갖추어 입은 차림새를 말한다. 문장이 갖출 것을 다 갖추지 못하면 소통이 불가능해진다. 우리가 장章으로 장裝하고자 하는 것은 소통을 꿈꾸기 때문이다. 쓰는 사람의 뜻이 조금도 왜곡되지 않고 온전히 읽는 사람의 가슴에 안기게 하자는 것이 목표였다.

6) 작作은 작嚼이다作文

'작은 작이다'는 글을 짓는다는 뜻인데, 글짓기는 음식을 '씹는 것'과 같다는 의미에서 붙인 제목이다. 우리가 섭취하는 음식이 씹지 않으면 영양소가 될 수 없는 것처럼 글쓰기에 관한 기본을 알지 못하면 글을 쓸 수가 없다. 영양소가 되도록 씹는 일과 같은 준비가 이 장에서 공부한 사항이었다. 문장을 연결하여 한 편의 글이 이루어지는 과정은 '무엇을, 무엇으로, 어떻게 짜고, 써서 고치는가'였다.

7) 평評으로 평平하다

비평의 이론을 탐구하는 이 장은 '평評으로 평平하다'란 제목을 붙였다. '품평 평'과 '고를 평'을 연결하여 '품평하여 고르다.'는 의미로 썼다. 평가하는 것은 흠잡기가 목표가 아니다. 책이 가야 할 길을 찾아보는 것이다. 책의 바른 길은, 그 길에 생각의 꽃이 피느냐 아니냐에 달려있다. 읽고, 읽고 또 읽어도 생각이 피지 않으면, 다른 책을 펼쳐야 한다. 비평의 의미와 개넘, 비평의 방법 등을 살펴서 비평에서 서평의 위상을 이해하려는 것이 목표였다.

8) 서書를 서敍하다

'서를 서하다'는 서평 쓰는 차례를 정하는 것이었다. '서書'는 '글 서', '편지 서', '장부 서', '서경 서', '글씨 서', '쓸 서'의 의미가 있다. '서序'는 '차례 서', '차례매길 서', '실마리 서' 등의 뜻을 가지는데 '글 서'와 '쓸 서'와 '차례 서'와 '차례 매길 서'의 의미를 결합시켰다. 서평을 어떤 차례로 써야 하는가를 살펴보는 장이었다. 서평을 하는 이유, 서평의 과정 등을 익히는 것이 목표였다.

9) 문文을 문問하다

'문을 문하다'는 문학 분야 책의 서평 쓰는 방법을 공부하는 장이었다. '문을'의 '문文'은 글이란 뜻이고 '문問'은 묻다, 물음, 질문, 알리다, 고하다의 의미를 갖는 글자다. 서평은 책이 무엇을 쓰고 있느냐 하는 것인데 그것은 바로 그 글을 묻는 것과 다름없다. 그런 의미로 이 장章의 제목을 '문을 문하다'로 정했고, 문학 분야 서평 쓰기의 구체적인 사항을 살펴서 서평 쓰기에 대한 자신을 얻는 것이 목표였다.

10) 용庸을 용用하다

비문학 분야 서평 쓰기의 강의 제목인 '용을 용하다'는 '용' 자 두 글자 모두 '쓸 용'으로 '쓴다'라는 의미를 갖는다. '용庸'은 쓰다, '공功', '써', '-로써'의 의미가 있고, 용用은 '쓸 용'으로 쓰다, 베풀다, 부리다, 적용 등의 다양한 뜻을 가진다. 비문학 도서는 활용하는 것이 책의 목적이다. 쓸 수 있는 것, 쓰는 방법 등이 비문학 도서의 내용이 되기 때문에 이런 제목을 붙여서 우리 삶에 활용되는 책들을 읽고 서평 쓰는 방법을 살펴보았다.

11) 몽夢을 몽朦하게

어린이와 청소년 도서의 서평 쓰는 방법을 공부하는 강의 제목을 '몽夢을 몽朦하게'라고 붙였다. '몽夢'자는 꿈, '몽朦'은 '풍부할 몽', '큰 모양', '풍만한 살'의 의미를 따온 것이다. 어린이와 청소년 도서의 서평은 꿈을 풍성하게 하는 것이 첫 번째 목표가 될 수 있다는 생각을 담은 것이었다. 어린이와 청소년 도서의 서평을 분석하며 그 방법을 익히는 것이 이 장을 공부하는 목표였다.

12) 종綜으로 종終하다綜合

册, 讀, 討, 步, 章, 作, 評, 書, 文, 用, 夢, 綜이 강의의 핵심이었다. 강의를 마무리하며 일상에서 책과 놀며, 나를 찾아 내가 있는 삶〔遊册尋我로 有我之生〕을 꾸리자는 것이 목표다.

2. 서평 쓰는 사람들의 일곱 가지 습관

'책과 놀면서 나를 찾아', '내가 있는 삶'을 꾸리려면 좋은 습관을 형성해야 한다. 필자는 그것을 「내가 있는 삶을 위한 7가지 습관」[193])이라 이름 지어 다음과 같이 제안한다.

1) 나의 책 정의를 갖자

지구촌의 모든 사람은 모두 똑같은 생각을 하지 않는다. 다르게 생각하는 것이 훨씬 더 많다. 따라서 책이 어떤 것인가에 대한 생각 또한 다를 수밖에 없다. 동서양의 많은 선현들이 책에 남긴 명언 외에 책은 나에게 있어 어떻게 정의될 수 있는 것인가? 책은 내 인생에서 어떤 의미를 가지느냐를 먼저 생각해 봐야 되지 않겠는가!

다른 사람이 이미 내린 정의가 아니라 내가 내리는 정의, 책에 대한 나의 정의를 가지면 독서를 안정적으로 할 수 있고, 삶에 활기를 찾을 수 있으며, 책을 믿을 수 있게 된다. 어려운 일

---

193) Stephen R. Covey, 성공하는 사람들의 일곱 가지 습관(1932~2012) 1. 주도적이 되라. 2. 끝을 생각하며 행동하라. 3. 소중한 것부터 먼저 하라. 4. 상호이익을 추구하라. 5. 경청한 다음 이해시켜라. 6. 시너지를 활용하라. 7. 심신을 단련하라.

이 생기면 '책을 봐야지'라는 다짐만으로도 용기를 얻을 수 있고, 희망을 가질 수 있다. 내가 있는 삶을 위해 책에 대한 나의 정의를 반드시 갖고 있어야 한다.

2) 독방4우讀房四友를 갖추자

'문방사우文房四友'라는 말이 있다. 문방사보文房四寶라고도 하고, 문방사후文房四侯라고도 한다. 친구라고 표현되기도 하고 보물이라고 표현되기도 하고, 시중을 드는 물건이란 뜻으로 쓰이는데 문인들이 서재에서 쓰는 붓筆, 먹墨, 종이紙, 벼루硯의 네 가지 도구를 말한다. 그것이 아주 멋있게 보인다. 그 멋을 책 읽고 서평 쓰는 방으로 옮길 수 없을까를 생각하다가 '독방사우讀房四友'를 생각하게 되었다. 실제 꼭 필요하기도 하고 멋을 부려볼 수 있다. 독서대讀書臺, 독서 램프, 공책, 연필이 독방사우다. 갖출 것 갖추고 하는 모든 행동에는 품격이 따른다.

3) 반려도서를 갖자

'반려도서伴侶圖書(Companion Book)'는 반려라는 말이 '짝이 되는 동무'라는 뜻이니까 짝이 될 만한 책을 찾는다는 것이다. 이것은 그리 어려운 일이 아니다. 책을 조금만 읽으면 이내 정해질 수 있는 것이다. 평생 곁에 두고 읽을 만한 책을 만나기가 그리 어렵지 않기 때문이다. 그리고 반려도서는 바꿀 수도 있는 일이니까 선택에 시간을 지나치게 낭비할 필요는 없다. 연령이나 상황 변화에 따라 얼마든지 바꾸면 된다. 그러나 너무 자주 바꾸는 것은 바람직한 것이 아니다.

4) 독서클럽에 참여하자

독서클럽에 참여하는 것은 독서를 제대로 할 수 있는 기회를 만들어준다. 독서클럽에 참여하는 것은 결국 새로운 사람들을 만나 독서토론을 한다는 것인데, 독서토론의 장점은 이 만남에서 빛을 발한다. 만남을 통해서 자신을 돌아볼 수 있기 때문이다. 독서토론에 참여하면 책에서 얻은 정보나 지식을 더욱 넓고 깊게 만들어주며 어떤 경우에는 책에서보다 더 좋은 경험을 할 수 있게 되기도 한다.

5) 읽은 책에 대해 생각하자

읽은 책에 대해 생각하는 시간을 꼭 가져야 한다. 생각은 나를 부르는 것이다. 고대 그리스 철학자 에픽테토스Epictetus는 "사람은 자기 생각을 사용하는 것밖에 자기 고유의 것이란 가진 것이 없다."고 했고, 20세기의 가장 독창적이고 영향력 있는 철학자 L. 비트겐슈타인Wittgenstein(1889~1950)은 그의 『반철학적 단장』에서 "내 머리에 모자를 쓸 수 있는 것은 나뿐이다. 마찬가지로 내 대신 생각할 수 있는 사람은 아무도 없다."고 했다. 자기화가 필요하다는 말이다.

6) 반드시 서평을 쓰자

왜 서평을 써야 하는가를 여러모로 검토해 보았다. 이 책은 책과 놀면서 나를 찾아 내가 있는 삶을 꾸리게 한다는 것이 목표이고 그런 삶이 책을 읽고 서평을 쓰는 버릇을 들이면 가능해진다는 사실을 전하려고 했다. 서평은 자신이 책을 읽고 이른바 남는 독서를 할 수 있는 것이지만 공동체 삶에 기여하는 바가 클 수도 있다.

읽은 책을 인터넷 서점에 들어가서 서평을 달 수 있다. 그런 서평을 달면 댓글이 달릴 수도 있어서 SNS를 통한 생각 나누기도 될 수 있다. 그 책을 쓴 작가에게는 보람과 위로를 주는 것일 수도 있다. 작가가 그런 서평에 용기를 얻고 더욱 좋은 책을 쓰게 만드는 계기를 만들어줄 수도 있다.

필자의 경우 인터넷에 오른 서평에서 많은 위로를 받는다. 인터넷 서점의 서평은 참 고맙게 생각하지 않을 수 없었다. 시집을 구매하고 읽어주고 서평까지 올려주니 작가에게는 이 보다 더 큰 격려가 있을 수 없다. 서평을 쓰는 사람들은 이렇게 좋은 일을 할 수도 있다. 모르는 사람에게도, 나 아닌 다른 사람에게 용기를 주고 희망을 줄 수 있다면, 이보다 더 좋은 일이 어디 있겠는가?

또한 책을 읽고 서평을 쓰면 이 불확실한 시대에 살아남고, 이겨내고, 행복해질 수 있다. 서평 쓰는 삶은 절대 불행해지지 않는다. 잘 쓰고 못 쓰고의 문제가 아니라 쓰느냐 쓰지 않느냐의 문제다. 아무리 시원찮은 서평이라도 쓰는 자에게는 떡 만드는 사람에게 콩고물 떨어지듯 금쪽같은 지혜 하나 떨어져 가슴에 안긴다. 그래서 내가 있는 삶을 꾸릴 수 있다. 그 서평을 어떻게 쓸 것인가? 지금까지 공부한 것들은 과정이고 더 큰 틀에서의 내 대답은, '아·무·따·나 써라.' 다.

'아·무·따·나' 서평론

서평 쓰기를 공부 하는 사람들과 '책 찾아, 이야기 찾아' 야외 수업을 가는 버스 안이었다. 지난 기에 서평 강의를 들었던 J씨가 강의를 들을 때 "어떻게 하면 글을 빨리 잘 쓸 수 있느냐?"는 질문을 했더니, 내가 "아 무 따 나 쓰라."고 답하더라는 것이다. 그래서 J씨도 글쓰기를 가르치는 기회를 갖게 되어 수강생들에게 글을 빨리 잘 쓰려면 "아 무 따 나 쓰라."고 했다는데 그 진정한 뜻이 무엇이냐고 다시 질문을 해왔다.

'아차' 싶었다. 너무 뻔한 대답을 하기 싫어서 약간 비튼 것이었는데, 이게 제대로 이해되지 않으면 이상한 결과를 초래하는 것 아닌가 싶은 생각이 들었기 때문이다. 내 뜻은 글을 쓸 때 너무 큰 부담감을 갖지 말고, 편하게 쓰라는 것이었다. 잘 써야 되겠다고 작정하고 쓴다고 글이 잘 쓰이는 것이 아니다. 힘 빼고(욕심 버리고) 쓰라는 것이었다. 세상 모든 일이 다 그렇다. 힘

주고 있어서 될 일이라곤 그 어디에도 없는 것이다.

　돌아와서 곰곰이 생각하니 '아 무 따 나'를 그런 식으로 어물
어물할 것이 아니라 제대로 된 논리를 입혀야겠다는 생각이 들
었다. 그러려면 '아 무 따 나'란 말의 뜻을 분명히 이해하는 것
이 순서가 될 것이다. 국어사전부터 펼친다. '아 무 따 나'라는
말이 사전에 올라 있을 리 없다. 사투리라도 지독한 사투리라
사전에도 오르지 못했나 보다. 인터넷 검색창을 두드려도 '아
무 때나'는 나와도 '아 무 따 나'는 안 나온다.

　그래서 '아 무 따 나'라는 말의 표준어가 될 듯한 '아무렇게
나'를 찾았으나 이것 또한 사전에 올라있지 않고 '아무러하
다'가 있는데 그 준말이 '아무렇다'다. 이 말이 '아 무 따 나'
에 가장 가까운 말이다. '아무러하다'는 '① 구체적으로 정하
지 않은 어떤 상태나 조건에 놓여있다. ② 어떤 것에 전혀 손대
지 않은 상태에 있다는 뜻을 나타낸다. ③ 〈'아무러하게나' 꼴
로 쓰여〉 되는 대로 막 하는 상태에 있다.'고 푼다. '아 무 따
나'는 바로 이 ③의 의미다.

　인터넷 검색창에는 '아무렇게나'가 나온다. '아무렇게나'는
① 마음에 내키는 대로 규모 없이 '아무렇게'를 좀 더 분명하
게 이르는 말이다. ② 주의하지 않고 함부로 '아무렇게'를 좀

더 분명하게 이르는 말이다. 사투리 '아 무 따 나' 의 원래 뜻이다. '아 무 따 나' 의 표준어는 '아무렇게나' 다. 그런데 이걸 영어로 번역해보면 'Carelessly', 'Sloppily' [194], 'Half-heartedly'[195])가 되고, '거칠게' 라는 의미의 'Roughly' 로 번역되기도 한다.

그러나 서평 쓰기와 관련된 나의 '아 무 따 나' 는 위의 모든 해석을 거부한다. 사투리로 비틀었지만 나의 '아 무 따 나' 는 아래와 같은 뜻으로 쓰는 말이라는 것을 분명히 밝혀둔다.

아: 아는 체 하지 말고
무: 무조건 겁내지 말고
따: 따질 것은 따져서
나: 나만의 방법(표현)으로, 글을 써야 한다는 뜻임을….

아는 체 하지 말라는 것은,

비단 글쓰기에서만 강조되는 덕목이 아니다. 우리 삶 전체에서 겸손謙遜하라는 것이다. 겸손은 자신을 낮추며 상대방을 인정하고 높이는 욕심 없는 마음 상태를 가리킨다. 서평 쓰기에서의 상대방은 그 글을 읽는 독자다. 독자를 배려하지 않는 글은 좋은 글이 될 수 없다. 어떤 글이든 글에는 글쓴이의 마음이 담기기 때문이다.

---

194) 묽게, 몹시 감상적으로, 적당히 얼버무려, 어물어물.
195) 성의가 없는, 마음이 내키지 않는, 열성이 없는.

겸손해야 한다. 특히 서평 쓰기를 준비하는 과정에서 주제를 정하고 소재를 정리할 때 욕심 부리지 말아야 한다. L. N. 톨스토이는 "겸양하라! 진실로 겸양하라! 왜냐하면 그대는 아직 위대하지 못하기 때문이다. 진실로 겸양함은 자기완성의 토대"라고 외쳤다. 벨기에에는 "마음이 고결해짐에 따라 목의 힘은 빠진다."는 속담이 있다.

무조건 겁내지 말라는 것은,

글을 잘 쓰기는 어렵다. 어렵기 때문에 도전할 가치가 있고, 글 한 편 쓰면 내가 해냈다는 성취감이 높아진다. 그 누구도, 그 어떤 일도 처음 하는 일은 잘하지 못하며, 또 훌륭하게 되지 않는다. 처음에 서툰 것은 너무나 당연한 일이다. 따라서 처음 잘 안 된다고 절망하는 것은 많이 모자라는 생각이다. 용기를 내서 덤벼보아야 한다.

L. A. 세네카는 『광란의 헤라클레스』에서 "용기는 사람을 번영으로 이끌고, 공포는 사람을 죽음으로 이끈다."고 썼고, 푸블릴리우스 시루스는 『격언집』에서 "용기는 극복함으로써 중대하고, 공포는 주저함으로써 깊어진다."고 썼다. J. C. F. 실러가 『빌헬름 텔』에서 쓴 "신은 용기 있는 자를 찾아온다."고 한 말은 믿어 볼 만하지 않은가.

따질 것은 따져서 라고 하는 것은,

글을 쓰려면 따져보아야 할 것이 여러 가지다. 무엇보다도 쓰고자 하는 글이 내가 정말 잘 쓸 수 있는 내용인가, 독자들에게 무엇인가를 줄 수 있는 것인가, 진정으로 쓸 만한 가치가 있는 것인가를 따져 봐야 한다. 우리말에 '헛' 을 접두사로 한 '헛소리' 가 있고 '헛일' 이 있다. 글에도 '헛글' 이 있을 수 있다. '헛글' 은 그야말로 쓸 필요가 없는 글이다.

"따지다." 라는 동사는 뜻이 많다. 여기서 쓰는 '따지다' 는 "계획을 세우거나 일을 하는 데에 어떤 것을 특히 중요하게 여겨 검토하다." 란 뜻이다. 헛일이 되지 않게 미리 따져야 하는 것이다. 헛소리는 하나마나고 헛일은 얼마나 맥 빠지게 하는가. 그런데 헛글이 되면, 어떻게 되겠는가? 헛글 되지 않도록 사전에 따질 것을 철저하게 따져봐야 한다.

나만의 방법으로 쓰라고 하는 것은,

한 편의 서평에서도, 발췌문 하나를 고르는 데도, 그것을 해석하는 것에서도 다른 사람이 아닌 내가 있어야 한다. 모든 표현에서 다른 사람이 쓰지 않았던 방법으로 쓰는 것을 이상으로 삼아야 한다. 그래야 개성적인 글이 된다. 개성은 글의 생명이다. 독서는 다른 사람의 글을 통해서 배우기도 하고 생각을 바꾸기도 하지만 다른 사람이 쓴 것을 다시 쓰지 않기 위해서도 필요한 일이다.

H. 반다이크는 『인생의 도장』에서, "개인주의는 치명적인 독극물이다. 그러나 개성은 일반 생활의 소금이다. 사람은 군중 속에서 살아야 할지 모르나 군중이 사는 것처럼 살아야 하는 것은 아니고 그들이 먹는 것을 먹어야 하는 것도 아니다. 자기 과수원을 가질 수도 있고, 남모르는 샘물을 마실 수도 있다. 남에게 도움이 되려면 자기 자신을 잃지 말아야 한다."고 썼다. 나만의 방법이 필요한 까닭들이다.

7) 저자가 되는 꿈을 꾸자

전문가들은 대부분 자기 책을 갖고 있다. 전문가가 되는 길의 첫째는 자기 저서를 갖는 것이다. 즉 저자가 되는 것이다. 저자가 되는 길은 결코 어려운 일이 아니다. 서평을 써서 모아서 책을 낼 수 있다. 독서클럽 회원들이 한두 편씩 모아서 책을 내면 공동 저자가 된다. 한 달에 한 편씩이라도 서평을 써 모으면 3년이면 책 한 권 낼 수 있을 것이다. 절대로 그리 어려운 일이 아니다. 이 책의 자매편인 『반려도서 갤러리』도 3년 동안 읽은 책의 서평이다.

한 권이라도 자기 저서를 갖는 것, 저자가 되는 것은 내가 있는 삶의 생생한 증거가 된다. 저자로서 갖게 되는 뿌듯함은 자존감을 높일 것이며, 그 높은 자존감은 삶에 스스로를 앉히게 될 것이다. 뿐만 아니라 내가 저자가 되면 나뿐만 아니라 가족들에게도 자랑거리가 될 수 있고, 후손들에게도 훌륭한 어른으로서의 존경을 받을 수 있다. 그리 힘들지도 않고 그렇다고 엄청난 돈이 드는 것도 아니다. 정말 하지 말아야 할 이유가 하나도 없는 것이다. 책 한 권의 저자가 되는 일이 주는 자존감은 세상의 그 무엇과도 바꿀 수 없을 것이다.

필자는 이 책으로 강의를 듣는 사람이나, 책을 읽는 사람들이 모두 저자가 되기를 간절히 바란다. 서평을 써서 서평집의 저자가 될 수도 있고, 신토피칼 독서법으로 책을 읽어서 자기가 관심 있는 분야의 저자도 될 수 있다. 내가 있는 삶을 꾸리기로 결심한 사람은 이것을 하지 않아야 할 이유를 그 어디에서도 찾을 수 없다.

참고자료

冊

김무곤, 『종이책 읽기를 권함』, 더숲, 2014.

박돈규, 『우리 시대의 밀리언셀러는 어떻게 탄생했는가』, 북오션, 2017.

박웅현, 『책은 도끼다』, 북하우스, 2015.

신중현 엮음, 『내 책을 말하다』, 학이사, 2017.

윤형두, 『책이 좋아 책하고 사네』, 범우사, 2003.

이광주, 『아름다운 지상의 책 한권』, 한길아트, 2002.

한기호, 『인공지능 시대의 삶-책으로 세상을 건너는 법』, 어른의 시간, 2016.

구스타브 플로베르, 이민정 옮김, 『애서광 이야기』, 범우사, 2004.

브뤼노 블라셀, 권명희 옮김, 『책의 역사』, 시공사, 1999.

에덤 잭슨, 장 연 옮김, 『책의 힘』, 씽크뱅크, 2009.

클라스 후이징, 『책벌레』, 문학동네, 2003.

피터 멘델선드, 김진원 옮김, 『책을 읽을때 우리가 보는 것들』, 글항아리, 2016.

讀

김규동, 『독서법』, 한일출판사, 1977.

김봉진, 『책 잘 읽는 방법』, 북스톤, 2018.

김효정 외, 『독서교육의 이론과 실제』, 한국도서관협회, 2002.

민병덕 편역, 『독서 로드맵』, 문화산업연구소, 2004.

송조은, 『독서쇼크』, 좋은시대, 2011.

송호성, 『독서의 위안』, 화인북스, 2020.

신기수, 김민영, 윤석윤, 조현행, 『이젠, 함께 읽기다』, 북바이북, 2015.

신헌재 외 3, 『독서교육의 이론과 방법』, 박이정, 1996.

이지성, 『리딩으로 리드하라』, 차이정원, 2016.

장인옥, 『일일일책』, 레드스톤, 2017.

정희진, 『정희진처럼 읽기』, 교양인, 2015.

최효찬, 『세계 명문가의 독서교육』, 예담, 2015.

황정현, 이상진 외, 『독서지도 어떻게 할 것인가 1』, 에피스테메, 방송대출판부, 2008.

고전연구회 사암, 한정주, 엄윤숙, 『조선 지식인의 독서 노트』, 포럼, 2015.

책으로 따뜻한 세상 만드는 교사들 지음, 『독서교육 길라잡이』, 푸른숲, 2004.

한우리독서문화운동본부,『독서지도사』,

니와 우이치로, 이영미 옮김,『죽을 때까지 책 읽기』, 소소의 책, 2018.

사이토 다카시, 김효진 역,『독서는 절대 나를 배신하지 않는다』, 걷는나무, 2015.

시라토리 하루히코, 김해용 옮김,『지성만이 무기이다』, 비즈니스북스, 2017.

알베르트 망구엘, 정명진 옮김,『독서의 역사』, 세종서적, 2002.

야마무라 오사무, 송태욱 옮김,『천천히 읽기를 권함』, 샨티, 2016.

오에 겐자부로, 정수윤 옮김,『읽는 인간』, 2015.

인나미 아쓰시, 장은주 옮김,『1만권 독서법』, 위즈덤하우스, 2017.

F.P. 로빈슨, 김영채 역,『독서방법론』, 배영사, 1983.

모티머 J. 애들러, 찰스 반 도렌 공저,『생각을 넓혀주는 독서법』, 멘토, 2000.

討

서상훈, 유현심, 『10분간 책 읽기』, 경향미디어, 2016.

신득렬, 「공동탐구방법에 의한 독서」, 파이데이아 창간호, 한국파이데이아학회, 2019.

양동일, 김정완, 『하브루타 독서법』, 예문, 2016.

지윤주, 『나의 첫 독서토론 모임』, 밥북, 2017.

讀＆作

김열규, 『어떻게 읽고 쓸 것인가』, 홍성사, 1985.

신우성, 『미국처럼 쓰고, 일본처럼 읽어라』, 어문학사, 2009.

步

김창운, 『쓰기와 걷기』, 프로방스, 2018.

이상국, 『옛사람들의 걷기』, 산수야, 2013.

황용필, 『걷기 속 인문학』, 샘솟는 기쁨, 2017.

다비드 르 브르통 산문집, 김화영 옮김, 『걷기 예찬』, 현대문학, 2019.(초판 30쇄)

리베카 솔닛, 김정아 옮김, 『걷기의 인문학』, 반비, 2019.(1판 7쇄)

사이토 다카시, 유윤한 옮김, 『30분 산책 기술』, 21세기북스, 2011.

장 자크 루소, 문경자 옮김, 『고독한 산책자의 몽상』, 문학동네, 2016.

크리스토프 라무르, 고아침 옮김, 『걷기의 철학』, 개마고원, 2007.

틱낫한, 진우기 옮김, 『걷기 명상』, 한빛비즈, 2018.

프레데리크 그로, 이재형 옮김, 『걷기-두 발로 사유하는 철학』, 책세상, 2018.(초판9쇄)

헨리 데이비드 소로, 조애리 옮김, 『달빛 속을 걷다』, 민음사, 2019.(2판 1쇄)

文字

송숙희, 『마음을 움직이는 단어 사용법』, 유노북스, 2018.

최경봉, 시정곤, 박영준, 『한글에 대해 알아야 할 모든 것』, 2014.

메리 노리스, 김영준 옮김, 『뉴욕은 교열 중』, 마음산책, 2018.

조르주 장, 이종인 옮김, 『문자의 역사』, 시공사, 1999.

크리스틴 케닐리, 전소영 옮김, 『언어의 진화』, 알마, 2009.

文章

박목월, 『문장의 기술』, 현암사, 1977.

박목월, 『신판 문장강화』, 계몽사, 4286.(1953).

배상복, 『문장기술』, 엠비시씨엔아이, 2009.

심재기, 윤용식, 『문장실습』, 한국방송통신대학교출판부, 1997.

이재성, 이형진 그림, 『글쓰기를 위한 4천만의 국어책』, 들녘, 2014.

이태준, 임형택 해제, 『문장강화』, 창작과비평사, 1996.

장재성, 『악문의 진단과 치료』, 문장연구사, 1993.

대구어문연구회, 『작문의 이론과 실제』, 대구대학교출판부, 1991.

作法

송숙희, 『150년 하버드 글쓰기 비법』, 유노북스, 2019.

설흔, 박현찬, 『연암에게 글쓰기를 배우다』, 예담, 2007.

안정효, 『글쓰기 만보』, 모멘토, 2006.

이만교, 『글쓰기 공작소』, 그린비, 2009.

이승훈, 『글을 어떻게 쓸 것인가』, 문학아카데미, 1992.

임재춘, 『한국의 이공계는 글쓰기가 두렵다』, 마이넌, 2003.

윤용식 외, 『글쓰기의 기초』, 한국방송통신대학교출판부, 2001.

장동석 외, 『글쓰기의 힘』, 북바이북, 2014.

정우상, 최현섭, 『글짓기 지도의 실제』, 배영사, 1983.

제해만 편저, 『현대인을 위한 지적 문장강화』, 참샘, 1991.

최병광, 『성공을 위한 글쓰기 훈련』, 팜파스, 2002.

최상규, 『글, 어떻게 쓸 것인가』, 예림기획, 1999.

최재목, 『삶은 글쓰기다』, 해조음, 2005.

한승원, 『한승원의 글쓰기 비법 108가지』, 푸르메, 2012.

문학사상사, 『좋은 글, 잘된 문장은 이렇게 쓴다』, 20주년 기념 출판, 1993.

신동아, 『글쓰기의 쾌락』, 신동아 창간 72주년 기념 특별부록, 2003.

나탈리 골드버그, 권진욱 옮김, 『뼛속까지 내려가서 써라』, 한문화,

2003.

롤프 베른하르트 에시히, 배수아 옮김, 『글쓰기의 기쁨』, 주니어김영사, 2010.

스티븐 킹, 김진준 옮김, 『유혹하는 글쓰기』, 김영사, 2002.

評

김주연, 『문학비평론』, 열화당, 1974.

김현 평론집, 『말들의 풍경』, 문학과지성사, 1990.

문무학, 『시조비평사』, 대일학예총서④, 대일, 1997.

신동욱, 『문학의 비평적 해석』, 연세대학교출판부, 1981.

유협, 최신호 옮김, 『문심조룡』, 현암사, 1985.

이상섭, 『문학이론의 역사적 전개』, 연세대학교 출판부, 1985.

　　　『문학비평용어사전』, 민음사, 1984.

이선영, 『문학비평의 방법과 실제』, 동천사, 1987.

이선영, 박태상, 『문학비평론』, 한국방송대학교출판부, 1999.

장백일, 『문학비평론』, 인문당, 1981.

전형대, 『한국고전비평연구』, 책세상, 1987.

문학사연구회, 『비평문학론』, 백문사, 1988.

아리스토텔레스, 손명현 역주, 『시학』, 박영사, 1984.

아리스토텔레스, 천병희 옮김, 『시학』, 문예출판사, 2002.

Graham HOUGH, 고정자 역, 비평론, 이화여대출판부, 1982.

I.A. 리처즈, 김영수 역, 『문학비평의 원리』, 현암사, 1987.(7쇄)

書評

김기태, 『서평의 이론과 실제』, 이채, 2017.

김민영, 황선애, 『서평 글쓰기 특강』, 북바이북, 2015.

김훈, 『내가 읽은 책과 세상』, 푸른숲, 2004.

장정일의 독서일기, 『빌린 책 산 책 버린 책 3』, 마티, 2014.

전성원, 『길 위의 독서』, 뜨란, 2018.

정화섭 외, 『책을 책하다』, 학이사, 2016.

정송 외, 『독하게 독하다』, 학이사, 2017.

강종진 외, 『토론을 토론하다』, 학이사, 2017.

권영희 외, 『문을 문하다』, 학이사, 2018.

정종윤 외, 『평으로 평하다』, 학이사, 2018.

김동읍 외, 『장으로 장하다』, 학이사, 2020.

其他

김시습 선집, 정길수 편역, 『길 위의 노래』, 돌베개, 2011.

김형석, 『백년을 살아보니』, 덴스토리, 2019.(29쇄)

김경집, 『고장난 저울』, 더숲, 2015.

이어령, 『문장백과대사전』, 금성출판사, 1993.

노태준 역해, 『고문진보』, 홍익신서, 1979.

국립국어연구원, 『표준국어대사전』, 두산동아, 1999.

민중서관편집국편, 『신자전』, 1993.

월터 아이작슨, 안진환 옮김, 『스티브 잡스』, 민음사, 2011.

플루타르코스, 이성규 옮김, 『플루타르코스 영웅전 I』, 현대지성, 2018.

플루타르코스, 이성규 옮김, 『플루타르코스 영웅전 II』, 현대지성, 2018.

반려도서 레시피

지은이 ┃ 문무학

발행 ┃ 2020년 9월 1일

펴낸이 ┃ 신중현
펴낸곳 ┃ 도서출판 학이사
출판등록 ┃ 제25100-2005-28호

　대구광역시 달서구 문화회관11안길 22-1(장동)
　전화_(053) 554-3431, 3432　팩시밀리_(053) 554-3433
　홈페이지_http://www.학이사.kr
　이메일_hes3431@naver.com

ISBN_979-11-5854-256-6　03810

이 도서의 국립중앙도서관 출판예정도서목록(CIP)은 e-CIP 홈페이지
(http://seoji.nl.go.kr)와 (http://www.nl.go.kr/kolisnet)에서 이용하실 수 있습
니다.(CIP제어번호: CIP2020035508)